ZONA *DE* CLIVAGEM

ZONA *DE* CLIVAGEM

LILIANA HEKER

TRADUÇÃO LIVIA DEORSOLA

roça nova
EDITORA

título original ZONA DE CLIVAJE

Obra editada no âmbito do Programa "Sur" de Apoio às Traduções do Ministério de Relações Exteriores, Comércio Internacional e Cultura da República Argentina.

Obra editada em el marco del Programa "Sur" de Apoyo a las Traducciones del Ministerio de Relaciones Exteriores, Comercio Internacional y Culto de la República Argentina.

Heloisa Jahn
[EDITORA]

Belén Carballo
[CURADORA DE LITERATURA LATINO-AMERICANA]

Laura Di Pietro / Juliana Farias
[PRODUÇÃO EDITORIAL]

Livia Lima
[PREPARAÇÃO DE TEXTO]

Isabel Jorge Cury
[REVISÃO]

Portas Design
[CAPA E PROJETO GRÁFICO]

© aregfly/Shutterstock
[FOTO DE CAPA]

Este livro atende às normas do Novo Acordo Ortográfico em vigor desde janeiro de 2009.

Dados internacionais de Catalogação-na-Publicação (CIP)

H473z

Heker, Liliana, 1943-
Zona de clivagem / Liliana Heker ; tradutora: Livia Deorsola. - 1. ed. - Rio de Janeiro : Roça Nova, 2020.
296 p. ; 21 cm.

Tradução de: Zona de clivaje.

ISBN 978-65-87796-07-9

1. Ficção argentina. I. Deorsola, Livia, 1979- II. Título.

CDD Ar863

Roberta Maria de O. V. da Costa - Bibliotecária CRB-7 5587

[2020]

EDITORA ROÇA NOVA LTDA.
+55 21 997860746
editora@rocanova.com.br
www.rocanova.com.br

Ao homem que, à força de
amor e de loucura,
instaurou no meu mundo um
luminoso caos,
a Ernesto Imas,
pelo amor, pela luz e pela loucura.

Primeira Parte

Me ame sem piedade. Deixe que os amantes fáceis se amem quando é fácil amar. Me ame até por tê-lo traído.

WILLIAM SAROYAN

Passarinho que come pedra..., o velho acabava de dizer. E tinha razão. Se no último momento Irene descartara a Hermes Baby e optara por uma Remington que, entre outros males, não travava as maiúsculas e tinha o jota faltando, era melhor aceitar sem piar que o velho tomasse o tempo que precisasse para consertá-la.

— Mas acho oito dias demais — disse, sem muitas esperanças.

O velho fez cara de paisagem, murmurou *Mãezinha querida, em que mundo você foi me jogar* e girou a cabeça como se buscasse uma testemunha para o que acabava de ouvir.

Mas a única coisa viva naquele cubículo abarrotado de máquinas de escrever (além de Irene e do próprio velho) era Alfredo, que não conseguia ver o velho porque estava em uma posição esquisita. Com a cabeça enfiada na Remington, se empenhava em movimentar certo mecanismo com os dedos. *Disposto a resolver* in loco *o problema das maiúsculas,* pensou Irene, *isso sem falar no jota.* E tudo porque não se conformava que um velho charlatão arruinasse as comemorações do aniversário dela justo no dia em que ele tinha decidido celebrá-lo.

Era apenas uma contingência que o aniversário dela tivesse sido em fevereiro e agora estivessem em agosto; para Alfredo (coisa que Irene suspeitara treze anos antes, no Constantinopla), toda medição do tempo era uma prática bizantina; só os atos importavam. E se seis meses antes (ele acabava de explicar justamente isso, enquanto iam à oficina do velho), se seis meses antes tinha achado o máximo dar de presente a ela uma máquina de escrever; se durante todo esse tempo (cada vez que eu te lembrava disso, Irene lembrou a ele) ele se mostrara decidido a dar o presente a ela, e se agora estavam prestes a entrar para comprá-lo, qual era o problema? O problema (dissera Irene) estava no fato de que ela não tinha uma noção do tempo tão singular como a dele; ao contrário, ela vivia com um cronômetro na cabeça, de modo que passara aqueles seis meses entre parênteses, com a desagradável impressão de que, enquanto não tivesse a máquina, seu trigésimo aniversário não teria se consumado completamente. *Ou seja, com a foice no pescoço*, pensou de repente. Mas na verdade não disse trigésimo, já que esse era um assunto que nenhum dos dois mencionava. Embora por motivos diferentes (escreveria depois Irene); para Alfredo a mulher de trinta anos era um exemplar balzaquiano, definitivamente adulto, fato que acontecia em certos casos, mas não no meu, como se um fio dourado me atasse à adolescente que ele conhecera treze anos antes, de modo que para ele minha insistência numa máquina de escrever só indicava que aquela que ontem ainda dizia querer comer a lua tinha, por fim, decidido se mostrar como realmente era. Mas, para mim, a máquina era um feitiço contra a incerteza. As pessoas me tratavam informalmente no ônibus, nunca ninguém me chamara de senhora, minha cara ainda suscitava a pergunta sobre quantos anos eu tinha. Trinta. Bingo. Algo se congelaria no preciso instante em que eu o dissesse. O sentimento maternal que eu despertava nos outros — uma cilada para incautos, ou será que minha cara não era a melhor fraude em relação ao meu cérebro? —, o gesto do padeiro me dando um biscoitinho folhado, o sorriso rasgado da minha vizinha ao me passar pela varanda um prato de bolinhos fritos, se tornariam gélidos assim que eu enunciasse minha idade. Vivia nesse marasmo, sonhando que uma máquina de escrever me transformaria, de repente e sem dor, em uma definitiva — embora adorável — mulher de trinta anos que exalaria suas gratas três décadas por toda a pele. Não era de estranhar, então, que no último momento eu descartasse a diminuta portátil de nome suspeito e me decidisse por uma Remington como se escolhesse um tanque de guerra. Só que, naquele momento, não podia tolerar a ideia de que aquela fronteira ambígua da minha vida se estendesse por mais oito dias.

— Oito dias? — disse Alfredo, emergindo do interior da máquina como se acabasse de despertar. — Mas se eu com uma pinçazinha e um arame conserto isto em dez minutos!

— Não, por favor — sussurrou Irene. — Deixe isso para o senhor, afinal não há tanta pressa.

— Dá pra ver que a garota confia em você — disse o velho.

— Ela não compreende a minha engenhosidade — replicou Alfredo.

— Ah, são todas iguais — concluiu o velho, e suspirou.

Foi um suspiro tão extraordinário que Irene e Alfredo se entreolharam, como para verificar no outro esse pequeno acontecimento. E a tarde deu uma guinada rumo à felicidade.

— Tudo bem, posso esperar uns dias — disse Irene. E achou prudente acrescentar: — Até gosto disso, que haja uma demora, meio que pra ter tempo de preparar a alma.

Porque sabia que, uma vez decidido a cobri-la de felicidade como ele estava agora, era capaz de lutar, jejuar, dilacerar-se, beber vinagre e até se atracar com algum crocodilo, contanto que ela tivesse a máquina já. E porque acabara de reparar no que, um minuto antes, o velho havia dito. Uma coisa que acertara em cheio sua *Weltanschauung*. Passarinho que come pedra... Não há bônus sem ônus.

Por fim Alfredo deixou o dinheiro e foi comprar cigarro. Dois minutos depois Irene foi atrás, correndo; balançava o recibo para que Alfredo pudesse vê-lo, ainda que, como costumava acontecer, sem averiguar em que lugar físico da realidade ele estava. Atravessou a rua tão radiante e desembestada que não viu a tempo uma adolescente aloirada que corria no sentido oposto.

O choque foi violento e inesperado. As duas riram e a adolescente continuou sua marcha. Mas Irene não. Acabava de notar que não tinha a mais mínima ideia do lugar aonde ia. Mais calma, girou sobre si mesma procurando Alfredo. Localizou-o ao lado do quiosque de cigarros, que — essas coisas também costumavam acontecer com ela — não ficava em frente, e sim na mesma calçada de onde vinha.

E alguma coisa a fez se sentir bonita da cabeça aos pés: o rosto de Alfredo. Ele a olhava sorrindo, subitamente jovem, contra o muro acinzentado. Não era espantoso que seus arroubos ainda tivessem a virtude de fazê-lo rir? Caminhou, e em seu corpo ia florescendo uma sensação antiga, certo estado de privilégio que costumava inebriá-la aos dezessete anos e que, em momentos como esse, ainda a inebriava.

Esvoaçante, aproximou-se de Alfredo.

— Você não vai acreditar com quem trombou — ela ouviu.

Ficou surpresa, mas não demonstrou o impacto: apenas uma imperceptível dilatação dos olhos. Trombei, sim, agora se lembrava, tinha trombado com alguém ao atravessar a rua. Seu espírito estava predisposto a receber uma revelação, porque era isso que prometia a expressão de Alfredo. Ou a descoberta de alguma piada incrível que em poucos segundos ele iria compartilhar com Irene, sempre disposta a saborear até o osso certas tramas absurdas ou perversas que a realidade fabrica.

— Com quem? — perguntou, dos pés à cabeça faminta de diversão e conhecimento.

E ele contou. Era a silenciosa, a que ambos chamavam de abelhuda. Aquela que, havia mais de quatro meses, espiava discretamente o professor Alfredo Etchart.

Alfredo a notara no primeiro dia de aula. E não deve ter sido fácil, pensara Irene, que o escutava sem muita atenção, pois estava focada num cacho de uvas que acabava de lavar: entre seiscentos alunos, vê-la resplandecer como se fosse uma rainha. Sobretudo porque aquela adolescente bocuda e de olhos pequeninos (segundo ele acabava de contar) não podia ter muito de rainha. Aí moraria a tentação, naquele quase cintilar de beleza, um simples sopro, inconsciente demais para ser percebido pelo olho humano em estado normal. Ele, no entanto, o viu. Acabava de dizer alguma coisa sobre a função da arte, certa ilusão que os alunos deveriam perder a respeito de uma arte utópica, que cairia sobre a sociedade feito uma bomba. Para resumir, ele dizia que assistir àquela primeira aula de Introdução à Literatura não era o melhor caminho para fazer a revolução, os alunos podiam ir pensando nisso como um primeiro trabalho prático. E a bocuda se zangou. *Eu também teria me zangado,* pensou Irene, comendo uma uva. Ou aos dezessete anos não acreditava que cada um dos meus atos moveria seu fatal grãozinho de areia em direção a? E aos trinta? Pelo visto, naquela noite de abril, na aula magna, todos deviam acreditar nisso, porque Alfredo percebeu o alvoroço. Seiscentos alunos dispostos a pular em cima dele, embora veementes demais — esclareceu, e lhe roubou uma uva —, muito mais fervorosos que ideológicos. Ele não estaria ficando velho?, pensou Irene. Não foi o alvoroço, porém, o que o inquietou. Foi a bocuda. Sua raiva, dando lugar a certas transformações. Franzimento de boca, meio giro de cabeça. E os cabelos, o modo como balançou os cabelos quando virou a cabeça. E a boca trombuda vista agora de perfil. Um efeito simultâneo e complexo que resplandeceu por um segundo entre as seiscentas cabeças e produziu em Alfredo um estado de embriaguez. O fugitivo lhe deixando um rastro de angústia? *Compreensível,* pensou Irene, *e por acaso isso também não acontece comigo?* Uma garota que de repente passava a seu lado e lhe provocava um relâmpago de maravilha e de medo. A formosura é como um ímã, escreveria, ou como um poço sem fundo. Sobretudo certa formosura... inocente? Não, nada inocente. Maligna e arrogante, mas desconectada de si mesma. Essa beleza escorregadia e versátil que se percebe em certas adolescentes. A trombudinha parecia ser dessa família. *Perigosa*, pensaria Irene mais tarde, *daquelas que têm ritmo próprio*. Mas isso depois de dois meses, quando os alunos tivessem perdido a desconfiança inicial que Alfredo costumava provocar, e já o odiassem ou o idolatrassem sem melindres. Então se iniciaria um rito ao qual Alfredo estava habituado. Os alunos mais veementes abordariam sua mesa no fim de cada aula para continuar discutindo. A trombudinha não. Ela ficaria na metade do caminho, olhando-o de longe, como se não tivesse coragem de se aproximar, mas, no fundo (Irene pensaria), como se não quisesse que ele a confundisse com a tropa. Então pensaria: perigosa. Agora ainda não. Agora, nessa primeira aula sobre a qual Alfredo continua a lhe contar enquanto Irene come uvas e no exato momento em que o professor disse que não era com livros que eles mudariam o mundo e captou — mas já menos voraz — a insídia geral, a cabeça da bocuda virou-se para ele; e não é que seu olhar promete a Alfredo certa possibilidade de salvação? Sim. Claro que os livros também entram nesse mundo melhor. Certos livros. Já que toda obra de arte é uma busca solapada de beleza, uma condenação, portanto, ao que embrutece o homem, àquilo que o degrada a um destino indigno. Esses loucos perseguidores do belo — e está pensando em Baudelaire, e está pensando em Wilde — são mais perigosos para as boas consciências que certos farsantes que enxertam dois ou três clichês políticos num novelão medíocre e se acham os guardiões da barricada. E Irene podia imaginá-lo realmente apaixonado pelo que dizia e, ao mesmo tempo, controlando a trombudinha que, pouco a pouco, vai se transformando, credulamente deixa agora que as palavras de Alfredo penetrem em sua alma virgem, ainda mais embriagada (pensa Irene) pelo som das palavras que pelo que elas significam de verdade. Já que toda formação é um processo longo e intrincado, escreveria. As alunas intuitivas percebem tons, matizes, até omissões nas palavras em que devem confiar. Como cadelas. Farejam a verdadeira sabedoria e se dispõem, descontraídas e putas, alegres e descomedidas, a que as ideias audazes entrem em suas cabecinhas.

— Sei bem como é — disse Irene. E comeu outra uva.

Alfredo Etchart: disseram que se chama assim. Faz quase duas horas que Irene Lauson não tira os olhos dele. Ele, em compensação, não olhou para ela. Madame Colombo disse a Irene que ele traduziu Laurence Sterne; disse: mesmo jovem assim, como está vendo, ele é um dos teóricos de literatura mais brilhantes da Argentina; uma pena que seja marxista, disse. Irene não tem a mais remota ideia de quem é Laurence Sterne, não consegue vincular a palavra "marxista" a esse homem louro de sorriso malicioso, não acha de jeito nenhum que ele pode ser chamado de jovem. Ela tem dezessete anos e os homens de trinta lhe parecem irremediavelmente velhos. O que, sim, acha é que, se ele olhasse para a cadeira em que ela está sentada, se surpreenderia muito e, quem sabe, até se aproximaria para lhe perguntar alguma coisa. Está convencida de que sua presença deve ser desconcertante e atraente nessa sala na qual, mundanamente, conversam cineastas, pintores, senhoras empetecadas, senhores garbosos, gente barbuda e, ao que parece, literatos marxistas. Gente importante? Vá saber. Com exceção de madame Colombo, sua ex-professora de literatura, que a trouxe e a deixou abandonada, Irene não conhece ninguém. Mas isso não é um dado: não há nada para fazer além de reparar em sua saia pregueada, na agitação com que repetidas vezes ela acomoda a saia, em sua cara redonda e infantil, para concluir que vem de outro mundo. Sente-se observada por todos. Menos por Alfredo Etchart, que nesse momento explica com paixão a várias pessoas o que teria acontecido em 1955 se Perón tivesse dado ao povo a ordem de sair às ruas, enquanto dirige olhares perturbadores a uma senhora muito fina e a uma ruiva peituda que se ignoram mutuamente e que fazem que sim com a cabeça o tempo todo. Como se concordassem plenamente com aquilo de revolução social — reflete Irene lá de sua cadeira —, embora as duas devam estar pensando que ele surgiu com esse tema tão antipático porque, com toda aquela gente, é impossível para ele comê-las ali mesmo. *Que bobo,* ela pensa; *que graça tem, seduzir essas duas, que por pouco não se sentam em cima dele?* Depois de mais de duas horas observando-o, pode jurar que ele não tem nada a ver com toda aquela gente, por isso lhe dá raiva que ele lhes dê atenção e que olhe para todo canto, mas não para o lugar onde estava o que lhe apresentaria a grata surpresa. É um pretensioso, decide, e decide também: tenho que me tornar uma grande dama. Levanta-se e cruza a sala. Agora está diante de um amplo espelho: ali não há nada que se pareça com uma grande dama. Tem as bochechas vermelhas, o que faz com que seu rosto pareça ainda mais redondo. Umedece um pouco as bochechas, cobre-as com os cabelos. Aff. Com determinação puxa para baixo a barra da blusa, faz uma reverência à do espelho e, depois de cruzar outra vez a sala, senta-se num sofá.

Mas nem assim ele nota sua presença. Irene se remexe no sofá, trêmula de fúria. Gostaria que aquele senhor distinto a visse agora, só para que notasse seu olhar de desdém. Poderia tranquilamente jogar-lhe na cara eu rio dos seus bons modos, querido professor: sou uma menina livre como o vento, indomável e superdotada, difícil até para você. Pareço ingênua? Sou pura malícia. Pareço assustada? Dou a volta em todos. Pareço vidrada em você? Não penso em outra coisa senão em assassiná-lo. Parece que não tenho coragem? Tenho coragem. Em um segundo irei traí-lo.

Depois de ser fiel a ele por mais de três horas, Irene Lauson trai Alfredo Etchart. O que é?, estava se achando *Herr Professor*?, pensava que ela não conhece o jogo? Isso não é brincadeira de criança: o abc da luta pela vida. É preciso falar pouco, sorrir muito, dizer veja só! e abrir olhos apavorados. Piscar com timidez para um homem de pele escura que quer saber por que uma jovenzinha tão angelical veio parar neste antro de perdição, confundir-se ao responder, olhar com devoção, como se olha para as avós, para o resto das mulheres, ceder-lhes o assento, ouvir um homem de têmporas grisalhas dizer como vamos deixar a princesinha ficar de pé enquanto

Alfredo Etchart escuta, com ar secretamente divertido, uma garota loura de vestido branco que, desesperada, leva as mãos ao peito como se tentasse fazê-lo compreender algo muito íntimo que guarda no coração. Esse ruído me deixa com a cabeça atordoada, diz Irene ao senhor grisalho. Bem, que tola, não?, minhacabeçaficaatordoada hihi, o que mais poderia me atordoar, senão isso? O senhor grisalho ri, outro de barbinha que escutou a conversa ri, Irene cobre o rosto com os cabelos, a todo momento diz falo demais e, com candura, ri. A garota de branco, de repente mais calma, também ri de uma coisa que Etchart acaba de dizer, a quem uma senhora de vestido preto que se interpõe entre ele e a de branco oferece uísque. Uísque não tem nenhum efeito sobre mim, diz Irene, e aceita outro copo. Se você continuar assim, teremos que te levar carregada, lhe diz um rapaz de óculos. Não seria um trabalho muito duro, diz o das têmporas grisalhas. Irene solta risinhos, diz aos dois que não se preocupem, pois num Ano-Novo ela tomou umas onze taças de sidra e nada aconteceu. A de preto parece ter se esquecido de que estava servindo o uísque; parou na frente de Etchart e conta a ele algo em atitude confidencial. Quanto à de branco, só lhe restou retirar-se; ela e uma outra, a de vestido brilhoso que conversa com um senhor muito feio em quem não presta atenção, não tiram os olhos de Alfredo Etchart. A de preto se posicionou de um jeito que não permite que Irene o veja. Irene chega mais para o lado. Acho que o uísque te deixa agitada, diz o rapaz de óculos. Sou agitada, diz Irene, fico me mexendo de um lado para o outro. Vários homens riem, encantados. Certas mulheres podem estar pensando por que permitem que essas pirralhas venham a reuniões de gente séria. A garota de branco, a de vestido brilhoso e uma bem bonita recém-localizada devem estar se perguntando se algumas dessas velhas flácidas não terão vergonha de andar flertando com homens jovens. Por fim, a que é muito bonita avança decidida e, apontando para um senhor bem baixinho, diz algo à de preto. A de preto olha com perversidade para a muito bonita e segue para servir uísque ao senhor bem baixinho. Irene se sente um pouco atordoada; sua cabeça dói. Etchart está explicando alguma coisa para a muito bonita. Como seus olhos são brilhantes, diz o das têmporas. É mesmo?, diz Irene; vou me olhar. Atravessa a sala e vai até o espelho do saguão. Etchart diz que aquilo que se costuma chamar poder parapsicológico pode não passar de uma exacerbação da sensibilidade e da inteligência, mas não a olhou passar. E aí?, pergunta o das têmporas. Certo, diz Irene; mas não é o uísque, é o calor. Vários homens riem, porque não acreditam nela. Nem Irene acredita em si mesma. Ri. Aceita outro uísque. As pessoas parecem cansadas e feias. O senhor das têmporas encostou a perna na perna de Irene, que não se afastou. A garota de branco voltou a se aproximar de Etchart. Você é um encanto, diz o das têmporas. O rapaz de óculos fala sobre os transtornos da velhice. Irene assente de forma ambígua. Nunca vi olhos como os seus, diz o das têmporas. Irene sorri para ele. Tenho que avisar essa garota, a Irenita, para se preparar, porque já vamos embora, diz a professora Colombo. Você já vai, Alfredo?, pergunta a de preto. Não, imagine se estou zonza, diz Irene, e tenta ir em frente sem cair.

O saguão está cheio de gente. Você viu meu *vison*?, pergunta uma voz. Me passe aquela bolsa, diz outra. Irene se deteve. Uma mão, atrás dela, deu um leve puxão em sua blusa. Ela não se vira: fica imóvel, de costas para o dono da mão. Sabe o que acaba de acontecer e não se surpreende. A surpresa vem depois, por causa de uma especulação: o que a surpreende é não estar surpresa, é aceitar com tanta naturalidade que já sabia aquilo de antemão.

— Que seja a última vez que você me trai — acaba de dizer Alfredo Etchart. — Minha vingança pode ser perigosa.

Disse isso quase na orelha de Irene, a suas costas. E ela nunca vai se esquecer do leve calafrio que sentiu na espinha.

Agora, sim, ela se vira. Tem a rebeldia estampada no rosto. Os dois oponentes ficam frente a frente.

E há algo que parece estar ali desde antes, oculto. Certa qualidade que os dois podem reconhecer nos olhos um do outro. Ou talvez se trate apenas de uma característica de espelho, que permite a Irene (re)conhecer-se no olhar dele. Um sinal ou um supremo desejo que já começa a derramar sua luz sobre as dissonâncias daquela noite, sobre certos risinhos disfarçados, sobre aquele afã intolerável de gritar debaixo dos astros, sobre a face oculta da lua, da face de lua de uma infanta maliciosa e clandestina, intimidada pelo maligno sonho de um destino de privilégio que a espera para devorá-la nos recantos escuros de sua alegre vida diurna.

Ele disse alguma coisa e ela fez que sim com a cabeça. Ele diz o nome de um lugar. Diz um endereço e um horário.

— Vai se lembrar?

— Claro — ela diz —, tenho uma memória impressionante.

Então percebe nele algo que muitas vezes leu nos livros: ele sorriu com os olhos. Em seguida vai embora.

A contenda terminou: nem vencedores nem vencidos.

Amanhã vão se encontrar no Constantinopla.

— A que horas? — perguntou Irene.

Mas uma pequena catástrofe adiou a resposta de Alfredo. A música do rádio se interrompeu abruptamente, a luz se apagou.

— Nos demos mal, os botões se desplugaram — disse Irene, desembaraçando-se com astúcia do que Alfredo estava contando enquanto consertava a caixa de som.

— Fusíveis — disse Alfredo. — Te falei mil vezes que se chamam fusíveis.

— Olha só pra quem você está dizendo isso. Acha que não sei que se chamam fusíveis porque vêm de fundir?

— Fundir o quê? Me arranje uma vela.

— O fiozinho de metal — disse Irene.

E, enquanto remexia as gavetas, explicou como os elétrons, por causa de algum contato antinatural, podiam perder toda a resistência e entrar em circuito curto, que isso era o curto-circuito e não, como certamente acreditava o tosco humanista intuitivo, um corte no circuito. O corte vinha depois, já que o fiozinho ou fusível era a primeira coisa que derretia — ele já devia saber que o fio se rompe pela parte mais fina —, interrompendo a passagem de elétrons e evitando assim a queima de todo o conjunto de cabos e adjacências.

— Muita teoria, sim — disse Alfredo —, mas nem sequer uma vela você é capaz de arranjar.

— Coitado de você, veja isto — disse Irene, erguendo triunfalmente uma vela usada.

Voltou tateando, coisa que não a afetava muito, já que mesmo em plena luz costumava trombar com as coisas que se interpunham em seu caminho e que lhe permitiam comprovar aos tropeções que o mundo não era uma pura abstração.

— Agora me arranje um fio de metal fininho — disse Alfredo.

— Isso, sim, eu não tenho.

Gol contra. Nessa altura de sua vida — e não sem muito esforço —, podia sustentar com certa perícia uma conversa sobre buchas ou porcas, manejava com discrição a furadeira e contava com uma reserva considerável de rebites, parafusos em ele, fita isolante e outros utensílios, mas fio de metal fininho não tinha.

— Tudo bem. Vou tirar um do cabo do amplificador.

— Ah, não! — gritou Irene.

Tarde demais: Alfredo já empunhava a tesoura. O cabo blindado, lisinho, impoluto, estava definitivamente cortado em dois.

Com vago terror, enquanto o seguia com a vela, observou como Alfredo descascava o cabo, tirava peças misteriosas da caixa de fusíveis, lutava com o fio, penetrava no desconhecido, parafusava e pronto: fez-se a luz.

O que solucionava o assunto da escuridão, mas deixava, iluminado e nu até a indecência, outro problema: o coração destroçado de seu amplificador (para não falar agora do cabo), que nunca mais voltaria a ser o que era. E que, por sua vez, encobria outro problema, ainda de natureza incerta, que estava à espreita enquanto Alfredo desmontava o amplificador e lhe contava o que acontera naquela tarde: a abelhuda, que por fim tinha falado com ele.

— Você faz ideia de até onde isso pode ir? — perguntou Alfredo, olhando com ar de dúvida uma espécie de lampadazinha.

Irene foi invadida pelo pressentimento de que as coisas começavam a dar errado.

— Te falei que era melhor mandar consertar no Palácio do Amplificador — disse.

— Você não vai me comparar com um palacete chinfrim — rebateu Alfredo, e, decidido, encaixou a lampadazinha onde lhe determinava o coração. — O que você acha que fazem com eles, lá?

Irene pensou que justamente isso — não saber — era o que a tranquilizava. Poderia ter confiado sem hesitar em um Palácio regido por leis desconhecidas. Com vago temor, é verdade, com a incômoda suspeita de que um mecanismo natural seria maculado — tinha uma fé cega nos produtos de fábrica, e as armações primitivas lhe pareciam alentadas por certo sopro divino —, mas também teria confiado nele desde que lhe devolvessem uma coisa aparentemente igual à que era antes e desde que não tivesse de passar por aquela derrocada de estruturas transitórias.

Por acaso não tinha abandonado a física nove anos antes por algo assim? Muita função de Lagrange, opa, muita integral de Hamilton e divagações sobre a natureza do curto-circuito, por que a lua não cai e por que uma peninha voa. Pensamentos não contaminados, isso sim, elaborações que podia corrigir, retorcer, apagar sem deixar rastro. *Mas todo ato deixa seu rastro* — pensou com terror, vendo como Alfredo juntava com fita isolante os dois tocos do cabo cortado, e foi fazer café —, razão pela qual o cristalino mundo matemático se desfez em pedaços deixando-lhe apenas um mal-estar literalmente físico, um prosaico nó no estômago no primeiro dia que lhe coube contemplar, sem ajuda, as diminutas entranhas de um circuito ou futuro circuito eletrônico, um objeto que existiria somente se ela fosse capaz de armá-lo. Observou-o com desconfiança por três semanas. Resistências minúsculas, pequenas válvulas, transistores que, como a Polegarzinha, eram do tamanho de um grão de anis — mas por qual distração ou equívoco da Natureza, ao observar um transistor, a claramente promissora estudante de física precisava pensar na palavra "Polegarzinha", lida aos seis anos e cujas ressonâncias deleitosas desde então a envolviam a respeito de todas as coisas infinitamente pequenas que habitam o universo, não por causa da ilustração (lembrava-se sem encanto de uma menina flutuando em uma folha entre plantas aquáticas, imagem vulgar muito inferior à sonoridade da palavra *Polegarzinha*), não pela ilustração, e sim pela comparação: *pequena como um grão de anis*. E o curioso é que nunca na vida tinha visto um grão de anis nem lhe passara pela cabeça que pudesse ter grãos o que até então para ela fora só uma bebida transparente em uma garrafa hexaédrica servida em tacinhas e cujos resíduos faziam a alegria de pequenos futuros alcoólatras e dela mesma. No entanto, bastou ler “pequena como um grão de anis” para imaginá-lo cristalino e embriagante como o licor, e pequeno como tudo o que possa haver de menor sobre a Terra; e também para de repente compreender o verdadeiro tamanho da Polegarzinha, em quem pensava desesperadamente enquanto contemplava os transistores. Mas nada lhe causava tanta angústia quanto o chassi vazio, no qual teria que montar um circuito que só funcionaria se todas as peças se ajustassem sem nenhum erro, momento em que o futuro trabalho tropeçava — em sua previdente imaginação — em sua própria falta de jeito ou no demônio inato que a fazia tomar sempre a contramão, instalar a imperfeição assim que as coisas eram tocadas por seus dedos, razão pela qual nunca se animou a juntar sequer dois cabos, razão pela qual depois de um calvário que durou vinte e um dias, convencida de que nunca montaria aquele circuito e portanto nunca seria aprovada em eletrônica e portanto abandonou abruptamente o curso de física. Não esquecer, em momentos de exaltação, de contabilizar esse fracasso.

— E o café, sai quando?

— Já levo — disse Irene da copa; pôs as xícaras em uma bandeja e resolveu perguntar: — Como anda isso aí?

— O que você acha? — replicou Alfredo.

Uma luzinha verde e uma luzinha vermelha se acenderam no momento exato em que Irene entrava com a bandeja. Alguns segundos depois a voz de Paco Ibáñez, *tú no puedes volver atrás porque la vida ya te empuja como un aullido interminable, interminable*, a fez levitar na ilusão transitória de que todos os problemas tinham acabado. A que horas? Ai!

Sua memória era sistemática e implacável. Obrigou-a a retroceder — não quero, não quero!, tenho vontade de ser feliz! —, obrigou-a a retroceder àquela intersecção que, na teoria das mudanças de estado físico, se denomina ponto triplo. Um ponto único — *a que horas?* — para o qual convergiram três problemas. Se o problema *um* estava resolvido e o problema *dois* estava resolvido, qual faltava? Shh, o terceiro não era de maneira alguma um problema. Então não reagira feliz da vida quando Alfredo, assim que começou a desmontar a caixa de som, dissera:

— Não sabe quem veio falar comigo hoje.

— A abelhuda — dissera Irene sem pestanejar.

Ele falou que ela era incrível. Modestamente, disse Irene. O que não disse foi que naqueles três dias pensara mais de uma vez que uma trombada tão bem armada pela Providência tinha que trazer algo mais. Em vez disso, perguntou:

— Como foi? Ela se aproximou sem mais nem menos e começou a falar com você?

Não, a abelhuda tinha seu estilo, disse Alfredo. Coisa que Irene já constatara no fim de abril. Uma garota capaz de ficar esperando a uma distância prudente que ele a descobrisse, como se fosse muito tímida ou muito orgulhosa para fazer o esforço de se aproximar completamente, sem dúvida tinha seu estilo. Embora devesse ser, sim: tímida e orgulhosa. Mas o diabo é que ela sabe disso, decidiu Irene em maio.

O que certamente não sabia era que Alfredo a notara desde a primeira vez e que os movimentos inúteis que era obrigada a fazer para ficar sempre um pouco atrás, com sua perpétua cara de expectativa, o divertiam como louco — e os contava depois a Irene. O que tampouco tinha como saber era que Irene seguia, além disso, os movimentos ocultos de sua alma, as especulações que eram tramadas atrás daquele olhar de assombro — mas com que direito, teria lhe dito a garota, com que direito a senhora pretende entrar na minha alma? —, os invisíveis sobressaltos daquele corpo à espreita, sempre disposto a ser capturado. Ou a capturar, se fosse o caso. E o caso por fim tinha chegado. A abelhuda, naquela mesma tarde, se aproximara mais que de costume e esperara que os outros se afastassem. Então, sim, falou, como se sempre tivesse falado.

— Eu te vi outro dia. Você estava parado na rua, rindo sozinho.

— Eu também te vi.

— Não viu, não!

— Vi, sim — *começo promissor*, pensou Irene. — Você vinha correndo e deu uma trombada.

— Trombada? — a garota irradiou indignação. Via-se nitidamente que não podia tolerar nele um engano tão grosseiro.

— Trombada — ele repetiu. — Não com um carro, boba. Com uma mulher.

Irene sentiu as palavras "com uma mulher" como um tapa na cara.

— Ui, é mesmo — disse a garota com o tom de quem havia esquecido completamente o fato, e Irene refletiu sobre como o ponto de vista pode ser equívoco. — Mas me viu como, se não percebi?

— Vejo mais coisas do que vocês imaginam — disse Alfredo. E nem precisou contar a Irene sobre o tom da voz dela. É um cruzamento de Tolstói com Oscar Casco,[1] escreveria, daí a amplitude de seu registro (da ninfeta mais tosca à mais assídua leitora de Lévi-Strauss, *desde la princesa altiva a la que pesca en ruin barca, no hay hembra a quien no suscriba y cualquiera empresa abarca*)[2] e sobretudo daí o deslumbramento que provoca em certas mulheres involuntariamente fisgadas a um só tempo por Thomas Mann e Agustín Lara. De modo que Alfredo também não precisava contar a ela (embora tenha contado, só pelo prazer de compartilhar um prazer) a cara que a abelhuda fez, o embate que enfrentou com pé firme, sua rebeldia silenciosa à altura da palavra "vocês", bravo, coleguinha, é muito cedo para mostrar a verdadeira cara. Mas quero ver você daqui a treze anos, ainda destemida, os olhos aumentados de curiosidade, o coração sedento de sabedoria, perguntando em tom casual, científico, de alegre camarada que pode assimilar sem piscar qualquer novo jogo que o destino lhe proponha.

— E então?

— Então vamos nos encontrar amanhã.

— A que horas? — perguntou Irene.

E agora que a luz voltava a inundar a casa e que o amplificador propagava aos quatro ventos *te sentirás acorralada, te sentirás perdida o sola, tal vez querrás no haber nacido, no haber nacido*, a terceira inquietação pôde florescer até al-

1 Oscar Casco (1923-1993), ator e galã argentino. [Todas as notas são da tradutora.]

2 Versos da cena XII da obra dramática *Don Juan Tenorio* (1844), do poeta e dramaturgo espanhol José Zorrilla (1817-1893).

cançar o estado preciso em que tinha sido apagada pelo curto-circuito. E ela voltou a perguntar.

— A que horas o quê? — retrucou Alfredo.

— A que horas você vai se encontrar com a abelhuda.

— Ela se chama Cecilia — disse Alfredo. — Às cinco.

E se ele não tivesse se distraído testando um por um os botões do amplificador talvez tivesse notado, primeiro, o pequeno sobressalto e, depois, aquele peculiar sistema de sinais — certo jeito brusco ao recolher as xícaras de café, certa perfídia ao limpar as cinzas derrubadas sobre a escrivaninha — que ladinamente pretendia indicar o mau humor de Irene. Porque nesses casos ela não falava. Apenas ia deixando pequenos indícios pelo caminho, pedrinhas que poderiam ir guiando quem tivesse a paciência e o interesse necessários para entrar em espaços ocos, e lentamente, amorosamente, investigando-a com carinho, com violência, com resignação, esforçando-se para chegar — grande prêmio! — ao centro exato de sua angústia.

E não é que Irene não pudesse expressar ela mesma o que estava acontecendo. Seu muro de pedra consistia em que só podia se expressar com uma clareza irritante. Por exemplo, teria conseguido dizer: estou de mau humor por duas razões:

a) Porque essa garota é muito mais perigosa do que você pensa. Ainda que você pense que ela é muito mais perigosa do que parece.

b) Porque cinco da tarde é o meu horário.

Mas como fazê-lo perceber, em meio a tanto a e b, aquela nostalgia, mas também aquela inveja e aquele medo? Como explicar a ele, sem correr o risco de que comecem a voar pássaros e serpentes e feras trabalhosamente apaziguados, como comunicar-lhe a vergonha de suspeitar que desta vez não vai conseguir suportar aquilo? A alegria de outra, é isso o que ela acha que não vai mais conseguir suportar. A alegria da que ainda flutua nessa região incorrupta, imaculada, tão semelhante à perfeição, que é a espera.

Naquela noite ela cantou. *Yo sé que soy una aventura más para ti*, borbulhante de uísque, embriagada de felicidade, a ponto de emitir um uivo triunfal no carro da professora Colombo, embora — por fim civilizada — dosando sua demência em um suave cantarolar, *que después de esta noche te olvidarás de mí*. Jamais você vai esquecer. Ele não a esqueceria nunca, e ela era uma espécie de mulher fatal, ou melhor, era uma adolescente depravada que parte o coração dos homens adultos. *Yo sé que soy una ambición fugaz para ti, un capricho del alma que hoy te acerca a mí*. Nem pensar.

Na tarde seguinte também. Sozinha em uma mesa do Constantinopla cantarolava entre dentes, sem dúvida herança de Guirnalda, uma canção para cada coisa, mamãe, mamãe, *son las cinco y Alfredo no viene,/ son las cinco y Alfredo no está,/ yo me pongo mi traje de pieles,/ y a la playa lo voy a buscar*. Enigmas para a pequena Irene, que escuta mamãe cantando enquanto finge ninar a boneca: 1) como é uma roupa de pele? 2) por que usar roupa de pele para ir à praia? 3) o que esse Alfredo faz na praia, considerando, pela roupa de pele, que deve ser inverno? Embora a canção de Guirnalda não falasse em Alfredo, e sim em Enrique, *son las nueve y Enrique no viene*, de onde a pobre Guirnalda tirou isso?, e se visse agora sua pequena flor nesse bar caindo aos pedaços, esperando por um cavalheiro adulto que não chega, ela, que a penteava ajeitando a franja e engomando suas anáguas? Mas e essas canções? Essas doidas que morriam de amor, esses órfãos famintos, esses pivetes imundos que riem nas poças quando roçam a plumagem do condor caído? Algo Guirnalda fez para que Irene esteja agora aqui. Já faz quase quinze minutos. Chegou às cinco e cinco, apenas cinco minutos de atraso, era inevitável: uma espécie de relógio dentro da cabeça, a maquininha previdente que calcula por conta própria, que não deixa nada entregue ao acaso, tantos minutos para escovar os dentes, tantos para fazer xixi, para se vestir, se pentear, esperar o elevador, tempo de descida, trajeto até o ponto, espera do ônibus (cálculo com base nas condições mais adversas), a viagem propriamente dita (cálculo com base nas condições mais adversas), percurso até o objetivo, ajuste por erro, arredondamento. Às cinco e cinco. Até mesmo sua falta de pontualidade costuma ser pontual. Uma falta de pontualidade aparente, ou enganadora. Com quantos minutos de atraso a marquesa deseja chegar? Cinco, dez, vinte? A maquininha vai calcular. *Working*. Tic-tic-tic. *Exit*. Para chegar xis minutos atrasada a marquesa deve começar a se vestir em. Ah, os atrasados genuínos, ao contrário, os que se deslocam como arcanjos pelo espaço temporal, confiantes em que a areia do relógio não escorre durante as pequenas contingências, os que fixam prazos como quem formula um desejo, chego em cinco minutos, como quem convoca a magia, como quem anuncia minha vontade é chegar em cinco minutos, mas o ato de pôr a gravata, as escadas, uma insignificante viagem de ônibus se interpõem como obstáculos, são avatares da fatalidade que se opõe a meus anseios. Alfredo Etchart sem dúvida pertencia à invejável espécie dos atrasados: já passava das cinco e vinte e ele ainda não havia chegado.

Irene abriu o *Differential and Integral Calculus*, de Courant. Ela o trouxera com perfídia. Não tinha um certo ar de Imaculada, a consciência pecadora de quem não o é e a circunstancial desgraça de continuar a sê-lo? Sua situação era delicada. Que atitude tomar diante do professor maduro: maliciosa ou inocente? Pôs na mesa um curinga. Courant. As adolescentes com predisposição aos jogos matemáticos não são pura espuma. A experiência já lhe diria por quais meandros adentrar depois, mas enquanto isso, descasque esse abacaxi!

$$\int \frac{dx}{x^2} =$$

Anotou no caderno, debaixo do esquema do átomo de Bohr, por sua vez precedido por uma frase que parecia vir da página anterior: "*a angustiante alegria de me saber única, eu, Irene Lauson, centro do universo*". Dois números de telefone e o precário desenho de um ranchinho e um sol muito sorridente na margem superior prefiguravam o caos.

$$\frac{1}{X^2 - 1} = \frac{A}{X - 1} + \frac{B}{X + 1} = \frac{A(X+1) + B(X-1)}{X^2 - 1} =$$

ia escrevendo com signos enormes. Seria um erro cometido logo de cara que Alfredo Etchart visse a deficiente síntese da deficiente alma que emanava daquela página. Tinha que virar a folha o quanto antes. E virá-la agora mesmo? Isso nunca. Ela era uma embusteira com ética. Suas mentiras só mostravam a costura em um desvão reprimido de sua mente. E, claro, havia o acaso. Começar pela página rabiscada era abandonar-se ao acaso, esperar ansiosa que a moeda caia, uma espécie de zombaria da maquininha que calcula. Muito cálculo, sim, muito *tic-tic-tic-working*, mas quem vai impedir a vertigem com que às vezes atravessa a rua, o temor com que lê o número de um bilhete de loteria no qual depositou antecipadamente toda a sorte e todo o azar do dia, a incerteza com a qual está resolvendo essa equação integral, sabendo que se ele chegar antes de ela virar a página, ai!

$$= \frac{(A+B)X + (A-B)}{X^2 - 1} \Rightarrow \begin{cases} A+B = 0 \\ A-B = 1 \end{cases} \Rightarrow \begin{matrix} A = 1/2 \\ B = 1/2 \end{matrix} \Rightarrow$$

$$\Rightarrow \int \frac{dx}{X^2 - 1} = [\int \frac{dx}{2(x-1)} - \int \frac{dx}{2(x+1)}] =$$

ela resolve com pressa, o coração palpitando. Será que ele chegaria à página perigosa? Chegaria à página em branco? Chegaria sem que ela percebesse, isso estava decidido. *E isso que você está fazendo, o que é?* (ela erguia os olhos, sobressaltada, e o descobria espiando o caderno). — *Oh, desculpe, não sabia que o senhor tinha chegado; estava tão concentrada resolvendo... enfim* (ela fechava bruscamente o caderno). — *Mas era um exercício de matemática, não?* — *Tipo isso, sim* (ela encolhia os ombros como que diminuindo a importância do que ia dizer). *Análise matemática* (encabuladíssima). — *Análise matemática!* (ele se maravilhava, perguntava se falava sério). — *Claro, sério, eu estudo física, não sabia?* (ele não sabia, nunca teria imaginado, pela cara dela). — *E o que tem a minha cara?* (nesse momento acentuação do ar inocente, boa abertura dos olhos). — *Está perguntando a sério?* (aí ele dizia coisas encantadoras sobre a cara dela; angelical e travessa?, sim, e falava de quão intrigado havia ficado desde o momento em que a vira naquela festa horrível. Riso dela, melodioso). — *Só a cara é de anjo, na verdade eu sou o diabo; sério, não ria, a ovelha negra da família, se minha mãe me visse aqui com o senhor, cairia morta* (ele continua rindo, fica deslumbrado, percebe como será difícil compreender uma garota tão complexa, descobre que ela não se parece com nenhuma das estúpidas que conheceu e se apaixona por ela como nunca antes).

— Irene, certo? — Ai, ele estava se sentando, todo prosa. — Ou Irenita?

Não. Nada de associá-la à professora Colombo.

— Irene — disse. — Irene Lauson.

— Irene Lauson — repetiu ele, formal. — Muito prazer. Alfredo Etchart.

Irene sorriu, segura.

— Isso eu já sabia — disse.

— Ah, muito bem — ele pediu um café ao garçom. — E por que tanto desespero para me ver?

— Eu? — ela arregalou os olhos sem querer, sem agir conscientemente. Mas não, nada de se escandalizar. Se a coisa ia por aí, nada de "desculpe, senhor, não sei a que se refere". E não há melhor defesa que um bom ataque, qualquer mestre de xadrez sabe disso. — Porque estava com muita vontade de lhe dizer que o senhor me parece meio picareta.

— Senhorita — ele disse, professoral —, não acha um pouco exagerado que eu tenha que vir até aqui para que me diga algo — interrupção, sobrancelhas, de repente parecia estar se divertindo —, algo que talvez eu já saiba, senhorita?

— Não! O senhor não sabe! — Irene olhou para ele e arrefeceu. — Não sabe, porque na verdade o senhor não é nenhum picareta. Só parece.

— E o que a senhorita parece é um pouco contraditória.

— Pareço, mas não sou. Acontece que meus pensamentos são muito complicados, então para mim é difícil dizê-los com clareza. Quer dizer, penso bem...

Olhos azuis, com pontinhos. Riem sozinhos.

— Mas executa mal.

— Isso é outra coisa — disse Irene, toda vaidosa. — Acontece que eles surgem feito massas de pensamentos e tenho que dar voltas e mais voltas para pegar o fio da meada e. Não, um emaranhado, claro, como vou pegar o fio da meada de uma massa. São como emaranhados de pensamentos, então é muito difícil pescar a ponta e começar a dizê-los direito

— vaga consciência de que estava falando demais. Não. Não conseguia parar. — Se posso ficar calada enquanto a pesco, tudo fica fácil. Mas se no meio tenho que falar, aí me dou mal.

— Pense em hênide — ele disse.

— Em quem?

Ele não sorriu.

— Em hênide. Não é uma pessoa, é uma forma de pensamento. Posso te chamar de você, não?

Ele está caçoando de mim. Ou, do jeito dele, não?

— Claro. Todos me chamam de você.

— O "todos" foi exagero. Já vamos falar disso.

— De quê?

— Daquele velhinho da festa.

— Ah, aquele — indiferença teatral. — Nem sei quem é — encolhimento de ombros. — O que é uma hênide?

— Já ouviu falar de Weininger?

Irene teve que admitir que não e fez cara de aluna atenta, mas não gostava nada de não saber tantas coisas. As hênides, ele disse, eram os dados psíquicos em estado primitivo. Durante a primeira infância e nos seres inferiores (e Irene foi sacudida pela vontade de bater nele), a vida psíquica é constituída por hênides, e na hênide absoluta a linguagem não era possível, claro. Mas até os homens que tinham alcançado o mais alto grau de inteligência (ela começou a se sentir melhor) encontravam em sua psique partes obscuras e, portanto, indizíveis (muito melhor!). Na etapa em que os conteúdos estavam em forma de hênides, a pessoa girava em torno do objeto e a cada tentativa ia se corrigindo e dizia "esta ainda não é a palavra exata", o que representava uma insegurança no juízo a ser emitido. (Muitíssimo melhor!, isso era justamente o que acontecia com ela. E pensar que agora podia até dar um nome àquilo: *hênide*. Sua vida começava a se organizar. E tudo correu bem, até que apareceram as mulheres.) Ocorre que na etapa em que os homens já tinham seus conteúdos psíquicos em forma articulada, as mulheres continuavam pensando em hênide (*quais mulheres?*, pensou Irene). A prova disso, dizia Weininger (ele disse), era que toda vez que a mulher tentava expressar um novo juízo, esperava que o homem classificasse as representações obscuras dela, que interpretasse suas hênides (*por que você não se aplica um supositório de bombril e não vai ver se eu tô na esquina?*), daí que muitas mulheres não pudessem amar um homem que não fosse mais inteligente que elas, que até experimentassem repugnância sexual por aqueles que lhes davam razão em tudo. Em resumo, dizia Weininger (ele disse), a função sexual do homem-tipo diante da mulher-tipo era transformá-la em um ser consciente.

— Que gentil, o homem-tipo — disparou Irene. Bastante zangada, cuidado. — Quanto a mim, não conheço nenhum tipo capaz de me transformar em um ser consciente de mim... mais do que já sou.

Os olhos azuis fixos na cara dela. Riso interno? Bato em você agora ou depois? Irene sentiu que estava ficando vermelha. Nem pensar.

— O que quero dizer...

— Já sei o que você quer dizer. E por que sou um picareta?

— Não disse que o senhor era, disse que parecia. Não sei. Não sei como explicar. O senhor fala com os outros como se se importasse com eles. Com esse tipo de gente, digo, como se se importasse muito. E a verdade é que se importa uma bela... — interrompeu o que ia dizer. — O senhor não está nem aí.

— Não fica muito bem você dizer "uma bela merda", mas já que chegou até aí, melhor ir até o fim.

— Da próxima vez vou levar isso em consideração.

Ele pareceu estudá-la.

— Não tenho a menor dúvida — ele disse. — E então?

— Então o quê?

— Esse tipo de gente, tínhamos parado aí. Me importa uma bela merda. E então?

— E o senhor se comporta como se se importasse. Isso é tudo.

— Quer dizer que não pareço. Sou mesmo um picareta.

Irene balançou a cabeça com firmeza.

— Não, não. O senhor não é um picareta, porque não faz isso para enganar os outros. O senhor — e travou. Sabia o que queria dizer, mas não sabia como. As hênides! Não devia permitir que as hênides a devorassem. *Não usufrui, yes*! Sentiu-se poderosa. — O senhor não usufrui, isso. Não usufrui de suas mentiras — extraordinário: nunca antes tinha dito essa palavra; nem sequer sabia que sabia seu significado. — O senhor faz isso para. Quer dizer, não sei, ser um picareta é algo nojento, mas o senhor — voltou a interromper o que dizia.

— Não sou nojento?

— Aff — disse Irene. — No fim o senhor sempre puxa a brasa para a sua sardinha.

Ele riu. Algo nesse riso surpreendeu Irene. A alegria. A alegria era surpreendente em seu rosto, um pouco como uma transgressão. Ou um descuido.

— A questão é que você não estava, assim, tão zangada comigo — disse ele, e lhe restavam uns borrões de alegria.

— Quem disse? Claro que estava zangada. Me dava uma raiva enorme que o senhor perdesse tempo com todos aqueles idiotas, sei lá, que fizesse eles acreditarem que os estava levando a sério.

— Escute aqui, pirralha — a expressão dele tinha deixado de ser amistosa —, quem a convenceu de que as pessoas, *todas* as pessoas, não são dignas de que eu e *a senhorita* as levemos a sério?

Irene falou com fúria.

— O senhor estava se divertindo — ela disse. — Eu fiquei olhando o tempo todo. O senhor se divertia à custa dos outros — e agora se diverte à minha custa, seria necessário dizer, mas uma ova!, esse gosto é que ela não ia lhe dar. — Era como se estivesse do outro lado, sei lá, como se os visse de fora.

De repente ele aproximou o rosto do dela.

— E você, como sabe essas coisas?

Uma investida, ela escreveria treze anos depois. O olhar era uma investida para provar quando ela cairia. Uma ova.

— Sou perspicaz — ficara contente de uma hora para outra; nunca tivera um interlocutor tão seleto: tudo era permitido. — Perspicaz e esperta.

Ele levantou um dedo. Advertência.

— Cuidado — disse —, olha que a brincadeira não é para qualquer um — com ar enfadado, ele ficou olhando para uma mão trêmula: o garçom que servia o café. Riu subitamente. — Mas tudo bem. Você também se diverte. Sabe de uma coisa? As pessoas de ontem à noite também estavam se divertindo. À maneira delas. Veja que cara legal, no fundo, eu sou — começou a mexer o café. *Ato inútil*, pensou Irene, porque não tinha posto açúcar. Estava tão distraído que ela nem quis avisá-lo. — E é isso — ele disse por fim —, a cada um segundo suas necessidades, como disse Kropótkin.

Kropótkin, céus, ele disse Kropótkin. Adeus adolescente esperta, que efêmera foi sua vida. Agora o jeito era fazer cara de estudante revolucionária. Jamais reconhecer que não se sabe quem é Kropótkin. Weininger já era suficiente. No fim das contas, ela bem que lera o *Manifesto comunista*, e os *Princípios elementares de filosofia*, de Politzer, também. Com um nomezinho daqueles ele era russo, isso é batata. O que não ficou muito claro para ela é que o tal Kropótkin tenha podido dizer o que agora está dizendo Alfredo Etchart: que a gente às vezes vê as pessoas tão satisfeitas, Irene, e no fundo tão saturadas, que é quase um ato de amor complicar um pouco a vida delas.

— Mas Kropótkin não falou isso nesse sentido — disse Irene, e se sentiu inteligentíssima.

Ele sorriu.

— Vê-se que a realidade não tem segredos para você — e tomou um gole de café. — Mas isto está um horror.

— Você não pôs açúcar.

— Obrigado, neném. Da próxima vez me avise antes — jogou dois torrões de açúcar; mexeu. — E em que sentido Kropótkin falou isso?

Está me aplicando um teste, pensou Irene, irritada.

— Bem, Kropótkin... — olhar ambíguo dele; impossível discernir se está se divertindo à custa de uma ignorante, ou se fica impressionado por ela conseguir mencionar Kropótkin com naturalidade, ou se se sente uma espécie de imbecil por estar perdendo tempo com uma pirralha pretensiosa. *Problema dele: não fui eu que o convidei.* — O que Kropótkin quis dizer — recomeçou, decidida. E foi como se a segurança do tom da sua voz a arrastasse, como se o fato de se ouvir, entusiasmada e enfática, a convencesse de que sabia o que estava dizendo, porque de repente estava rolando por uma ladeira na qual havia muito terreno, e homens desamparados que o cultivavam sem amor, e um gordo radiante contemplando sua propriedade de dentro de um carro platinado ao lado de uma loura também platinada, e o que Kropótkin tinha dito era que é uma vergonha que existam homens, alguns poucos homens, que explorem milhões de pessoas e tenham casas e automóveis aos montes enquanto outros, que vivem amontoados e com muitos filhos, não têm sequer um pão para dar aos filhos! Não ria assim, que bobo: a terra tem que ser para quem trabalha nela.

— Desculpe — ele parecia encantado. — Sabe que você é um cruzamento perfeito entre a Pasionaria e a Periquita?[3]

---

3 Isidora Ibárruri (1895-1989), conhecida como La Pasionaria, foi uma líder revolucionária comunista espanhola de origem basca. Periquita era uma personagem das tirinhas *Periquita hace lo que puede*, muito popular

Que besta, pensou Irene.

Ele pegou o maço de cigarros. Ofereceu a Irene.

— Não fumo.

— Não fuma — repetiu ele, como se estivesse registrando algo; ou como se o fato de ela ter rejeitado o cigarro tivesse uma importância absurda. — Voltando ao nosso assunto... Você não pode negar que nem só de terra vive o homem. Bem, por assim dizer: eu sou uma espécie de trabalhador das almas — Irene ia falar; ele apontou o dedo para ela, aborrecido. — Trabalhar a alma — disse —, que nem sempre é a mesma coisa que ter uma. Na verdade, é o contrário.

Irene ia dizer que ninguém gosta de trabalhar naquilo que não é seu — Kropótkin! — e então achou que tinha entendido. *Nós, os frios, os que não têm alma*, pensou com arrogância. Sentiu-se magnífica.

— Não, claro — disse —, nem sempre é a mesma coisa.

Ele esticou o lábio inferior, como quem diz "caramba".

— Também não é tão simples — disse. — Talvez não seja uma carência, mas antes uma exacerbação da alma. Algo assim como uma hipertrofia.

Aff, pensou Irene, *por que ele não se decide de uma vez?*

— Certo — disse ela —, às vezes a gente sente que a alma não cabe dentro do peito.

A gargalhada dele a pegou de surpresa.

— Mas você entende mesmo as coisas ou é muito mentirosa?

---

na Argentina nos anos 1950, espécie de antecessora da Mafalda, de Quino.

Irene também riu. Começava a compreendê-lo. Ou a se dar conta de que ele a compreendia.

— As duas coisas. Bah, não sei. Não entendo tudo. Isso dos trabalhadores das almas acho que não entendo direito. Ou não gosto, não sei.

Uma chama de afeto brilhou pela primeira vez nos olhos dele. Ele a apagou.

— Olha, não é para tanto, às vezes eu exagero. Acontece que as pessoas costumam querer coisas e nem sabem que querem. Às vezes acho que percebo, isso é tudo. Viu o careca de ontem?

— Não.

Sólo tengo ojos para ti. A cabeça cantarolou de repente, contra sua vontade.

— Não tem importância, pode acreditar. Ele estava com vontade de me matar. E, bem, eu dei um bom motivo. Lembrei-lhe que o povo é peronista e seduzi a mulher dele. E a de vestido preto, você viu?

— Aquela cabra velha que estava servindo uísque?

— Céus, que cruel é a juventude. Sim, aquela. Estava doida para flertar, então eu disse alguns gracejos a ela, o que tem de mau?

— Vê-se que para o senhor todas as mulheres estavam doidas para flertar ontem à noite. A verdade é que o senhor passou o tempo todo dando uma de beija-flor com todas elas.

— Beija-flor! Que arcaica. De onde você saiu?

Irene sentiu que ia surtar.

— Sou muito tangueira — disse.

— Tangueira. Tangos e Kropótkin — apontou para o caderno aberto. — E isso?

— Análise matemática — disse Irene sobriamente.

— Análise matemática, bem, como diria um velho libidinoso, essa garota é um *boccato di cardinale*.

Ao seu dispor, pensou Irene.

— Eu não sou o bocado de ninguém — disse com fúria.

— Era um galanteio — ele puxou um cigarro. — Sob medida para você, suspeito. E lembre-se de que é assim como estou dizendo — distraidamente ofereceu-lhe um cigarro; ela aceitou. — Há sujeitos que nasceram cornos e senhoras que não gostam nada de ser virtuosas — suspirou com ar de cansaço. — E pirralhas que andam pedindo aos berros que as corrompam — acendeu o cigarro de Irene; ela não tossiu. — E alguns de nós viemos para emaranhar um pouco os fios da Providência — ele não olhava para Irene: olhava pela janela. — É o caso de dar a-cada-um-segundo-suas-necessidades, como disse nosso amigo em comum — observava com atenção uma menininha que pulava num pé só. — O que acha disso, cara de lua?

Irene tomou um susto. Ou talvez nebulosamente tenha intuído algo e, por fora, se assustou.

— ... e isso é a única coisa que importa — dizia Alfredo Etchart enquanto olhava a menininha. — A superfície. Este é o limite. Ainda que você parta meu crânio em dois, nunca vai chegar mais longe.

Aí, sim, olhou para ela. Foi um pouco estranho. Como se estivesse sendo invadido por uma espécie de ternura, ou de piedade. Ou talvez pelo impulso de protegê-la de alguma coisa.

— Está assustada? — perguntou. Era ele (escreveria Irene) quem parecia assustado.

— Parta meu crânio em dois e vai ver.

O jogo era difícil, e ela precisava ficar muito atenta para não cometer erros. Mas para ela era mais familiar que o xadrez. E muito mais divertido.

— Além disso, não sei se o senhor tem tanta razão assim. Às vezes a gente sabe o que os outros estão pensando. Eu quase sempre sei.

— Que interessante — a ternura foi ceifada de seu rosto. Ar jocoso. — Vamos ver: olhe para mim. O que estou pensando agora? — *Nojento*, pensou Irene. — Ah, ficou quieta, trambiqueira. Muito bem, então vou adivinhar o que você está pensando. Humm... Devo dizer? Digo. Você acha que eu falo demais, que teorizo demais, mas que no fundo só estou interessado em ir para a cama com você. E então? Penso isso ou não penso? Digamos, senhorita, que é a *senhorita* que pensa isso. Enfim, a juventude às vezes é muito precipitada, não acredita em formalidades. Mas eu, sim. E, para sua tranquilidade, informo que ainda por cima sou tímido, preciso fazer um longo rodeio, que expressão, porque agora também sei o que você está pensando: que sou o filho da puta mais filho da puta que você já conheceu na vida. Acertei?

— O *senhor* é que pensa isso — disse Irene com ódio real. — O que eu penso é que, se a ideia era me divertir com as suas teorias, teria sido melhor me levar para assistir a um desenho do Pica-Pau.

Ele bateu na própria testa com a palma da mão. Ar de contrição.

— Perdão, dona Escrupulosidade. Acho que me enganei feio desta vez, às vezes acontece. Perdão mais uma vez. Eu poderia jurar que esses jogos não eram totalmente desconhecidos para você.

Ah, não. Irene se sentia capaz de brigar até a morte com Alfredo Etchart, de defender com unhas e dentes seus domínios. Mas ele que não pusesse em dúvida sua perversidade natural. Enganar-se feio, professor? Se aos quatro anos ela já conhecia o efeito de sua franja, se já naquela época ria em segredo da candura dos adultos que viam em sua cara redonda a imagem da candura. Não foi aí que ela deu o primeiro passo irreparável rumo a esta tarde no Constantinopla? A infanta das palmadas adentrou a região proibida — nota-se — e um segundo depois do pecado, e um segundo antes do castigo olhou para Guirnalda (os olhos faiscantes de calculada malícia) e disse: "Você tem que me desculpar, mamãe: são aventuras infantis". Para que Guirnalda risse e perdoasse. E treze anos depois Alfredo Etchart também ria, pela primeira vez confiante. *E escolha a mim.*

— Está vendo — disse ele, e dava para perceber que estava entusiasmado —, é justamente isso que eu dizia.

Irene balançou a cabeça.

— Mas é que isso não se diz.

E era como se estivesse dizendo para si mesma, isso não se diz, grande tola, o que você fez? Desesperada de verdade, sabendo de uma hora para outra que havia um velho sonho de amor que se perdia para sempre, ou uma possibilidade de descanso no amor que se encerrara — que ela havia encerrado — antes que ela pudesse ao menos começar a ser. Nunca mais descanso nem inocência para Irene. O que havia feito? Se seu coração gritava: *Quero ser frágil, quero que me acolha...*

— Não, não — e ela continuava a sacudir a cabeça a despeito de seu orgulho. Como se as sacudidas pudessem tirar dela aquela sensação de saber, também agora, o que cada gesto seu estava procurando. — Quer dizer, não sei, uma tática secreta, quem sabe. Mas não se diz aos outros.

— Certo, *aos outros*, não. Eu só disse a você. Uma versão da "tática secreta", ou não? Te dizer coisas que te escandalizam, ou que deveriam te escandalizar, não é um jeito de te deixar contente? — puxou um cigarro e largou o maço no meio da mesa; Irene olhou para ele com certo temor, ou com certa tentação? — Sabe qual é a sua tragédia? É que você tem uma lucidez que não combina com a sua cara — e deu início ao movimento de tocar a têmpora dela; mas na metade do caminho se deteve; pegou o maço de cigarros bruscamente e o guardou no bolso. — Você quase não consegue suportar a sua lucidez.

— Eu suporto qualquer coisa — disse Irene, cometendo o pecado do orgulho. E pior que isso, escreveria. Preciso suportar justamente aquilo que me assusta, para poder me gabar do meu privilégio. Privilégio? Enfim; de algum jeito temos que chamar as coisas.

— Deve ser isso mesmo — disse Alfredo, e dessa vez, sim, estendeu a mão e tocou o rosto dela.

Ela não fez nenhum movimento, nem precisava. Já estava do outro lado. Ou talvez, pensou depois, sempre havia estado ali.

Como a sobrinha explicava aquilo?, dissera a porteira. Que às vezes alguém os via chegar e dava até vergonha vê-los:

pareciam dois namorados. Mas que outras vezes ela (a senhorita Irene) não estava e então ele (o professor Etchart) aparecia com uma dessas malucas que ele sabe atrair e, bom, o que devia acontecer ali só Deus sabia. Que uma manhã quase tem um treco. Estava toda orgulhosa limpando o hall de entrada e quem sai do elevador? Ninguém mais ninguém menos que o professor Etchart com uma ruiva que minha nossa. E não é que bem quando ele chega à porta do prédio entra a senhorita Irene? Chega toda tranquila, com um saco de doces e comendo um pão de açúcar, e eu pensei (disse a porteira), bom, desta vez vai dar chabu. Mas, não, os três se juntam e ficam ali parados e não é que ele vai, morrendo de rir, e aponta para ela e diz à vermelha: te apresento minha mãe. Mãe! A sobrinha se dava conta da provocação? Se do jeito que ela estava, sem maquiagem e comendo aquele pão doce, a gente não lhe dava mais de, enfim, a porteira, que fazia mil anos que a via vir à casa dele, desde que ela era uma pirralhazinha imberbe, que se fosse filha sua acabava com aquelas manhas debaixo de uns bons sopapos, podia jurar que a senhorita Irene já devia ter seus bons, enfim, a questão não era essa, a sobrinha não concordava?, a história é que a vermelha olhava para ela e olhava para ele e não entendia bulhufas. Vá entender. Mas ela, com a cara mais deslavada, vai e mostra o saquinho a eles e oferece os doces. O professor pegou uma tortinha e começou a comer ali mesmo, era evidente que estava com fome, mas a vermelha dava para ver que não queria saber de nada, porque dá-lhe puxar o professor pela manga dizendo vamos, vamos, que estou atrasada. Depois se atrasam, pois sim. Então a senhorita Irene foi para o elevador e os outros dois, para a porta do prédio e, como se não bastasse, não é que a senhorita Irene vai e grita para o professor: Vá com Deus, meu filho. O que a sobrinha achava disso? Dava para pensar que dali para a frente aconteceria um crime, não? Mas não. Pouco depois o professor voltou sozinho e ao meio-dia saíram os dois, mais frescos que uma alface. O que eles têm nas veias, a sobrinha podia explicar? O que será que sente uma mulher assim?

Sinos. Que repiquem os sinos. Que um pássaro enlouqueça e irrompa uma flor. Ai, obtusos logaritmos neperianos, que fácil construir uma alegria com palavras: corações que cantam, sinos que soam, sol que se derrama sobre as calêndulas e floripôndios. Mas não. Nem um sino, nem a irrupção de uma flor. Nem sequer o simples toque do telefone, que sem dúvida a faria pular da cadeira como pulou naqueles cinco dias, inutilmente buá; nada de lamentos, perseverança e coragem, a próxima será. Vendo Irene Lauson — camisão azul-claro folgado, óculos, trancinhas ridículas, livro de Courant — dedicada à resolução de uma derivada, ninguém poderia imaginar os cavalos-marinhos, as petúnias e os pintassilgos que guerreiam em seu coração. Outra vez palavras. Mas isto não: isto é um fato. O que faz Irene? Escreve um nome em uma clareira de sua equação diferencial. E o põe dentro de um coração! Que vulgar. Que igual a uma fulana qualquer. Charada: O que diferencia nossa futura Sonia Kovalevskaya de uma fulana qualquer? Isto. Esta super-Irene que se instalou por trás do ombro dela e que ri mostrando os caninos; com dedo implacável, indica o método de derivação das funções exponenciais e recorda sem dificuldades que tem uma prova em três horas e já passou da idade do besteirol. Faz cinco dias que sua preparação tem deixado muito a desejar. Para ser exata, desde quinta-feira, 7 de julho, quando aconteceu aquele singular encontro no Constantinopla.

Ficou na janela por alguns segundos mais. Já não se ouvia nada. A porteira e a sobrinha deviam ter entrado. De todo modo, não podia continuar esperando Alfredo. Entrava na Caixa da Indústria e Comércio ao meio-dia e meia e já era quase meio-dia. Com todo o cuidado, tirou da máquina de escrever uma página na qual passou os olhos e leu sobre um assassinato e um garoto; por respeito, desistiu de continuar lendo. Pôs uma folha em branco e escreveu: *Meu jamais esquecido Valmont: não lhe atormenta a consciência que o senhor tenha me acompanhado até seu distante bairro de Flores em vão? Não é necessário me dizer que não: sua ausência de sentimentos não me afeta. Abandono violentamente o tratamento formal e começo a fazer recomendações estilo esposa: lembre-se de que hoje temos que ir buscar a Remington e sobretudo lembre-se, pelo amor de Deus!, de que o velho fecha às seis — quem pode comigo agora? Já inventei a história mais comovente do mundo para o pessoal da Caixa para sair duas horas antes, então passo para te buscar na faculdade às cinco e quinze. Você tem que me contar direitinho como foi o primeiro encontro com a abelhuda. Houve algum outro encontro? Não estamos um pouco desencontrados, nós dois?*

O telefone tocou.

— Oi.

— A princesa das Astúrias está?

Algo dentro de Irene se apaziguou, se ordenou.

— A princesa em pessoa — disse. — Como você sabia que eu estava na sua casa?

— Porque eu estou na sua.

— Ai.

— Não é para se lamentar tanto, não se preocupe. Sou uma espécie de traste.

— Não sei o que você andou fazendo.

— Isso porque você tem uma mente distorcida e suja. Embora não acredite, passei a noite toda tentando fazer uma adolescente indignada entender o que é imperativo categórico.

— Acredito totalmente — disse Irene. — Imagino como ela estava interessada.

— Tudo o que você imaginar é pouco. Ela tem prova hoje, mas não parecia muito preocupada. Dizia que toda essa história de Kant lhe parecia perfeitamente inútil, mas que ia fazer a prova, mesmo que fosse mal. Para ganhar experiência.

Danou-se, ela é das que se fazem de esquisitas, pensou Irene enquanto outra região de seu cérebro registrava os pretéritos imperfeitos. Nada de "diz" ou "lhe parece". Dizia, lhe parecia. *Deus nos ajude, ela resolveu fazê-lo mudar de ideia e já pôs mãos à obra.*

— Ela deve ser ignorante — disse Irene.

— Não é ignorante. Quer dizer, em certo sentido, sim. Mas no fundo...

— Já sei — disse Irene —, no fundo tem catacumbas e catedrais. E até uma arvorezinha.

— Não seja desalmada. Queria ver você aos dezessete anos e nas vésperas da sua primeira prova.

Eu também queria me ver. Foi apenas uma lufada, o fulgor de uma recordação, um relâmpago de felicidade iluminando-a sem piedade a partir de sua primeira prova.

— Mas não estou falando nada — disse Irene. — O que acho um exagero é que a esta altura do campeonato você ande por aí dando uma de professor particular. Você tem quarenta e três anos e, como disse aquele retardado no outro dia, você vem a ser a chama acesa, a lâmpada votiva e não me lembro que outros incêndios da literatura argentina. Não pode perder uma noite inteira da sua vida fazendo uma garota entender o imperativo categórico. Se bobear, até uma cola você deve ter feito para ela.

Ouviu a risada de Alfredo e fechou os olhos por um segundo.

— Mas se você visse *que* cola. Sério, quando eu te contar, você vai ficar orgulhosa de mim. É incrível; acho que não existe uma coisa tão perfeita em toda a história das colas.

Sentiu-se invadir por uma involuntária maré de amor pelo homem que estava rindo. A paixão: esse era seu segredo.

— Espero que pelo menos ela se saia bem — disse. — Caso contrário, olha que papelão.

— Aí está o xis da questão. Ela ainda não acredita que vai se sair bem. Apostei com ela que vai.

— O que apostaram?

— Se ela perder? Disse que havia uma coisa que eu não tinha a intenção de lhe dizer enquanto não chegasse o momento certo. Acho que foi quando ela ficou nervosa. Embora finja frieza.

— Imagino — disse Irene. — E quando vai chegar esse momento?

— Ela não sabe a que horas é a prova, é meio distraída. Falei para ela que a esperaria no barzinho em frente a partir das quatro e meia até o apagar das velas. Acho que ela não acredita muito em mim.

Houve um pequeno desmoronamento silencioso, algo que acabou se parecendo com melancolia.

— Mas eu sim — disse Irene, em voz bem baixa.

Porque o conhecia. Sabia que era capaz de realizar atos que nem ele esperava de si mesmo, só para convencer uma mulher de que ela se enganara ao fixar os limites de sua paixão: ele era capaz de saltar cercas, se atracar com crocodilos, afundar na lama até a cintura, só para surpreender uma garota com o presente de uma única e esplêndida flor do pântano.

Mas também era capaz de ter descuidos imperdoáveis, coisa que Irene não pensava em fazê-lo relembrar. Só o que fez foi deixar um de seus rastros, uma sombra de mau humor no tom, ao se despedir. Depois de desligar, esperou alguns minutos ao lado do telefone. Mas sem muitas esperanças: Alfredo estava entusiasmado demais para reparar nas nuances de sua voz. Por fim fez uma bolinha com a carta, pôs de volta a página de Alfredo na máquina de escrever e avançou para a porta.

E cinco minutos antes que Irene saísse para fazer sua prova, ele telefonou. "Lá pelas seis vou estar perto da sua casa, então, se você quiser..." Sim, ela quer, professor; o convite não foi nenhum exemplo de gentileza, mas ela quer mesmo assim. E quando Irene quer alguma coisa, tcharã, eis aqui: alegre feito um pandeiro, tilintante feito um sino, com passarinhos na cabeça feito uma fulana qualquer, entrando em Las Violetas feito uma baderneira. Sabe que passei a prova toda pensando no senhor? Como vai saber, com esse ar de interrompido no melhor do. Do quê? Ajuizadamente, ela se senta. Sobrancelhas, sorrisos, cumprimentos. O que estava lendo, tão distraído? (Movimento equivocado, mas já não é possível voltar atrás.) Blake, ela não leu Blake? Não, não leu (e não dou a mínima, idiota, veja que entardecer incrível lá fora, se fosse com um homem, então...). Impossível não ter lido Blake. Tristonha, ela assume: grande lacuna em sua educação. Mas está quase. Começamos agora: segure-se, Catalina, que vamos navegar. E o meu crepúsculo? Shhh. Quem quiser vir junto, que venha, *no sul inóspito mamãe me deu à luz,/ E eu sou preto, mas oh! A alma que tenho é branca.*[4] Ou quem conseguir. Ela consegue. Refreia seus impulsos, flagela seus pardais e seus pintarroxos: sabe se colocar à altura de seus interlocutores. Atenta, ela o escuta. Ele se entusiasma, ela se entusiasma, *venha viver, seja alegre e junte-se a mim,/ cantemos em doce coro, há, há, hê!.*[5] Vê agonizar o crepúsculo como quem ouve

4 Versos de "O negrinho", de William Blake. Tradução de Paulo Vizioli.

5 Tradução livre dos versos de *Laughing Song*, de William Blake.

chover. É estoica e astuta. Se você é mesmo bruxo, vai me pegar no erro. E agora que seus sinos estão apáticos, saíram para a rua e ele inesperadamente disse:

— Me fale de você.

Quase nada. Não era prepotente, *Herr Pro-fes-sor.* Três horas lendo Blake para ela, como se o dia fosse eterno, e agora vem com essa. *Me fale de você*, tá. Ao menos podia ter sido mais concreto. Nome. Endereço. Estado civil. Não tão concreto, mas sua obrigação é facilitar as coisas, para isso é adulto, não? Não. O cara não te facilita nada, te joga o tema e você que se vire, bonita. Bonita eu sou, mas um pouco complicada, não acha? Como todos, não: pior que todos. Por causa da memória. Como se a toda hora eu fosse eu e toda a minha história e o que eu penso de toda a minha história e. Não, imagina se estou exagerando, dos três anos de idade em diante me lembro de tudo. Tenho uma memória impressionante. O quê? Já falei isso? Certo, sim, no dia da festa, tinha me esquecido.

— Nota-se que sua memória é impressionante.

— Falei impressionante, não infalível.

Muito inteligente, sim. Mas tímida. Quando menina nunca falava, sério. Não sei, acho que era medo de não parecer tão inteligente quanto eu achava que era. Então não abria a boca e fim de papo. Mas aos oito anos resolvi um problema matemático de catorze etapas, um concurso que a professora tinha feito. Ganhei, claro, ninguém mais conseguiu resolver. Uma surpresa para todos: foi a primeira vez que brilhei de verdade. Eu gostava daquilo. Me refiro a resolver problemas.

E escrever poesias. Aos nove, fiz uma poesia para a primavera. Cinco estrofes! Obtive uma nota ruim, isso sim, algum dia conto. Mas não importa, foi naquele momento que ganhei a admiração das outras. Eu recitava os versos nos recreios, mas elas tinham que me pedir.

— Em que série você estava?

— Quarta.

— Então não tinha nove anos, não me venha com lorota. Tinha dez.

Ah, ele sabe essas coisas também, essas coisas mundanas. E ainda por cima se engana, tem sua parte ignorante, hein? Irene se enche de orgulho feito um sapo. Eu não, eu não, eu, aos nove, estava na quarta série; me puseram direto na primeira série do primário porque sabia tudo, até o ípsilon (o que estou dizendo, estou louca, foi para isso que fiquei procurando Laurence Sterne e Kropótkin nas bibliotecas por cinco dias, perguntando o que é um crítico marxista, Lukács?, Gramsci?, *vamos lê-los,* pensou, *mesmo que morramos tentando,* ah, preguiçoso, não vai me pegar de surpresa desta vez, e tudo para poder dizer que foi direto para a primeira série porque sabia até o ípsilon). Ele ri, parece se divertir, diz que Irene é mais vaidosa do que quer aparentar, mas será que percebeu que a rua Bulnes ficou para trás? A rua dela, a casa dela ficaram para trás. E Guirnalda, que estará esperando devotamente a menina aprovada. Esse homem não sabe que ela tem dezessete anos e uma mãe ansiosa que ficaram para trás? Irene não diz nada: acaba de entrar nas preliminares de si mesma. Si-mesma? Que exagero. Apenas retalhos que vai extraindo ao acaso, fragmentos resgatados de algum lugar da memória para que ele monte a figura, se lhe der na telha — e tem a sensação de que, sim, lhe dá na telha, mas também tem a sensação de que não há figura, de que talvez não saia nada, por mais que ele se empenhe em encaixar as peças. Sensação que não a abandona nem sequer agora, que vislumbra a felicidade sobre uma ponte debaixo da qual está passando um trem —, eu vinha aqui quando era menina, passava horas caminhando de uma ponta à outra da ponte e ouvindo os trens. Como se estivesse falseando um pouco as coisas enquanto fala de trens e de pontes, como se o mero fato de nomeá-las — de isolá-las quimicamente do resto — as falseasse, e ela não fosse inteiramente esta que agora está dizendo a ele: mas eu não era inteiramente esta, não sei, não sei se vai me entender, eu tinha franjinha e subia numa cadeira e dizia versos, mas era como se brincasse de ser uma menina de franjinha, entende, como se eu ficasse de fora, me vendo ao mesmo tempo como os outros me viam e como os outros não podiam me ver (como se vê agora, contando a esse homem retalhos de si mesma na esperança de que ele, por alguma ponta, capte isso que é indefinível e por momentos grandioso mas por momentos, ah, tão miserável, que ela acha que é). *Vivo como um rascunho*, isso queria dizer a ele, *como se nada do que faço ou do que sou fosse digno de perdurar tal como é. O senhor sabe o que é se deitar toda noite pensando está decidido: amanhã começo a me passar a limpo e sou definitivamente eu, e acordar todo dia com a certeza de que hoje também não, de que alguma coisa vai acontecer, algum fato trivial que me fará retroagir à Irene que eu desprezo? Às vezes tenho medo de sair da cama, sei lá, uma espécie de paralisia em todo o corpo: se faço o menor movimento estou perdida; outra vez vou ser vista como rascunho.* Mas não diz e em vez disso fala de canções. Essas canções terríveis a enlouquecem, ele sabe do que ela está falando? Operárias tísicas, entregadores de jornais que morrem diante de uma porta, meninas cegas de nascença, essas coisas. Mas sobretudo os órfãos, tem um repertório inteiro de órfãos. Órfãos que as mães abandonaram covardemente, órfãos que pedem esmola na porta de um palácio aonde chegam homens ricos e mulheres egoístas, órfãos que morrem congelados, enfim, uma verdadeira galeria de órfãos. Eles a enlouquecem.

— Eu sou órfã, sabe?

Pegou-o de surpresa: na escuridão, ele levantou as sobrancelhas. Gesto leve e efêmero que não pode estar predestinado a ela. Ou pode? Talvez ele seja habilidoso a ponto de maquinar um gesto que não pareça ser feito para que ela o veja, mas feito justamente com a intenção de que ela o veja. Isso significaria que ele confia na própria perspicácia. Mas será que suspeita que sua perspicácia é aguda a ponto de desvendar a maquinação? *Meu Deus, esse homem e eu vamos nos divertir muito.* E será que suspeita que ela agora também está jogando? Só que, talvez, esse seja um jogo mais perigoso que o da menina de franjinha que, com olhos de candura, observava perversamente o mundo dos adultos. Isto é totalmente o contrário: isto é brincar de ser mais perversa do que na verdade é, para que ele possa completar a imagem; mas não é uma imagem falsa?, a da adolescente que caminha a seu lado, capaz, ao que parece, de se divertir como louca ouvindo-se dizer "eu também sou órfã" como as crianças paralisadas na soleira, como os covardemente abandonados, como os que acumulam um ódio silencioso à porta de um palácio. Fato que não arrefece a amargura real, o vazio real que numa manhã do Dia de Reis lhe foi deixado para sempre pelo viajante que descascava laranjas para ela, o incorrigível distraído que foi embora sem que ela chegasse a conhecê-lo de verdade, mas, sobretudo — pensa a órfãzinha de onze anos no velório, observada com compaixão por espectadores compungidos —, sobretudo sem que ele chegasse a conhecê-la, sem que chegasse a adivinhar sequer esse destino de glória com o qual ela sonha entre coroas e crepes enquanto exibe uma impecável fisionomia de órfã desamparada. O que a torna duplamente mentirosa mas não menos triste. Como agora, que calcula a admiração que terá despertado no homem que caminha a seu lado sem conseguir que ele amenize a desolação que de repente enche seus olhos de lágrimas. Se Alfredo Etchart percebeu, dissimula muito bem; com tom jocoso, acaba de dizer:

— Vê-se que você não se nega nenhum prazer.

— É — ela captou no ar a ironia e pisca energicamente. — Sou muito epicurista.

— Puxa.

— E o que é que tem? Adoro Epicuro, aprendi sobre ele no colégio e gostei logo de cara. Essa é a verdadeira moral, não? Fazer sempre o que nos dá prazer.

— Depende — ele agora parecia irritado. Vamos ver se ele se revelava mais preconceituoso que ela, no fim das contas.

Mas não. De repente, com absoluta naturalidade, ele diz:

— Eu também sou órfão.

Aquilo acabou com ela. Deixou-a reduzida a um grão de feijão. Não conseguia parar de rir, ia morrer de tanto rir. Ele, tão sedutor, tão seguro, e dizendo uma frase engraçada daquelas. Esse homem tem lá seu charme. Ela também. Imperturbável, pergunta:

— De pai?

— De mãe.

Alívio.

— Ah, isso não é nada. As mães, de qualquer maneira, são todas iguais...

— *Un cacho de pan*[6] — ele diz.

Isso a deixa louca. Aquele homem sabe tudo, nada do que é humano lhe é estranho.

— Não me diga que conhece esse tango horrível.

— Não me diga que *você* conhece — diz o professor à aluna superdotada.

Ela também sabe tudo, que feliz coincidência.

— Claro que conheço. Ouça. *Mi vieja, muchachos, y todas las viejas son todas iguales, un cacho de pan* — olha para ele, soberba. — Sei todas as canções que imaginar.

---

6 Ser um *cacho de pan* significa ser alguém gentil, um verdadeiro doce de coco.

— É verdade, você é muito tangueira — ele ergue as sobrancelhas. — Mas canta muito mal.

Irene encolhe os ombros.

— Não sou cantora — diz. — Simplesmente gosto de cantar. Da sensação de cantar. E das letras. Sei letras que ninguém sabe, de boleros, *pasodobles*, *rancheras*, de qualquer coisa.

— Mas canta muito mal. Por que está mudando de assunto?

— Não estou mudando de assunto. Se cantar fosse importante para mim, cantaria bem.

— Como sabe?

— Sabendo. É assim com tudo, garanto. Além do mais, uma vez saí com um garoto que era violinista. Afff, violinista... Estudava violino e tocava não sei onde. Bem, ele estava empenhado em me fazer cantar bem. Então me levou a um coral e eu cantei bem. Mas depois de dois meses me enchi, larguei o coral e comecei a cantar como bem entendia.

— E o que aconteceu?

— Como assim, o que aconteceu?

— Com o violinista.

— Ah, fiquei de saco cheio. Ele me amava tanto que eu não aguentava. Passava o tempo todo me olhando com cara de cachorro pidão. Então eu o tratava com patifarias — *atenção, tudo o que ligares sobre a terra, Irene, será ligado também no céu*. Calma, não é que eu não goste que me amem, acontece que o violinista me amava pelo que não sou. Todos me amam pelo que não sou — riu. — Os que me amam, claro. Acham que no fundo sou boa. E eu não sou boa.

— Não entendo do que você se orgulha.

— O senhor também não é bom.

— Mas pelo menos não me orgulho disso.

Irene olha para ele, risonha.

— Não sei, não sei — diz.

— E aí?

— Bem, não sei, conheço pouco o senhor. E com que idade ficou órfão?

— Tinha cinco anos.

— Ui, é mais órfão que eu. Ela morreu num acidente?

— Não, eu mesmo a matei.

Disse isso num tom neutro, e Irene não acusou o impacto. Não iam pegá-la assim tão fácil, é sabido que ninguém mata de verdade aos cinco anos. Matou-a com a indiferença?, pergunta (é perversa e precoce, pode acompanhar o jogo de um adulto nada comum: não há nada proibido para ela). Não, com a vontade (ah, puxa, isto está ficando interessante: ninguém como Irene para conhecer o poder da vontade: ela faz chover, limpa céus nublados, convoca professores cínicos). Odiava a mãe? Não, estava perdidamente apaixonado por ela. A mãe tinha vinte e três anos e era lindíssima. E lhe dissera que ele ia ter um irmãozinho. Então ele começou a desejar com toda a sua alma a morte do outro. E o matou. Numa tarde de uma paz inesquecível, ele o matou. Ela, descansando em uma poltrona, e o menino no chão, brincando com um quebra-cabeça. Sozinhos na casa, os dois. Era uma serenidade desconhecida, algo que ele nunca tinha experimentado — e que talvez nunca voltasse a experimentar, escreveria depois Irene. Então apareceu a sombra do outro, do que ia chegar, e o menino pensou, como pensava sempre, tomara que você morra. Foi nesse momento que a voz dela o surpreendeu: "Alfredito, estou me sentindo mal". Ele deveria fazer alguma coisa, ela o instruiu a fazer uma coisa que para ele, naquele momento, pareceu heroica. Deveria sair à rua e chamar alguém. Saiu correndo, aquela era uma missão, uma grande missão. Passava um homem, gravata, pasta, chapéu. "O senhor precisa ir comigo até a minha casa." E do que mais se lembra é que o homem não parou, que teve que continuar correndo ao lado do homem, e a humilhação, e o ódio. Mas fez um último esforço. Com toda a alma começou a puxar o homem pelo braço. Secretamente sabia que se tratava de algo que ele fizera e que tinha que desfazer. E puxava com desespero o braço do homem. "Vamos, garoto, não encha o saco." Então ficou paralisado. Foi apenas um segundo, porque depois, ele se lembra, correu atrás do homem e, com toda a força de que era capaz, lhe deu um chute. Quando voltou para casa, ela continuava na poltrona, de olhos fechados. "O homem não quer vir", disse. "Não importa", disse ela, "já não tem importância. Me dê a mão." E ele pegou a mão fria da mulher, e não sabe por quanto tempo ficou assim, segurando a mão gelada, ao lado da mulher imóvel, nem quem o tirou dali.

— E fim da história — disse Alfredo Etchart.

Mas não há nada de engraçado que Irene queira replicar. Ninguém com longos caninos ri por cima de seu ombro. A história? Não. Ela conhece histórias, milhares de histórias, já chorou por todas. Isto é outra coisa. Essa consciência ainda nebulosa de que o menino humilhado por um homem de chapéu é o mesmo que agora caminha a seu lado, de que nunca poderá vê-lo prescindir desse menino. Cuidado, isto não é um jogo, ela está prestes a ultrapassar uma barreira perigosa. Isto é — ou algum dia vai ser — amar. E amar um outro é também querer apropriar-se de todas as histórias dessa pessoa, sofrê-las na própria carne. Ela pode zombar da própria dor, como ele agora zomba — enquanto caminha, risonho — do menino assustadiço que foi. Mas em compensação não pode zombar dessa dor alheia que nem sequer conhece por completo. Deseja espancar o homem do chapéu, acolher o menino sob suas asas. Mas, ora, se suas asas não são para acolher, espertinha. Se seu complexo é de albatroz, não de galinha. Ou albatroz com galinha? Meu Deus, aquela que o espera, com isso Baudelaire não sonhou. *La nouvelle femme*, tá. Nada fofo para acolher entre seus braços. A gananciosa deseja se apropriar daquele irônico professor a quem agora olha de baixo. Só de bater o olho, vê-se que ele tem pelo menos vinte centímetros a mais que ela e que sorri misteriosamente, sem dúvida saboreando o efeito que sua história causou, efeito esse que ele deve captar por meio do silêncio da acompanhante. Muito fácil, sim, achar graça na própria tragédia, mas que peso no coração daquela que tem de carregar — a que deseja carregar — a tragédia alheia. Ele apenas sorri ao perceber que ela não se assusta. Irene também sabe se sobrepor às contrariedades, fazer cara de paisagem. Preparar-se. Pronto. É pra já.

— De modo que afinal eu e o senhor somos dois pobres órfãos — ela ri. — Parecemos as crianças do bosque.

— E essas, quem são?

— São de uma história. Li no *Tesouro da juventude*. Uma história tristíssima. Dois irmãozinhos órfãos. Um tio perverso manda matá-los, mas os assassinos não têm coragem e os deixam abandonados no bosque. No fim vem um anjo e os leva.

— E aí?

— E é isso. O triste eram o irmãozinho e a irmãzinha antes de o anjo chegar. À noite, sozinhos no bosque, pode imaginar? Se deitavam debaixo de uma azinheira e se abraçavam para se aquecer. Tinha uma estampa, isso é do que mais me lembro. Os dois irmãozinhos abraçados debaixo de uma azinheira.

— Arrã, abraçados — ele diz, como quem acaba de entender a chave secreta. — Claro.

O lobo.

— Claro o quê? — diz Irene, indignada.

— Claro que é disso que você tinha que se lembrar. No que está pensando?, vamos ver.

— Em nada.

— A gente sempre pensa em alguma coisa. Sempre se lembra de uma história por alguma razão.

— Deve ser por causa dos dois órfãos.

— Não se faça de inocente, porque você já me disse que não é inocente.

— Está bem. Agora estou pensando em outra coisa. Mas é porque o senhor me fez pensar em outra coisa. Quando eu disse aquilo, disse porque me lembrei, e pronto. E não me complique a vida, porque eu sozinha já complico que chegue.

Ele parou de repente e olhou para ela. Ela também parou.

— Escute, Irene — ele disse —, tem uma coisa em você. Uma coisa boa. Sabe o que você precisa fazer agora? Ir embora já, agora mesmo. Ainda está em tempo. Sair correndo agora.

Irene olhou francamente para ele.

— Não vou sair correndo — disse —, e o senhor sabe muito bem.

— Eu? — ele apontou para o peito, estava com um ar cansado. — Por que eu saberia? Não sei o que vocês querem, juro. Me diga você, que sabe tantas coisas. O que as mulheres querem de mim?

— O que me importa o que as mulheres querem? — disse Irene com raiva. — Por que eu saberia?

Havia uma espécie de sopro de afeto no olhar dele. E em sua voz.

— E você? — ele perguntou. — O que você quer?

Uma alegria violenta a inundou. Com astúcia, disse:

— Agora, ou na vida em geral?

Ele riu, divertido.

— O que preferir.

Ela também riu.

— Na verdade —disse —, prefiro lhe contar o que quero da vida em geral — ficou séria de repente; tentou captar algo que escorria dela. — Não sei, é tão difícil dizer. Às vezes... Às vezes quero comer a lua.

Ele ergueu as sobrancelhas com certo ar de perplexidade.

— Sempre querem comer alguma coisa — disse.

— Querem? Quem? — perguntou Irene, furiosa.

— As mulheres. Tenho uma amiga, uma garota bem parecida com você, ela diz que quer pegar a lua, cortá-la em rodelas e comê-la em um sanduíche.

Irene sentiu um ódio instintivo e feroz pela tal garota.

— É uma maluca — disse. — Se essa daí se parece comigo, eu sou Matusalém.

— Por que Matusalém? Por que uma maluca?

— Isso é desmerecer a lua, é reduzi-la a queijo. Não tem nada a ver com o que eu... Eu quero a lua, entende? Do jeito que ela é.

— É querer muito, não?

Irene encolheu os ombros.

— Mas é assim.

Ele ficou olhando para ela em silêncio. Por fim, disse:

— E o que vai acontecer agora? — sorriu de leve. — Se você não sair correndo.

— Isso é com você — disse Irene, decidida. — Mas sair correndo eu não saio.

Ele ergueu o dedo, professoral.

— Depois não diga que não avisei.

— Nunca vou dizer isso. Juro.

— Pelo menos me diga "juro". Eu me sinto uma espécie de degenerado.

— Juro — disse Irene, forçando-se.

— Assim está melhor — disse ele; jogou fora o cigarro que estava fumando e o amassou com a sola do sapato, lentamente. — E que mais acontece com você, além de não gostar de sair correndo e de ser muito comilona?

— Comilona? — Irene olhou ao redor com um vago ar de terror; as coisas estavam deslizando com suavidade para um terreno que não dominava. — Ah, por causa da lua. Mas, não. Quer dizer, sim. Agora eu adoro comer. Mas quando criança eu não gostava nada. Era uma tortura.

Tentava em vão retroceder a seu território familiar.

— Como assim, não gostava? — ele disse, como se estivesse falando disso e ao mesmo tempo de outra coisa cujo sentido Irene não conseguia (ou não queria) entender.

— Não sei, me dava enjoo. Principalmente o leite — agora radiante —: até os cinco anos, minha mãe me dava leite com uma colher de sopa.

Mas durou pouco aquela segurança, aquela sensação de pisar novamente em solo familiar. Porque ele acabava de fazer uma pergunta, e não foi a dificuldade que sua resposta encerrava — ao contrário, já que a resposta seria tão tola, já que Irene teria que vomitar toda a sua arrogância para respondê-la —, não foi a pergunta em si o que a perturbou, mas o tom, talvez íntimo demais, brutalmente desconectado da pergunta. Já que ele apenas perguntou, como se não tivesse entendido bem:

— *Com o que* te davam leite?

E Irene, docilmente, repetiu:

— Com uma colher de sopa.

No entanto, mais do que uma resposta, foi um rito de passagem. Ou ainda não um rito. Será necessário muito tempo para que os pequenos atos se transformem em ritos, para que um leve roçar, uma inflexão de voz desencadeiem alegres cataclismos em seu corpo. Chegará o dia em que ele pergunte: "Com o que te davam leite?", e será como se um anjo lascivo rodopiasse sob sua pele. Uma porta que se abre, um disfarçado convite ao jogo do amor. Então seu corpo será uma caixa de ressonância e ela responderá "com uma colher de sopa" como quem entra em uma região festiva. Mas agora não. Agora o disse só por timidez, porque não sabe o que mais pode fazer. Já que mal começou a pronunciar a resposta e foi conduzida — a ingovernável — para trás por mãos levemente apoiadas sobre seus ombros. De modo que, se começou a pronunciar a frase em uma situação normal, concluiu-a apoiada contra a parede, com o corpo de Alfredo Etchart a pouquíssimos centímetros do seu. Agora que os olhos dele, tão próximos de seu rosto, a observam confusamente na escuridão, o final de sua própria frase — *com uma colher de sopa* — lhe parece tão infantil que uma vez mais volta a ser a Irene de antes, aterrorizada diante do mundo dos adultos. Já desapareceram as crianças perdidas no bosque. Ele é o professor e ela a aluna ignorante. Se tudo ficasse por aí, se aquele homem lhe desse tempo para assimilar o novo fenômeno, a história seria outra. A expressão dele a deixa paralisada. Coisa estranha, a transformação do rosto dele. Há algo de animal agora em sua expressão, algo tão incompatível com o professor cínico que lhe falou sobre as hênides que Irene, como se estivesse contemplando algo proibido, precisa fechar os olhos, de modo que a boca dele sobre a sua boca a pega de surpresa. Instintivamente, aperta os lábios. Se lhe dessem tempo para vê-los, ambos, contra a parede, as mãos dele tateando o corpo dela como se ele fosse um delicado cristal, a boca dele tentando romper a resistência, a mão dele manipulando agora seu queixo até que ela docilmente abra a boca, então talvez os pecaminosos sonhos de sua infância surgissem em seu corpo e ela despertasse feito um pássaro que se espreguiça exibindo as plumas. Mas não tem tempo para se ver. A astuta pensadora de longos caninos deixou-a sozinha com seu corpo. E ela o sente tão desajeitado, tão indigno daquelas mãos estranhas, que não entende por que ele ainda insiste em tateá-la. Leu lépidas palavras sobre corpos púberes, quadris que se expandiam, desafiadores, seios que despontavam como um amanhecer, e sempre teve a angustiante sensação de que falavam de outra coisa. Seu corpo, real e incontrolável, era outra coisa, mais incômoda, menos merecedora de palavras áureas. E isso que está conhecendo agora é indigno e incontrolável. Ele está em busca do quê? Por que insiste nesse jogo insípido? Por que não vai atrás das outras, das que sabem beijar, das que não se perguntam, dilaceradas e solitárias, o que é o amor? O amor é terrível porque acontece no escuro e sem explicações. Sem explicações? Até o amor tem que ser explicado para Irene? Tudo. Tudo tem que ser explicado. Ela gostaria de saber o que deve fazer agora. Mas só consegue ficar ali, contra a parede, e suportar estoicamente. Já aprendeu ao menos que deve deixar a boca aberta e que ele faça o que quiser. O que quiser? Mas como um homem assim pode querer esses contatos tão sem graça? Por que faz isso? O que este corpo é para ele? Não pode dizer nada a ele ainda, nada das agitadas noites em que se comprimiu ferozmente contra si mesma, incapaz de tolerar as lascivas divagações de sua cabeça. Como harmonizar agora seu cérebro pervertido e audacioso com esse corpo que se eriça e se rebela contra ele? Talvez ele tenha percebido alguma coisa, porque intempestivamente ri na escuridão. Quase não distancia o rosto do de Irene e olha para ela. Ah, isto sim é familiar e reconhecível. Um olhar.

— Está com frio? — ele pergunta.

E esse é o resguardado território das palavras. Algo parecido à felicidade começa a esvoaçar no corpo de Irene.

— Não, não estou com frio — e se assusta com a própria voz, o tom de sua voz, baixa e um pouco rouca. Foi isso que ela, sem prever, aprendeu.

— Você tem muito que aprender — diz ele, e tira o cabelo do rosto dela.

— Tempo ao tempo — diz Irene.

Por acaso sua voz não começou a soar sábia? *Piano, piano, professore*, ninguém dissera a Irene que o amor também é uma aprendizagem.

— Claro que sim — ele diz. — Temos toda a vida pela frente.

A noite se ilumina e vibra. As palavras são incorpóreas e não lhe dão medo. Agora, enquanto caminham bem juntos pela rua, o beijo dele é só uma recordação, algo que já está para sempre instalado em seu passado, e que a transforma. Atenção, caminhantes, estão vendo passar, como se não fosse nada, o trintão e a donzela. Não os olhem com tanta displicência. Virem a cabeça, cubram os olhos, ruborizem-se, escandalizem-se, invejem. Isso que agora começa é uma história de amor.

CODA

O qual constitui uma prova de que
o mestre, no fundo, tinha razão e de
que a natureza a destinara à paixão
da inteligência, e não a outras paixões,
mais pessoais.

HENRY JAMES

A regra de três é a coisa mais difícil que há no mundo. Essa certeza e o nome, austero, indecifrável, opaco a todo raciocínio, me apavoram. Passo noites em claro imaginando como será essa barreira que me espera em terceiro grau, o lamaçal em que fatalmente vou afundar. Não concebo pesadelo mais sombrio que o de não compreender alguma coisa. Tenho seis anos e todo projeto de vida se interrompe no dia maldito. Tenho oito anos e acontece. Só que não percebo. A professora Julia escreveu um problema na lousa e está explicando alguma coisa. Acho a explicação supérflua (acho toda explicação supérflua, como se no momento de recebê-la soubesse que o conhecimento já estava dentro de mim: a realidade é, para mim, uma fonte de perpétuo tédio), então me distraio. Depois não vou lembrar se fiquei inventando uma história ou criando uma teoria, mas dá quase no mesmo. Por meio de sua trama quase perfeita, abre-se passagem para uma expressão que cintila com luz própria e me reinstala com violência no mundo real. Basta um segundo para que eu compreenda o que acontece. Aquilo que sombriamente farejei na ladainha da professora Julia e que meu cérebro utilizou mil vezes como a forma mais grosseira e superficial de raciocínio, essa coisa tão trivial que até parece desnecessário chamá-la disto ou daquilo, é o que responde pelo augusto nome de Regra de Três. Ainda não decidi se vou encontrar o verdadeiro mistério das coisas nas palavras; o que sinto é uma irremediável decepção. O mundo real não é apenas tediosíssimo: decididamente, não oferece riscos. Por sorte sou salva pelas histórias. Elas preenchem quase todo o meu pensamento, não têm fissuras e são complicadíssimas, bem definidas até em seus mínimos detalhes, sempre se enredando com outras e outras e outras sem que possa restar um só fio solto, imperativo de alto risco porque pode acontecer de alguma peça não se encaixar e talvez seja preciso modificar argumentos, trocar personagens, deslocar tempos, tarefa que me obriga a um esforço terrível, já que devo pensar simultaneamente no todo e nas partes. É assim que, em sentido estrito, as histórias nunca transcorrem, e sim são modificadas até a perfeição. Ou então esse é seu verdadeiro transcorrer, e nesse caso elas praticamente não se diferenciam das teorias com que satisfatória e exaustivamente me dão a explicação do universo e seus componentes. Quando tudo se encaixa, quando a trama ou a teoria é perfeita e eu — peça infalível e também, de certo modo, perfeita: sempre um pouco mais alta, mais ossuda, sempre um pouco mais loura ou mais morena que o modelo original, sempre menos desajeitada e esquiva — posso me deslocar com total liberdade por uma intriga ou um universo sem fendas (sensação que dura apenas alguns segundos, pois logo depois verei uma possibilidade mais absoluta e terei que efetuar novas modificações em série), então, nesse vulnerável instante de plenitude, arrastada pelo formidável impulso de minha imaginação, devo correr desenfreadamente pela sala de jantar da casa da rua Bulnes até que minhas mãos colidam com violência contra a parede. E aqui estou chegando à raiz, escreveria. Como se minha energia cinética e o poder da minha cabeça andassem por caminhos tortuosos. Um cérebro poderoso que me compelia a correr poderosamente. Algo que não estava de acordo. Algo que por fim ia se parecer à paralisia. O que eu esperava de mim naquele tempo? Não consigo lembrar de mim me projetando no mundo real, a não ser pela negativa. Disso, sim, me lembro, claro como a luz. Uma imagem ainda hoje me provoca repulsa. Senhoras que falam com Guirnalda no caminho para o mercado. Eu, a menina de franjinha, pendurada em sua mão. Bochechas redondas e atraentes que elas beliscam, encantadas. É essa redondeza que detesto. Algo totalmente alheio ao mundo abrupto no qual a cada passo corro perigo. Nesse mundo sou angulosa e sinto profundo desprezo por essas balofas que arrastam os filhos com resignação. Observo-as com espanto. Vou ser assim?, me pergunto. Suponho um destino irrevogável que une cada menina à sua mãe. Meu inferno pessoal é pegajoso e molenga. Então resplandece em minha cabeça a imagem de uma mulher *en déshabillé*. Vem das profundezas da minha vida consciente. Confusamente me lembro de que uma tarde fui visitá-la com Guirnalda. O que fomos fazer?, quem era aquela mulher? Não importa. Associo a imagem a uma palavra clandestina cujo significado não entendo por completo mas que me seduz. Amante. As amantes recebem vestindo *déshabillé* e escandalizam senhoras como minha mãe. Quero ser essa mulher.

Caderno de espiral, saia pregueada, auréola borbulhando, Irene toma o 26. Uma velhinha sorri para ela com vaporosa ternura. Ela derrama sobre a velhinha lindos jorros de candura juvenil e pensa: *essa retardada não sabe que vou visitar meu amante*. Saboreia até o caroço a palavra "amante" e quase não a intimida — uma melancólica bruma, uma remota e conhecida sensação de que mais uma vez está trapaceando com as palavras — o fato de que nunca esperou ninguém vestindo *déshabillé*, como a distante mulher desejada. Tudo o que vem fazendo há meses é escutar esse homem em cuja porta bate agora, que laboriosamente persiste em tirar seu chão, em fazer explodir sua cabeça, em reduzir a pó seu aurífero orgulho de menina superdotada capaz de conhecer o teorema de Tales ou a teoria do apoio mútuo sem ter se dado ao trabalho de lê-los — puro ludo (disse ele) ou acasos da natureza, como ser ventríloquo ou bunduda, mas o que fazemos com isso, com as taras ou as preces que Deus nos deu, que destino construiremos, que caverna, que pedra sobre pedra? Ah, aí são outros quinhentos — e que de vez em quando, como parte de sua formação, a inicia em jogos que saudavelmente vão impressionando sua mente perversa, mas não ainda seu corpo perverso, pela simples razão de que esse corpo se esmigalha, se faz em pedaços, desaparece assim que tocado. Agora ainda não. Agora que ela fechou o caderno de espiral, mas continua vestindo a saia pregueada, seu corpo ainda é uma coisa íntegra e gozadora, aberta a toda libertinagem. Já falaram sobre epifanias e eletrólitos e também sobre aquela história tão estranha que Irene escreveu no caderno, e agora ela, vaidosa, trouxe à tona o recém-incluído tema dos planos de clivagem.

São terríveis, disse. Como, terríveis?, disse ele, que desconhece tudo desse assunto. Então ela fala dos cristais, do processo lento e laborioso com que se elabora um cristal, de como os átomos desordenados e erráticos vão buscando no caos seu lugar de maior estabilidade e equilíbrio até urdirem uma estrutura lampejante e perfeita. Por isso é quase impossível destruir um cristal, ela diz, e nem sequer se altera quando os dedos dele vão percorrendo, demorados, sua orelha. Nem o mais leve erro de lógica revela o estremecimento que pôs para dançar todas as suas moléculas. Essa primeira parte sai às mil maravilhas. Sabe o que tem que fazer: não tocar, mas com discrição aceitar ser tocada, continuar explicando com minuciosa clareza, como se nada estivesse acontecendo, que mesmo assim há zonas, planos, nos quais as ligações interatômicas não se consolidam, são frágeis, e esses são os pavorosos planos de clivagem, enquanto pontas de dedo versadas acariciam seus mamilos por debaixo da blusa. Explicar ainda que é por esses planos que se pode quebrar o cristal, permitindo apenas agora que se solte alguma leve trava, certo risinho nas entrelinhas, delicados indícios de que a inocente não era tão inocente assim, de que a menina sábia só está se fazendo de desentendida para que assim o homem que sem pressa abre os botões de sua blusa tenha prova fidedigna — ou suficiente, para seu agudo entendimento — de que não está se divertindo sozinho, de que ganhou uma digna companheira de jogos, e de que talvez até tenha a sorte de intuir esses rios lentos que se soltaram no corpo dela, essa promessa de embriaguez que lhe sobe pelas pernas e que a qualquer momento transbordará como um cântaro. E no entanto...

O homem que acaba de despi-la (pondo fim à incontaminada etapa do puro futuro, do deixar fazer, à familiar cerimônia da virgem surpreendida), esse homem que já lhe falou de Kropótkin e de Weininger e lhe ensinou o que significa a má-fé com tanta ferocidade que agora Irene nem consegue pensar na de franjinha sem sentir a mutuca de sua consciência suja, o que a tornou responsável por todos os seus sonhos de grandeza e devastou seu pequeno e confortável pedestal de superdotada e a instalou sem piedade no mundo, na cama ele parece bastante descuidado. E nada clássico. Guiou firmemente a mão dela até um lugar que Irene ainda considerava violentamente despojado dele mesmo e de sua lábia, mas não esclarece nada. Irene fica sozinha e desconcertada com seu corpo, ainda sonhando com uma Pequena Fuga do amor, com um crescendo harmônico e sagrado que se expandirá com luxúria até o Paraíso. No entanto é uma aluna aplicada. Assim que a mão mais velha — como a da primeira professora: eme-a, ma; eme-a, ma — indica o movimento correto, a mão pequena, espartana e dócil, vai repeti-lo até o cansaço, enquanto sua cabeça, já distante e observando com espírito crítico, tenta discernir se tudo o que acontece é o que deveria acontecer ou se algum passe ignorado — que ele, egoísta ou distraído, se omitiu de ensinar-lhe — poderia tornar sublimes aqueles contatos. Está tão alerta, tão preocupada em antever o gesto que seria necessário para configurar a obra perfeita, que sua vida, o ato de viver, fica momentaneamente suspensa nela, e cada instante fica pendurado em si mesmo sem lhe permitir mais que isto: prazeres efêmeros, luxuriazinhas dissonantes que não deixam marca. Seu corpo já não existe, não há nada além de partes desconexas e altamente imperfeitas que se pensam, se eriçam, pretendem moldar-se e embelezar-se a cada contato. Não deve se descuidar, tem que exercer um controle permanente sobre cada partícula. Caso se deixe levar, vai perder o fio e outra vez se esfumará a possibilidade da grande fuga. Entretanto atua corretamente. Estoica, agita, lambe, succiona. Tem a impressão de que ele, lá em cima, sobre o travesseiro, deve estar concentrado em algo que não a inclui. Mas o que significa isso de "ele sobre o travesseiro"? Não é uma espécie de sinédoque? A vela pelo barco? A asa pela ave? A espada por? Não será pouco lícito considerar que esse homem se resume a sua cabeça, e não é, *verbi gratia*, a porção que ela metodicamente succiona? No entanto é essa a sensação real. Que ele a deixou sozinha, longe de sua proteção, à mercê de sua própria inexperiência e lutando para não pensar na única coisa que teme, navegando na incerteza, até que umas mãos ainda quase abstratas a elevam com suavidade e ela e ele — ou serão as cabeças dela e dele? — ou serão as cabeças dela e dele, assim como outras partes afins dos corpos, estão de novo no mesmo compasso juntos, e talvez agora seja tarde demais para a embriaguez e para a fuga, mas pelo menos a coisa começa a se parecer com o que leu nos livros e — pobremente — com o que ainda imagina na autonomia de sua cama, quando uma voracidade sem lastro a faz apertar uma perna contra a outra até se sentir morrer. Então outra vez, como algumas horas antes no 26, ela pode se enganar e, pecaminosa e corrupta, pensar: *aqui estou com meu amante, trepando como louca*. Embora o que na verdade esteja esperando é o que vem agora, essa parte final em que outra vez conhece seu papel, esse particular momento de relaxamento e de paz quando ele a acaricia com ternura e ela se permite aconchegar-se e repousar a cabeça contra o peito dele. E falar. De sua infância e de suas armadilhas e de sua rispidez de bicho estranho e de como a alegria nela é uma força avassaladora que de repente a absorve e a obriga a correr sob as árvores. De tudo, menos disso que outra vez, malignamente — como se a paz fosse proibida para ela —, volta a passar por sua cabeça. As outras. As outras são esbeltas e peitudas, sabem fazer amor como angélicas potrancas e não têm cara redonda nem mãe que as proíba de passar a noite fora de casa, nem esse medo feroz de que ele — que já lhe falou de uma carta no buraco de uma parede, e de "Besos brujos",[7] e de namoradas que são sempre mencionadas no passado — esteja omitindo premeditadamente um assunto. O que faz quando não está com ela? E naquelas noites em que bêbada ou aflita ela telefona para a casa dele e ele não atende? Essas maquinações a enlouquecem de ódio e de ciúme, mas ela não confessa. Não se rende. Ambiguamente, com seu metro e cinquenta e sete e sua cara de lua, tem a secreta determinação de ser a única. Ainda não conhece o caminho, mas já conhece o alcance de sua vontade. Uma vontade subterrânea que a leva a descar-

7 "Besos brujos" é o nome de um tango de 1937, composto por Alfredo Malerba e Rodolfo Sciammarella. Faz parte da trilha sonora do filme de mesmo nome dirigido por José Agustín Ferreyra, também de 1937.

tar o supérfluo e a escolher apenas aquilo que a levará até seu objetivo. Ainda que no trajeto fique em pedaços.

Aldraba de bronze, maiólicas, crochê. Ela acha a entrada da casa de Celia Argüello decepcionante. Alfredo lhe disse que os quadros de Argüello parecem destacamentos do inferno, mas todas essas cortininhas, enfim, ela vai perguntar quando se forem; agora estão entrando em uma sala cheia de gente. Alguns convidados que Irene não conhece parecem olhar para eles, quem será essa jovenzinha que está com Etchart?, não foram vistos juntos com muita frequência no último ano? Ele não a trata com um afeto incomum? Não estará caindo numa arapuca? Vapores de ouro e de luz entram com ela.

Um sorriso de dentes branquíssimos a enfoca com zombeteira cortesia. Enrique Ram, esse sim ela conhece. Um cínico insuportável que foi professor de Alfredo, ou o homem a quem ele mais admira, ou alguma coisa assim. Agora cada vez mais reacionário (explicou Alfredo), mas sabe tudo de literatura, já em 1948 era catedrático em *Finnegans Wake*, imagine. Irene imaginou, algo espantosamente difícil, inconcebível ter esse conhecimento em 1948, com o tempo descobrirá o que é. Por acaso não é esse seu modo de aprendizagem? Dados como peças de um quebra-cabeça infinito. Aprender é saber preencher lacunas, não qualquer lacuna. Um mês atrás, assim que Irene o detectou no bar do Claridge, os dentes branquíssimos também tinham sorrido para ela, o lobo com vontade de comer a Chapeuzinho cruzou com Irene, quem era ela?

Ela vinha da parte de Alfredo Etchart, que não havia podido comparecer. O olhar de Ram a percorreu de cima a baixo, cara de menina, mais carne do que parecia com aquele sueterzinho, pensou Irene que o degenerado pensava, claro que esse filho da puta do Etchart a está comendo. Ela enlouqueceu de prazer. Ele xeretava o livro que Irene levava debaixo do braço. Com tamanha falta de pudor, como se tocasse num peito meu, ela explicou mais tarde a Alfredo. Mas o que ele encontrou? O *Doktor Faustus*, ah, ficou surpreso, velhinho, ela o olhava morrendo de rir e se sentiu tão comestível que, sentada diante de um pomelo com vodca, falou à vontade de Thomas Mann, das zonas de clivagem, do fantasma que percorre a Europa, do desejo ibseniano *e de outros tópicos interessantes do mundo contemporâneo* (ela disse, divertidíssima, a Alfredo), enquanto verificava com prazer que o lobo continuava a olhá-la com fome.

Agora ele também a olha; já está ao lado deles, aperta a mão de Alfredo. Irene, sorridente e mundana, inicia o gesto de estender a mão. Mas Ram faz algo inesperado. Toma essa mão e, com movimento lento e gentil, a leva aos lábios e a beija. Depois, sem soltá-la nem atenuar o sorriso, diz:

— Me diga, Irene, a senhorita, que estuda física e parece tão marxista, como concilia a dialética da natureza com o Princípio da Incerteza de Heisemberg?

A inteligência trabalha com resíduos e opera simultaneamente com vários sistemas de dados, escreveria depois Irene. Puro sorriso diante de Ram, ela vai rastreando com rapidez em sua memória informações mal entrevistas enquanto, debochada, calcula que um literato como Ram deve ter ficado preso na palavra "incerteza", mas sem dúvida tem um conceito vago e ligeiramente equivocado do que seja o Princípio de Heisemberg — sopa no mel! — e ao mesmo tempo detecta a má-fé contida na pergunta e no tom. Com certa insídia, diz que, se o elétron é algo móvel, não será justamente pouco dialético fixá-lo em um ponto e um instante determinados? Com mais insídia, acrescenta que, de qualquer maneira, não há com que se preocupar: a impossibilidade de determinar ao mesmo tempo a velocidade e a posição de uma partícula por acaso invalida a luta de classes? E agora uma flor para o homem que está a seu lado e que certamente a admira.

— E, por favor, solte minha mão. Para falar comigo sobre essas coisas não precisa me tocar.

Aí está ela de corpo inteiro. Leal até os ossos ao homem que agora ri em silêncio. Irene não precisa girar a cabeça para saber disso. O poder de se divertir em dupla, mas sobretudo certa irmandade, ou certa implacável solidariedade, já os une. Ram sem dúvida percebeu, pois seu olhar agora carece de toda condescendência para com Irene, a faz crescer de repente até a idade e a experiência de Alfredo. Cerimonioso, dá-lhes as costas.

— Viu, meu elefantinho preto? — diz. — Viu as coisas que as mulherzinhas de Etchart sabem?

Irene mal tem tempo de reparar em uma mulher esplêndida quando a voz baixa e ameaçadora de Alfredo a põe em estado de alerta.

— Eu não tenho mulherzinhas, Ram. E você terá notado que Irene Lauson se tem perfeitamente a si mesma.

Ouvir seu nome completo a sobressalta. Mas a mulher daquele homem se ergue por cima de sua altura real e pensa com altivez: *Ninguém me tem, eu tenho a mim mesma.* Tenta gostar desse pensamento. Da parede, um homem olha para ela com cara de quem sabe algo que lhe tirou para sempre a possibilidade de viver, de realizar isso que as pessoas boas chamam de vida.

— Gosto do senhor, Etchart — diz Ram. — Tão pavão, e no fundo tão inocente. Que impressão ruim, essa menina que o acompanha quer me assassinar com os olhos. Moça fiel como já não há mais, percebe-se. Mas, cuidado: se algum dia ela estourar por alguma razão, vai lhe dar trabalho, querido.

— Não precisa se preocupar comigo, Ram.

— Claro, rapaz, se já sei que gosta de ter certos trabalhos. Eu não, o que posso dizer? A esta altura, prefiro que os prazeres venham até mim — pega a mulher pelo braço e a exibe como se exibe um animal de raça. — Veja que fêmea, Etchart. Acha que ela precisa pensar?

Parece que algo vai começar a ranger.

— Alfredinho — Irene escuta —, que sorte que você veio.

A mulher que afugentou as sombras e que agora beija Alfredo efusivamente não orna com a reunião. Baixinha e gorda, desalinhada. É possível imaginá-la voltando do mercado com uma sacola transbordando de chicória. Irene quer escapulir, mas a da quitanda já a cumprimenta com um sorriso carregado de afeto. Ainda que os olhos não combinem muito com o sorriso, pensa Irene, e tem duas revelações: esta é Celia Argüello, a autora do egresso do inferno que a olhou da parede. E o que há em seu sorriso é dedicado especificamente a ela. Piedade. No sorriso da mulher há piedade. Descobrir isso é como uma bofetada: nessa piedade Irene pode ver, como em um espelho, algo que está em seu próprio rosto e que a instala brutalmente na confraria daquela mulher: o desassossego de quem também não vai encontrar seu lugar no mundo. *Mas eu não quero ser ela*, pensa, como se clamasse por isso. Ou será que uma mulher tem que perder o corpo para ganhar a alma?

Desalmada, retira toda desolação de seus olhos. Que Celia Argüello fique sozinha com seu desamparo. Procura por Alfredo com o olhar, mas ele não a vê: está falando algo para Ram. *Não precisa de mim*, pensa Irene, mas não se deixa enredar pelo pensamento. Cumprimenta com prazer um rapaz desajeitado que se aproximou dela com grande entusiasmo e de quem não se lembra em absoluto. O desajeitado, ao que parece, está encantadíssimo por voltar a vê-la: ela o impressionou muito na primeira vez. Oferece-lhe uma taça de vinho, que Irene aceita. Ela bebe a metade em um trago. Não, não sou a mulher de Etchart, explica, e diz algo muito engraçado sobre o casamento, que o desajeitado festeja movimentando o maxilar. Ele volta a encher a taça e ela bebe. Física, sim, estuda física. Mas também escrevo, diz de repente, e tem a vaga noção de que está bebendo demais. *Na verdade, odeio física, a única coisa que me importa é escrever*. Disse isso mesmo ou pensou? Um disparate, mas já não pode voltar atrás: disse isso. Senão, como explicar as sandices que o desajeitado está falando sobre a conveniência de escrever descalço? Preferencialmente em chão de terra, sim, sim, claro, Irene olha ao redor como um náufrago. Ali está Alfredo, falando com Ram; não parece se lembrar dela. A planta dos pés se nutre de alguma coisa que atua sobre o centro da linguagem, deixar fluir a corrente e escrever sem pensar. Muito apropriado, sim, sim. *Dá para ver que é um rapaz frutífero,* pensa, e a graça que acha naquilo a faz se sentir mais sozinha. Sim, sim, responde, distraída, ao desajeitado, que acaba de revelar alguma coisa sobre a marca de Caim que, ao que parece, ela tem na testa. Sim, sim. Sente uma lufada de medo. Nem esposa, nem namorada, nem amante oficial. Nada que lhe permita estar aos pés de Alfredo, como a estátua está aos pés de Ram, o corpo formando uma figura perfeita, nenhuma sombra em seu rosto que faça suspeitar o fogo cruzado que está passando sobre sua cabeça, as paixões em jogo, que Irene consegue entrever e que inesperadamente a fazem desviar a vista, como se se encontrasse diante de uma cerimônia proibida, ou como se de repente sentisse ciúme?, aquela agitação incomum em Alfredo, aquele interesse que ela nunca notou nele diante de outros interlocutores, era isso que a fazia sentir ciúme? Mas, o que ela quer, afinal? Tudo. Afasia. A estátua parece ter lançado sobre Alfredo um relâmpago de... ódio? Fora isso, nenhuma outra perturbação. Nem sequer parece perceber a mão pegajosa que acaricia distraidamente sua perna. Irene deseja ser essa coisa, ali sentada. Poder ficar ao lado de Alfredo, corpo e alma imóveis, ocupando um lugar no mundo.

Deixar de ser essa coisa à deriva que bebe vinho e quase não escuta o desajeitado, que naquele momento aponta para a própria testa e a informa de que ele também tem a marca. Estou vendo, estou vendo, olhando gentilmente para a testa dele, e para isso tem que fazer um considerável esforço por causa da miopia e porque o desajeitado é uns quarenta centímetros mais alto que ela. De soslaio, procura por Alfredo na secreta esperança de que ele tenha notado aquela situação absurda e compartilhe de sua diversão. Não. Ele observa inquisitivamente — como se corroborasse ou controlasse algo que pende de uma baba de aranha — a mulher de Ram, que fala quase sem mexer os lábios, sem que se movimente uma linha de sua nítida cara de madona renascentista. E Ram? Ram não está, mas agora vem voltando. Diz alguma coisa que provoca o riso de Alfredo e o olhar tranquilo da mulher. Alfredo bebe: fala bastante e parece se divertir. Não precisa de testemunhas? *Não precisa de mim*, pensa Irene, como quem se flagela. Desvia o olhar para que os olhos não se encham de lágrimas e dá com Alice no País das Maravilhas. Inacessível e radiante, na florida copa da árvore, vejam as coisas que Argüello pintava. Você não está me escutando, diz o desajeitado. É esse quadro, desculpe, estou fascinada por ele, diz Irene, feliz por ter encontrado um pretexto para se afastar. Aproxima-se com inveja apática da das maravilhas. Cabecinhas de rato emergem vorazes entre as flores. Serpentes com galhos? Curioso. Alice sorri no melhor dos mundos, parece vir de tardes aprazíveis sob glicínias e bordados junto à janela. Os ratos acariciam seus sapatinhos. Irene pressente um ímã ou um poço. Um lugar onde cair. Vai à mesa e se serve de mais vinho. Tem que fazer algo com a própria loucura, pensa fugazmente. Enche sua taça. Volta a olhar para Alice: vê uma marca em sua testa.

— Você está bebendo demais.

Uma borbulha familiar a rodeia, protege-a das inclemências do mundo. Então quer dizer que Alfredo a esteve olhando, no fim das contas, então quer dizer que todo esse tempo ele estava preocupado com ela. Irene se vira no momento em que ele, com naturalidade, pega a taça que ela acabou de encher. Ela não se rebela; observa sem aflição como ele bebe o vinho de um trago só. *Afasta de mim esse cálice*. Ele. Ele afasta de mim esse e todos os outros cálices.

— É que eu estava meio perdida — ela diz. — Como estão as coisas?

— De vento em popa.

— Você está acabando com ele?

Ele parece surpreso.

— Com Ram? Mas se ele é o homem mais fascinante que conheci na vida. Uma espécie de humanista ao contrário. Ou um predador genial. Desses tipos de que a gente às vezes precisa para saber em que lugar está — certamente percebe a expressão decepcionada de Irene. Olha para ela, sério. — Irene — diz —, fiz uma coisa imperdoável. Se não viesse te contar logo, ficaria louco.

Irene se ilumina. Um sentimento cálido transborda dela. Então voltaram a ser dois, então ele também não existe sem ela. Essa paixão, essa incomum vitalidade que lampeja nos olhos pontilhados, teria se derramado sem remédio se ela, a pequena amiga e amante, não estivesse ali para ouvir o que ele tinha para lhe dizer.

— Me conta — diz a faminta.

— Esta noite vou para a cama com a mulher de Ram. Em uma hora ela vai deixá-lo no bairro do Retiro, a caminho da rua Córdoba, e vai para minha casa.

O que fazem as outras mulheres? Gritam, arranham, arrancam os cabelos? Dizem você vai fazer isso comigo, que sou sua esposa, sua namorada, sua amante? Dizem vou te matar, antes você vai ter que passar por cima do meu cadáver, tudo está acabado entre nós? Que azeitado e ancestral mecanismo se põe em marcha dentro delas? Pois também em Irene alguma coisa quer se soltar, deixar pulsar o tam-tam de sua alma, desatar trinados e bramidos. Mas uma coisa mais forte que seu instinto — uma curiosidade macabra e impiedosa? — contém todo o clamor. Ou talvez, por um equívoco da natureza, seu instinto consista exatamente nisto: em saber que agora é preciso abrir bem os olhos, com uma expressão não isenta de admiração, não isenta de terror, não isenta de alegria, e cientificamente perguntar:

— Como você conseguiu isso?

Para que ele olhe impressionado para ela e diga o que agora diz:

— Mas você nunca se escandaliza?

— Nunca — ela diz com altaneira felicidade.

Agora, enquanto caminham abraçados sob as frias estrelas e ele lhe conta suas manobras de equilibrista que ela festeja, e momentaneamente cada um amaina a solidão do outro, Irene descobre que já não tem medo. O olhar dele está tão carregado de entendimento como quando falava com Ram. E sua alma de andarilho pode descansar em Irene como não descansa na que hoje vai estar em sua cama. Por isso, nesta noite, não vai se importar em uivar de ciúme e de fúria na solidão de seu quarto.

Segunda Parte

Pensava e sofria muito, mas lhe faltava a força necessária para ousar, primeiro requisito daquele que faz alguma coisa.

LAWRENCE DURRELL

Olhou para a orelha que estava à sua direita. Era avermelhada e pouco asseada. E se eu a morder? Uma súbita e rápida dentada, grande tumulto no ônibus, impossível voltar atrás. Isso costumava acontecer com ela, sobretudo nos coletivos e sobretudo com as orelhas, mas também com as cabeças calvas, só que, nesses casos, Irene tinha que estar de pé e a cabeça, sentada. Olhá-la de cima era como uma vertigem. E as braguilhas? Braguilhas em seu campo de visão (nesses casos, Irene sentada, claro), pendidas frouxamente de senhores, como se estivessem desprovidas de substância. Estender a mão e sopesá-las carinhosamente, cadê o bebê? E então? Ah, querida, quem semeia vento colhe tempestade. Não. Não era estar à beira de um limite o que a afligia, era a possibilidade de que liberá-lo fosse um ato involuntário *demais*. Não considerava a si mesma um produto de sua vontade? TENAZMENTEELASEMODELAVA, sim. Mas o que aconteceria se um dia, involuntariamente, cometesse um ato irreversível? Supondo, querida farsante, que existam atos não irreversíveis, algum não ato ou furtivo passinho seu que não permaneça intacto em seu jogo, exibindo-se de forma obscena enquanto la-bo-ri-o-sa-men-te-vais-te-mo-de-lan-do, bebê. *Argh*. Diminutas Irenes defeituosas flutuando inutilmente na memória dos outros, que façanha terá que realizar para apagá-las de uma cajadada? Cuidado, agora que analisava friamente a orelha, tinha certeza de que teria podido mordê-la sem que sua vontade interviesse em absoluto. Um problema era: sua vontade iria intervir para impedi-lo?

— Como disse?

A orelha intempestivamente havia gritado. *Falando sozinha, colega?* (voz em *off*). Ela não se alterou, pequeno triunfo.

— As horas. Podia me dizer que horas são?

O homem estudou seu relógio com expressão grave: sem dúvida sabia se colocar à altura de suas responsabilidades.

— São dezessete e vinte e um.

Ele já está com ela. O pensamento a atravessou feito uma navalha, mas não: nada mais desprezível que essas intromissões no alheio. No alheio? Tampouco despencar por esse tipo de reflexão, perigoso quando a ferida... Shhh! Nada de feridas abertas nem de corações sangrando, ou ela também não estava se divertindo? Com a vantagem de que costumava emergir bem mais ilesa que ele de tanto *love's labour's lost.* A perdição de Alfredo era seu sentido estético da vida. Bastava o movimento entre lascivo e infantil de uma desconhecida ao vestir o casaco em uma confeitaria, ou um curioso efeito de interrogação na ordem "me compre um chocolate", ou uma cabeça girando amuada em uma aula de literatura, para ele cair em um estado poético que costumava durar menos — ele tardiamente reconhecia isso — que as complicações do romance. Embora não se tratasse apenas de "sentido estético". Era como se, pela labiríntica via de seu pau — de assombrosa normalidade —, ele pretendesse que em certas mulheres emergisse o gênio, que brotassem, indomáveis, jorros de luz em razão dessas pequenas maravilhas prematuramente percebidas. *Só que as mulheres não podem com o gênio dele*, pensou perigosamente, e outra vez esteve a ponto de despencar, mas de outra arriscada ladeira. Sempre acabam jogando água no moinho dele — astuta, voltara a farejar a pista —, descobrindo que Alfredo é o solitário que aos berros pede a esposa ideal, o órfão que precisa de mãe, o monstro de vaidade a quem viria muito bem um soberano chute no saco, *venha aqui, meu menino vadio, que com alguns beijos na testa vou dissipar as nuvens do seu céu*[8] e vou preparar comidinhas e vou fazer cachecóis para você e vou te curar para sempre do desespero e da solidão, você nunca soube antes o que era a verdadeira felicidade porque não havia tido a sorte de encontrar esta sua criada.

Quanta objetividade, Irene, quanta sabedoria. Mas será que você poderia realmente jurar que tão medular meditação, aqui sentada no último assento do 111, não está destinada a afugentar da sua cabeça certo ignoto barzinho próximo à faculdade que também se infiltra, se infiltra sem remédio? Shh, tínhamos combinado não pensar nisso, *não há nada melhor que uma maminha feita na panela*. O quê? Ela ouviu isso, ouviu perfeitamente. *Não há nada melhor que uma maminha feita na panela*. Uma voz de mulher vinda da esquerda, um pouco à frente. Ali estava: ainda com resquícios de plenitude no rosto, inconfundíveis vestígios de quem acaba de expressar sua verdade. *Coxão mole é melhor*. Não; a primeira mulher nega com firmeza. Naquele corpo não resta lugar para uma dúvida sequer: ela é maciça, cheia de si da cabeça aos pés. Nada a ver com esse vazio, com essa consciência

8 Tradução livre de trecho do poema "El consejo maternal", do poeta argentino Olegario Víctor Andrade (1839-1882), nascido no Brasil.

da inutilidade de sua viagem no 111. Ou por acaso Irene se esqueceu de que volta da Caixa duas horas antes para nada? Há algo abjeto em tudo isso. Em voltar antes da hora ou em ter ido? Porque, irmãzinha dos Imortais, também não é muito edificante isso de gastar oito horas diárias — sem contar preparativos e aperitivos — de seu ah! formidável! cérebro organizando programas de computador que corrijam erros dos erros dos erros de. Chega! Um passinho de cada vez, disse a centopeia. Falávamos desse regresso inútil, dessa pequena avareza de funcionária pública, dessa sagacidade para roubar duas horas do Estado. Se talvez o mais comovente nela era que nada, *mas realmente nada* que fosse humano lhe era estranho. Ou hoje mesmo, no trabalho, não dera um pulo toda vez que escutava o telefone? Quantos anos pulando toda vez que ouvia o telefone, a campainha, o trompete ou o flautim, o suposto e mágico chamado salvador que viria de fora para preencher de sentido a inquieta máquina de pensamentos inúteis. Mas Alfredo não tinha telefonado; sinal de que nem sequer se lembrava da Remington, e sinal de que agora estava em um barzinho, falando com uma garota que olharia para ele com um certo medo e também com uma certa esperança, ainda sem saber que aquele era um instante íntegro, sem fissuras, do qual sentiria saudade dali a muitos anos, talvez durante uma viagem de ônibus, símbolo absurdo do vazio de duas horas roubadas para nada, de um buraco que se abre diante dela para nada. Catedrais. De todo buraco podem emergir catedrais, ou taperinhas, ou isto, estas difusas contemplações onibulescas, emersões ao acaso, pequenos brotos que não têm força para crescer, e ervas daninhas, ah, sobretudo emaranhados de ervas daninhas invadindo-a sem que ela encontre espaço para uma flor, para uma única flor.

(*— Vejo a desordem — disse.*

— Como assim, vê? — ele apertou os olhos; parece estar fazendo um esforço real para entendê-la.

— Não sei — ela diz. — Está aí e eu a vejo.

— Você está sonhando — diz ele.

— Não, não é sonho, estou bem acordada. Mas não consigo dominar isso, não consigo fazer desaparecer, não posso fazer nada.

— E quando você vê essa desordem?

— À noite, sei lá, na cama, me acontecem coisas, sempre. Muitas coisas ao mesmo tempo, quero dizer. E eu tento entendê-las, bah, tento entender a mim mesma. Mas não é bem isso. É como se minha cabeça fosse explodir; então a desordem aparece. Não em minha cabeça, sabe, não dentro da minha cabeça. Se instala ali, diante de mim, independentemente da minha vontade.

— Como ela é?

— É como galhos. Uma grande quantidade de galhos nodosos que se enroscam uns nos outros e não começam nem terminam em lugar nenhum. Há também uma coisa que parece um lodo. E muita escuridão. Um pedaço de selva horizontal e muito fechada onde a luz não consegue penetrar. Mas se move. Feito uma grande massa de serpentes deslocando-se em silêncio. Quer dizer, não: sou eu que a movimento.

— Como você sabe que é você quem a movimenta?

— Por causa do esforço. Sinto na cabeça o esforço que estou fazendo para desembaraçá-los. Mas não consigo. Os galhos se movem uns sobre os outros, mas não se desenroscam.

— Quer dizer que se você não se esforçasse tanto, aquilo ficaria quieto.

— Deve ser bem assim, é verdade, mas é impossível. Não consigo evitar, entende? Assim como não consigo evitar a desordem. Quer dizer, não é que a desordem apareça e fique um momento imóvel e que então eu decida movê-la. Não. Tudo acontece ao mesmo tempo, como se fossem uma coisa só. Mas são duas coisas diferentes. A desordem e o esforço da minha cabeça para desenroscá-la.

— E você nunca conseguiu pôr ordem na desordem?

— Não. Às vezes surgem umas coisas que parecem ferrovias, quer dizer, uma espécie de tubos de metal prateado, quase branco, que correm bem retos e paralelos através da desordem. Mas não arrumam nada. Correm e se esforçam muito — encolhe os ombros; ri. — Como eu. Mas não tem jeito. Enfim — deu um suspiro; acaba de descobrir que se sente maravilhosamente bem — eu tenho meu mundinho também. Mas amanhã passa, não faça essa cara.)

— Você está me espetando com a sua bolsa.

— Oi?

— Você está me espetando com a sua bolsa — repetiu, monótono, o homem da orelha.

Irene puxou a bolsa com civilidade.

— Desculpe — disse, e dirigiu ao homem um sorriso desamparado que ainda era capaz de comover mais de um senhor maduro. Inútil com o homem da orelha. Cenho franzido, impermeável, incapaz de uma pincelada de ternura. Razão pela qual Irene voltou a olhar para sua orelha, só que desta vez com premeditação e insídia. Um gesto lúcido e esplêndido, cheio de ferocidade. O olhar de Deus cravando-se na orelha do imbecil: um ato de justiça. *Não tem vergonha, tão velho e com uma orelha tão feia?* Zás, a pura loucura atravessara, como se atravessa um queijo, a pura lucidez de Deus. Era sempre esta a sensação: um raio desbaratando uma organização perfeita de pensamentos; ou de pensamentos perfeitos?, ou perfeitamente pensada? *Minha genialidade é breve demais*, pensou, e algo estava prestes a afligi-la, algo que (pressentiu) ia acertá-la insidiosamente em cheio, quando pela janelinha da esquerda viu — ou pensou ver — uma cena que devia estar proibida para seus olhos. Foi apenas um segundo, um sopro, a ponto de ela não poder jurar que ali, atrás daquela janela, estivesse acontecendo uma coisa que, de todo modo, ela já sabia que estaria acontecendo e que até imaginara assim, junto daquela janela, naquele barzinho da rua Charcas. Mas imaginar era outra coisa. Podia esquecer o rosto da garota — mas era mesmo a garota?, afinal só a vira por um segundo, numa trombada em que não prestara atenção —, olhando para um interlocutor que Irene não conseguia ver, mas cujo poder adivinhava justamente pela expressão de quem olhava para ele, uma mescla de admiração e suficiência, já que ele possuía esta virtude — ou era mera projeção de Irene? —, a de criar em sua interlocutora a ilusão de que nunca antes tinha sido escutado como naquele momento, então Irene agora podia jurar que era ela: nenhuma outra podia fazer aquela cara privilegiada de estar sabendo que ele finalmente encontrou a garota por quem esperou toda a vida.

(— *E isso é o que me desespera — lhe diz.*

Estão no Saint-James a pedido de Irene, que hoje faz vinte anos e quer evocar uma tarde em que veio com Guirnalda tomar chá e comer doces, pouco chá e muito leite na xícara da menina, que observa com nojo as senhoras carregadas de sacolas e de filhos e, com avidez, observa um casal clandestino e ilegítimo que bebe coquetéis e se olha com paixão. Algum dia voltará. Com seu amaaante. O segundo "a" ela alarga com deleite no pensamento. Guirnalda percebe algo e a menina educada fecha a boca. Toma um golinho de leite e olha com inveja. Para quem? Para mim. E agora sou a outra, aquela mulher alta e esplêndida, tenho um amante a quem olho com paixão, e uma garota estúpida a quem a mãe mandou fechar a boca me olha com inveja. Guirnalda se apagou. Sou feliz.

É feliz? Tem vinte anos, não é esplêndida nem alta e está desesperada. Não, não, ele não deve entendê-la mal, não se trata do que ele possa sentir pelas outras, trata-se do que as outras mulheres acham, porque elas se sentem o único, o verdadeiro amor, ele se dá conta disso?, ainda que seja por alguns meses, ainda que seja por alguns dias, cada uma se sente a única, e é isso, essa sensação de absoluto é pelo que ela anseia, é o que a leva a odiá-las. Sim, sim, já sabe que isso de absoluto é uma mentira. Mas como descansará (pensa, embora não se atreva a dizê-lo por medo de ser trivial), que maravilha deve ser isso de se sentir, ainda que seja por um minuto, a única mulher, que remanso será isso de não viver sempre em uma zona sísmica. Ela tem lágrimas nos olhos e, ainda por cima, nem sequer se animou a pedir um coquetel, porque se deu conta de que não sabe o nome de nenhum. Está tomando um bruto e amarguíssimo café duplo — já que o açúcar lhe parece uma fraqueza, ou um desvirtuamento. Enfim, nessa mesa não acontece nada que uma menininha de franjinha possa invejar.

— Este lugar me deixa doente — diz.

— E por que quis entrar? — pergunta Alfredo.

— Porque uma vez, quando eu era pequena, estive aqui com minha mãe e disse para mim mesma que ia voltar e ver as pessoas de fora. Mas é insuportável. Toda essa gente é insuportável. Parecem tão seguros, tão satisfeitos consigo mesmos, tomando seu chá com doces, que dá vontade, não sei, de fazer um escândalo ou alguma coisa que pelo menos jogue um balde de água fria em cima deles — ela se interrompe, assustada: isso é espírito revolucionário ou ressentimento? Você nunca fica com vontade de fazer coisas assim? — pergunta, com certa cautela.

— Não exatamente desse modo — diz Alfredo.

Irene experimenta um discreto alívio. Justificado? Dá na mesma.

— Bem, eu adoro inventar situações assim. Imagine, por exemplo, o circo que se armaria se você de repente me des-

se uma bofetada. Mas daquelas bem brutas, tipo barraco de periferia — ela se entusiasma —: Imagine a surpresa e o terror da de franjinha: como sua cabecinha registradora registraria esse fato? Isso me deixa louca. Me deixa louca imaginar essas coisas — ri com excitação.

Ele está calmo demais.

— O que eu estava me perguntando — diz — é até quando você é capaz de rir. Até que limite.

— Até a morte. Sabe no que acredito? — e está tão orgulhosa do que vai dizer que quase não detecta algo que ele pronunciou em voz bem baixa. — Que o riso é uma prova definitiva de inteligência e de superio... — ela teve um sobressalto. — O que foi?

— Eu estava dizendo que não sei se você conseguiria rir depois de levar uma boa bofetada.

— E quem conseguiria?

— Você. Você teria que ser capaz.

— Por que eu?! — ela diz numa explosão. Mas, mesmo em meio à fúria, sabe por quê. Ou não dissera a ele certo dia, presunçosa, que não era para ela o lema: "Se outros podem, por que não você?"; que seu verdadeiro lema era: "Ainda que os outros não possam, você deve *fazer"? — Cala a boca — ela diz —, já sei. Mas não é a dor física, entende, não é o fato de você me bater. O que não posso tolerar é a humilhação. Entende o que estou dizendo? A pessoa pode se isolar de seu corpo, ou seja, a cabeça pode. Digamos que pegam seu dedo de um jeito que você não consegue soltá-lo e o põem no fogo. Você pode se isolar do dedo, porque de todo*

jeito não vai conseguir fazer nada. Você não é responsável, então se isola. Ou seja, o dedo poderá estar todo chamuscado e dolorido, mas você não sofre.

— Você nunca sofre por nada, Irene — o tom dele é hostil; ele a deixou sozinha. — Você gosta de especular com isso que, tão segura de você mesma, chama de "dor física". Como com todo o resto. Mas você já pensou realmente, até o fundo da alma, no que é a dor física, no que é um homem que tem a língua arrancada ou os testículos cortados? E não me diga que sim, porque é mentira. Nem você nem eu nem ninguém sabe qual é o próprio limite para a dor. Pode-se ter uma espécie de pressuposto ético, no melhor dos casos. Mas especular como você especula, de forma tão insolente, é uma infâmia.

— Cala a boca! Não me enlouqueça! Está vendo que não tenho nem mesmo o direito de dar um exemplo tirado do nada, que logo você despeja em mim toda a ética e sei lá mais o quê? Eu não estava falando da tortura, eu simplesmente estava falando.

— Da humilhação — diz ele.

— De uma bofetada — diz ela com raiva. — De uma simples e singela bofetada. E se estamos representando sozinhos, dá na mesma que um ponha a mão e o outro a cara, foi isso que eu quis dizer. Aí somos iguais, nós dois. Mas para os outros, não. Para os outros, alguém receber uma bofetada é algo humilhante. Eles sentem que eu devo me sentir humilhada. E eu não suporto isso. Não suporto que me humilhem.

— Que você me humilhe, é o que você deveria ter dito. Porque não sei se você está lembrada de que começamos falando de você e de mim. Quer dizer que isso é o que você entendeu depois de três anos? Bem, vou te dizer uma coisa que certamente vai te deixar orgulhosa: estou surpreso. E olha que isso me acontece poucas vezes.

Irene fecha os olhos por um instante, sente-se muito cansada.

— Eu não queria dizer aquilo — diz em voz bem baixa.

— Claro que não queria. *Cale-se. Você não gosta nada de ter dito o que disse. Na verdade, não gosta de fazer nada que te cause problemas, já pensou nisso? Com certeza pensou: você sempre pensa em tudo. E, por favor, não se sinta lisonjeada: isto não é um elogio.*

— Já sei que não é um elogio — ela diz, e está realmente triste. — Mas esta sou eu. E, não sei, talvez eu também não devesse dizer isso, mas às vezes acho que é por isso — lhe custa falar, encontrar as palavras —, porque eu penso em tudo, e porque você também pensa em tudo, porque faz três anos que sou... — se interrompe; olha-o com ódio — o que sou.

— Minha mulher? Diga. Talvez essa seja a única verdade. E tudo bem. Quem pode julgar que isso não é realmente bonito, que isso não é verdadeiramente o amor? Ou digamos que não; que não somos bonitos nem bons e que nada nos salva. Bem filhos da puta, você e eu. Nos divertindo como loucos e às vezes nos amando como desesperados, mas bem culpados, você e eu. Agora, essa outra coisa não, Irene. Se fazer de vítima, não. Ser, de um lado, a hiperlúci-

da, a eleita, e de outro a humilhada, não. Você me tornar culpado, não, porque para isso eu me basto sozinho. Cada um se basta sozinho para isso.

Irene está com as mãos apoiadas na testa e não olha para ele.

— Às vezes é tão difícil — diz, como quem sabe que está bêbado mas não pode nem quer parar de beber —, eu às vezes tenho inveja, sabe, às vezes gostaria de viver a história das outras, a ilusão das outras. Mas não é medo do que você possa sentir por elas, não, parece que eu sei o que sou para você, e sobretudo sei o que você é para mim. E é isso o que quero, não outra coisa, disso tenho certeza, mas às vezes — de repente levanta a cabeça e ri, como se acabasse de compreender alguma coisa. — Claro, passarinho que come pedra..., não é mesmo? Se a gente quer uma história de amor sob medida, tem que bancar, não? — repara na expressão dele; parece comovido, ou à beira da piedade. — Me bate — ela diz.

No rosto dele vai surgindo, com esforço, certo ar divertido que quase faz desaparecer todo vestígio de emoção.

— Você é a mulher mais louca que vi na vida.

— Pode ser, mas, por favor, não ria. Isso é muito importante para mim. Você não faz ideia de quão importante é. Me bate.

Ele não parece ter a intenção de rir. Nem sequer continua tentando ter um ar divertido.

— Não precisa, me escute. Uma bofetada também não conserta o mundo.

— Não é pelo mundo, é por mim. Me bate, Alfredo.

— Para quê?

— Para me deixar contente. Já sei que é estúpido, mas. Não sei. Me dá tanto medo pensar que talvez eu seja covarde, que tenho coragem só para imaginar as coisas, mas não tenho coragem para viver, que. Não sei. Quero que hoje seja um dia bonito, é isso. É meu aniversário, não é? Quero que tudo saia bem. Não pode ser só por isso? Você não é capaz de fazer uma coisa só para eu ficar contente?

O que ela vê no olhar de Alfredo involuntariamente a faz pensar: ele sofre por mim, me ama como nunca amou ninguém. Dura apenas um segundo. Depois ele ergue a metade do corpo. Com toda a alma, como se todas as palavras que tinha lhe dito e que ia lhe dizer na vida estivessem nisso, ele lhe dá uma bofetada colossal.)

— ... Pueyrredón?

O quê? O que tinham dito? Pueyrredón? *Estou me afastando.* Pensou isso sem querer e num movimento brusco ficou de pé. Com licença. O conhecimento precário de que estava se afastando se emaranhou na sensação de que aquela loucura graças à qual agora abria passagem do jeito que podia até a porta, aquela loucura que às vezes a atravessava feito um raio, era também ela, e por acaso não era com esse material que deveria construir sua própria flor? Assunto que não analisou, já que todas as suas energias estavam momentaneamente dirigidas a chegar a tempo à porta.

Não era a primeira vez que lhe acontecia. Como um impulso de vida, algo em seu coração que gritava “levante-se e ande", uma força desmedida que, no entanto, estava dentro dela, ou será que na partilha não tinha ficado para ela uma porção tão insolente de alegria de viver que às vezes acreditava morrer de embriaguez? Sua vontade era tão poderosa que podia fazer chover, iluminar céus nublados, inventar a beleza onde não tinha estado, epa, epa, aonde vai tão apressada, benzinho?

Oi?

Sobressaltou-se, mas conseguiu se controlar e não estacar em seco: tinha experiência nessas questões. Alguém que de repente lhe dizia "você vai cair" ou "aonde vai tão apressada, benzinho", e a fazia tomar súbita consciência de que estava correndo em plena rua, como se ainda tivesse quatro anos e estivesse tramando universos grandiosos na sala de jantar da rua Bulnes.

Fez o de sempre nesses casos. Continuou correndo como se nada disso a surpreendesse e estivesse realmente com muita pressa. Na esquina, sim, parou e começou a olhar inquieta a transversal, com a expressão desalentada de quem comprova que alguém importantíssimo acaba de lhe escapar. Depois encolheu os ombros e seguiu caminhando com normalidade.

Eram vinte para as sete quando entrou no cubículo das máquinas. O velho estava encurvado, com a cara enfiada em uma Underwood antiquíssima e reluzente.

— Boa tarde — disse Irene.

O velho parecia perseguir algo pequeno e escorregadio no interior da Underwood.

— Boa tarde — repetiu Irene.

— *Piano, piano* — disse o velho sem levantar a cabeça. — Tem que fazer as coisas com amor, né?, ou não fazer. A senhora me traz sua máquina para que eu a conserte? Muito bem, estou com ela aqui, eu a trato a pão de ló e vou fazendo exigências aos poucos, até tirar dela todas as manhas. Mas não me apresse se quer que fique bom. Ah, tá, tá, aqui está — parecia segurar algo entre o dedo indicador e o polegar; levantou-se, satisfeito. — Olhe isto — estendeu a mão para Irene. — Sabe o que é?

Irene observou com atenção, gostaria de ter sido gentil com uma pessoa tão fervorosa. Mas tudo o que via era um aramezinho muito fino e meio retorcido. Não tinha a mais pálida ideia do que poderia ser aquilo.

— Na verdade, não sei — disse.

— Um aramezinho — disse o velho. Natural, por que as coisas seriam mais complicadas do que parecem? — Sabe os problemas que me trouxe?

Pergunta retórica. Desta vez não cairia.

— Imagino. Minha máquina já deve estar pronta, não? A Remington setecentos que não tinha o jota e.

— Me lembro, como não? A menina apressada. E seu pai não veio hoje?

Então ainda achavam que ela era filha dele, velhinho de amores turvos, sabe que te confundiu com meu pai, ia lhe dizer, insidiosa. E ele todo elegante, exibindo-se agora mesmo com a abelhuda.

— Ele não é meu pai.

— Seu marido não deve ser...

— Não é meu marido.

Nem seu namorado, nem seu amante, e sim a pessoa que mais te amou. Com isso, tenho o bastante. Te amo, pensou. Totalmente fora de tempo.

O velho encolheu os ombros.

— Enfim, melhor nem continuar perguntando. Hoje em dia ninguém mais sabe como chamar as coisas, por isso andam todos tão nervosos. Antes era outro lirismo; a senhora tinha o paquera, depois entrava em casa e era o namorado, e um dia se casava e era o marido. Mas hoje tudo é uma festa, enfim, que cada um se coce como quiser — tinha tirado a Remington de uma estante; apoiou a máquina sobre a mesa. — Aqui está, olhe — teclou com suavidade, fez correr o carro, depois o fez retroceder com extrema delicadeza. — Um aviãozinho — disse, com orgulho, e com um gesto indicou que ela experimentasse.

Irene escreveu: "Sou Irene Lauson". *Relato de um náufrago,* pensou.

— Sim, um verdadeiro aviãozinho.

Sobretudo para levá-la no colo, pensou. O velho perguntou:

— E como pensa levar?

Irene encolheu os ombros.

— Vestida.

O velho riu com vontade. Seus olhos faiscavam.

— Que maravilha, que maravilha, a senhorita é uma menina divertida, gosto disso. Mas aviso que vai ser difícil com a máquina, sabe quanto pesa?

Irene não caiu na armadilha. Silêncio.

— Catorze quilos e duzentos — disse por fim o velho.

Irene tentou imaginar em que curiosa contingência o velho tivera que pesar a máquina.

— Eu pego um táxi — disse.

— Não chega. Não chega nem à porta. Viu o que são esses corredores? — Irene tinha visto (e até com certa fascinação, na primeira vez) o que era aquela desconjuntada e interminável casa em cujo primeiro andar o velho tinha sua oficina ou como quer que se chamasse aquele minúsculo aposento abarrotado até o teto de máquinas de escrever. — Isso para não falar da escada.

— O senhor vai ver como eu consigo — disse Irene.

E com um violento impulso ergueu a máquina.

A coluna esteve a ponto de se entregar logo de cara, de dizer isto é muito para minha delicada arquitetura, mas Irene sabia que não, que agora nada no mundo a faria abandonar os catorze quilos e duzentos de sua Remington, embora os sentisse, ah, e como os sentia durante o trajeto daquele corredor infinito, captando na nuca o olhar do velho incrédulo, ainda que talvez admirando-a, por que não admirando-a?, por que não pensando que sua obstinação em ir além das próprias forças também era um ato de amor, apesar de que diabos tinha que lhe importar o que pensava aquele velho que dela só conhecia as costas nada atléticas carregando absurdamente uma máquina pesadíssima, e onde já se viu coisa mais incômoda que carregar uma máquina de escrever, que tentação deixá-la aqui mesmo, ao pé da escada, o que lhe importava, no fim das contas?, já que o mundo não ia desmoronar se ela abandonasse sua carga, podia até pedir ajuda aos gritos, me ajudem, filhos da puta, não percebem que peso quarenta e sete quilos e vou rolar por essa escada podre?, por favor, me salvem, e no entanto sabendo que não, que desceria a maldita escada, nem que fosse rolando, coisa altamente provável, já que as escadas em geral costumavam lhe produzir vertigem ou uma espécie de assombro por não cair, ou não era um pequeno ato milagroso apoiar a planta do pé justo dentro da curtíssima plataforma de um degrau, e não um centímetro mais para lá, risco que se repetia até o espanto toda vez que descia um novo degrau?, e ainda por cima aquela escada era muito íngreme e afinava nas curvas, isso sem contar a poderosa, a que significativamente apoiava contra o ventre e sustentava com cada partícula de seu corpo, o que não lhe permitia ver os degraus, e no entanto não ia deixá-la, toda a sua energia se concentrava na causa e nada ficava no reino do impossível, como quando partiu a maçã, ela e Alfredo em uma reunião estúpida, frutas em uma fruteira e um quatro-olhos charlatão dizendo que se a pessoa se concentrasse como devia, era possível partir uma maçã em duas com as mãos, o que desencadeou uma espécie de furor inútil entre os presentes, até que a maçã chegou a Irene e então (Alfredo lhe disse depois) eu olhei para sua cara e tive certeza do que ia acontecer. Não é para menos, disse Irene, eu estava ficando doente com todos aqueles idiotas, sobretudo com aquela loura que estava ao seu lado e que ficava dando uma de lânguida com a maçã na mão, como se ser desnutrida fosse um sintoma de feminilidade irresistível. Então, furiosa e inspirada, pegou a maçã como se toda a sua vida estivesse nisso ou como se se tratasse da cabeça da loura ou sabe-se lá de quem e, antes mesmo de refletir que nunca teria força para parti-la, concentrou todo o seu poder — um poder oculto que lhe vinha em rajadas, minha aptidão é muito curta (escreveria depois), mas de uma intensidade capaz de mover montanhas — e a separou em duas, duas magníficas metades que um segundo mais tarde, com um sorriso que não lhe cabia no rosto, mostrava uma em cada mão diante da incredulidade de todos os presentes. Exceto Alfredo, que sempre acreditara em Irene mais que ela mesma — o que a obrigava a vencer seus próprios limites, já por si mesmos exagerados —, daí que certamente ia dizer "eu já sabia" quando Irene, pela manhã, lhe contasse seu malogrado descenso, mas por que se imaginar contando isso como se só essa possibilidade desse sentido ao fato de carregar o objeto mais seu que teve desde que teve objetos? Ou desde que teve objeto? Shh. Não tanto shh, pois há várias coisinhas a esclarecer agora que, segundo parece, estamos chegando à hora da verdade; antes de mais nada, isso de que o objeto seja seu.

O quê?

É preciso possuí-los. Os objetos, é preciso possuí-los. Torná-los seus. *Como as mulheres, talvez?* Nada de mulheres; é preciso ganhar o direito de dizer "esta Remington é minha" sem morrer de vergonha, isso. E ela acha que sim. Agora que está outra vez em terra firme, tem certeza de que vai ganhar esse direito, como tem certeza de que vai chegar em casa, embora com a coluna estragada, mas vai chegar.

Ao menos já está na beira da calçada e aquilo em cuja direção faz sinais desesperados com o cotovelo é um táxi. Tudo vai de vento em popa.

— Você sozinha carregando uma maquininha dessas — diz o taxista, que ficou observando com interesse os complicados movimentos de Irene para acomodar a máquina.

Ela não demonstra ter escutado; prevenida, informa o endereço. Tem experiência com taxistas. Aos que são como este, não responder logo de cara, senão se tornam pegajosos.

— Não tem ninguém que te ajude, coitadinha? — diz o taxista.

— Tenho — diz Irene, com uma secura capaz de desencorajar o mais moderado.

O taxista emite uma breve risada. Irene gostaria de jogar a máquina na cabeça dele. Mas não, fica na sua. É a melhor arma. Sujeitos como esse vão esmorecendo por cansaço.

O taxista a observa pelo espelho. Alisa os cabelos. Suspira com ostentação.

— Por fim, algo como a gente — diz. — Hoje não apareceu nada além de velhas.

Irene, imperturbável. Está se esforçando para submergir em seu interessante mundo interior.

O taxista olha pela janela.

— Lindo fim de tarde — diz. — Ainda bem que termino em uma hora.

Irene não passa recibo, conhece o eleitorado.

— Vai ser uma linda noite para ir dançar — diz o taxista.

Ela está concentrada no funcionamento das maiúsculas. Travam, menos mal.

— Você não gosta de dançar? — pergunta o taxista.

— Não gosto dos imbecis.

Disse isso, não há nenhuma dúvida. A frase está flutuando no táxi fechado, se expande feito névoa, pesa sobre tudo que há ali. Alguma coisa tem que acontecer.

Uma morta. Irene. Ainda não. O homem dirige mudo, como se estivesse congelado. *Ah, sua vontade de falar acabou,* pensa o Alfaiate Valente. Mas cada partícula de seu corpo está em estado de alerta, esperando que algo estoure. Não, avançam petrificados, impenetráveis, suspensa no ar a ameaça de que o mais leve movimento irá gerar uma violenta reação em cadeia.

Não. Estão na travessa Del Signo, na frente da casa dela. Irene pagou e o taxista entregou o troco no mais completo silêncio.

Agora começa o baile. Os braços lhe doem e a coluna grita com humilde desespero: Chega! Mas isso não é o pior. O pior é a silenciosa presença do homem, a consciência dessa consciência que se deleita com cada esforço seu para tirar a máquina do carro sem começar a chorar na calçada. E agora este último esforço. Caminhar erguida até a porta de sua casa, já que o táxi não se mexeu dali. O olhar do homem deve estar cravado em suas costas, o que obriga Irene a ficar parada, como se por um milagre a porta fosse se abrir sozinha. Nem pensar em se agachar para deixar a máquina no chão e procurar a chave. Isso é ridículo, diz para si mesma. Mas sabe que pode morrer ali, de pé feito uma estátua.

Então chega a voz, poderosa, um segundo antes de o carro arrancar.

— Vai para a arreganhada e imunda puta que te pariu, sua idiota!

A vingança é o prazer dos deuses, ela pensa. Apoia a máquina no chão para procurar a chave. Se pelo menos o porteiro estivesse ali. Não. Seu destino quer que ela chegue sozinha até o final. Vai chegar, nem que morra tentando. Uma energia ou fúria desproporcional que não está em relação direta com seus quarenta e sete quilos e sim com algo que às vezes acredita levar em seu coração a está fazendo chegar. Saiu do elevador e voltou a apoiar a máquina no chão. Abriu a porta de seu apartamento. Pegou outra vez a máquina e avança. Às seis e vinte, como quem põe a assinatura em uma obra desmedida, deposita a Remington sobre a escrivaninha.

¿Ninguno desea ver tras los cristales una diminuta copia de jardín? Irene interrompe a leitura de "Setenta balcones y ninguna flor"[9] e olha para a sacada. A pedra nua de tristeza causa angústia. A frase recém-lida fulgura em sua cabeça. *Como sofro,* pensa com deleite. Tem doze anos e considera que a nenhuma outra pessoa foi concedido esse seu dom de sentir a poesia até o fundo mesmo do coração. Mas algo ainda não detectado a incomoda. Pronto: a imagem equivocada que, segundo o poema, pode surgir em sua sacada. *¿No hay en esta casa una niña novia? ¿No hay algún poeta bobo de ilusiones?* Sim, sim, a menina está lá, como não?, só que a egoísta da Guirnalda detesta cuidar de plantas, cuidar de animais, cuidar de qualquer coisa viva não parida por ela —

9 Do poeta argentino Baldomero Fernández Moreno (1886-1950).

o que foi parido por ela, sim, o que foi parido por ela, ela cuida, rega, rala cenouras, penteia a franja e vê crescer e ganhar folhas e afofa as plumas e as asas para que seja feliz, meu Deus, para que seja feliz —, e o viajante generoso que todas as manhãs dava de comer ao canário há seis meses morreu deixando-a órfã!, ai. Nem o canário existe mais. Sente que seus olhos se enchem de lágrimas. Um poeta nada bobo que na ocasião tem que estar perto de uma janela distante acaba de descobri-la — tristíssima —, em seu sofá, com *Os titãs da poesia universal* sobre os joelhos; o poeta compreende em seguida que aquilo da sacada sem flores deve ser por uma razão secreta e dolorosa, já que uma criatura tão delicada — para a ocasião, Irene está mais para lânguida — nunca omitiria as plantas por vontade própria, então se apaixona perdidamente por ela. O poeta está por realizar atos insensatos para localizar a casa da misteriosa e lhe declarar seu amor. Irene sabe que a busca será intrincada e desesperadora e que o final será glorioso, mas no momento não está com muita vontade de planejar os detalhes. Volta à leitura de "Setenta balcones y ninguna flor" e outra ameaça a espreita: o castigo para os que não têm jardim. É cruel, o poema o diz: *Nunca se oirá un beso, jamás se oirá un clave*. Isso não! Quer beijos e também um sinal em segredo, seja o que for, não pensa em se privar de nada, prazeres clandestinos, famosos atos de heroísmo, a vida explodirá feito uma alegre granada. Então, aos doze anos, decide que vai ter um jardim. E aos trinta conseguiu essa linda varandinha de três por um, onde na dourada manhã de primeiro de setembro, recém-regados e radiantes, fulguram sob o sol um gerânio, uma maria-sem-vergonha, um incipiente broto de unha-de-gato, outras folhagens incertas e esta azaleia que Irene, com o regador de um lado e de cócoras, contempla admirada. Afinal, acaba de dar seu primeiro botão.

— Então precisa passar toda santa noite datilografando?

Irene se ergueu de repente. A vizinha a observava com certa curiosidade da varanda à direita.

— Estava olhando a azaleia — explicou, um pouco agitada.

E também pensando (não explicou) em uma insensata decisão de sua infância e no vendedor de plantas, que no fim das contas não tinha razão. Planta maluca é a azaleia, tinha dito, floresce quando lhe dá na telha, mas a azaleia tinha se revelado bastante leal, com um primeiro botão aparecendo justo naquele radiante dia de setembro, depois de uma noite de vigília, ela cheia de si, sem dissonâncias detectáveis entre sua, em geral demente, energia cinética e as explosões — em geral dementes? — de sua imaginação.

— Está realmente linda — disse com gentileza a vizinha; era solidária e solícita e preparava doce de kinkan e bolinhos fritos que amavelmente oferecia pelo vão das varandas. Atenções que Irene costumava retribuir com romances emocionantes dentro do possível e não muito modernos; as duas eram boas vizinhas por fim, gente cordial e simples que sai às varandas floridas para conversar e tricotar, ah, paraíso perdido. — Que adubo você põe nela?

Valsinhas, pensou Irene, e lhe ocorreu que talvez o vendedor de plantas tivesse falado em outro sentido e então sim, claro, bem que podia ter cantado para sua azaleia. *Pasodobles* e boleros e essas coisas que ela costumava cantarolar pela manhã: era festiva pela manhã, as manhãs tinham algo de anunciação e de esperança.

— Bosta de vaca — disse.

— Bosta de vaca! — a vizinha parecia comovida. Mas no fim das contas a admirava; com certa humildade acrescentou: — Me disseram que a de cavalo é muito boa.

— A de vaca é melhor — disse Irene com segurança. — Tem mais vitaminas. Quem consegue para mim é um primo do interior. Quando ele trouxer, lhe dou um pouco.

Sua imaginação estava incontrolável naquela manhã. Ainda mantinha na ponta dos dedos a sensação de ter podido escrever com luminosidade incomum, com palavras cintilantes, com uma música interna que persistia em sua cabeça, coisas que em noites de insônia havia tramado e que de forma passageira, mais de uma vez, a tinham feito sentir que também haveria de encontrar seu lugar na terra.

— Eu ficaria muito grata — disse a vizinha; fez uma pausa meditativa e completou: — E pensar que estamos uma do lado da outra, tão sozinhas as duas, não?, e no fundo nos conhecemos tão pouco. Vou te dizer a verdade; nos sete meses em que vivo aqui, nem tinha percebido que você escrevia à máquina.

— Às vezes me emprestavam uma — disse Irene, lacônica; não tinha o menor interesse em revelar o que sem dúvida a vizinha queria saber: o que significa essa noite de vigília, o que ela escreve, desde quando, para quê. — Mas acho que desde que você se mudou para cá...

Fiquei comendo mosca, pensou com horror. Sete meses comendo mosca, esperando o presente de Alfredo ou esperando pelo messias, deixando que torrentes de si mesma se derramassem sem destino. Desde aquela tarde agourenta que começara com uma viagem de ônibus, apertados os dois em um assento para uma só pessoa, quando ela tentara explicar a Alfredo, e não pela primeira vez, como era angustiante o segundo princípio da termodinâmica.

(— Você não imagina — dissera a ele —, não pode imaginar uma coisa mais angustiante.

— Não vou nem imaginar — disse Alfredo. — Já me deprime tanto o teorema de Pitágoras.

— Não seja grosseiro, não é para caçoar — disse Irene em voz bem alta, porque acabava de notar, satisfeita, que uma mulher corpulenta os observava com reprovação. — A entropia do universo aumenta sempre, percebe? É espantoso.

Alfredo girou a cabeça e sussurrou para a mulher corpulenta: "Ela está louca". A mulher desviou o olhar com gesto altivo e Irene teve que reprimir um relincho de felicidade.

— Aumenta como? — ele voltara a olhar para ela, imperturbável. — Explique melhor.

Então Irene abriu uma brecha em sua alegria, farejou, fuçou, xeretou até recuperar o horror de doze anos antes — ela, precoce estudante de física —, quando concebeu a fatalidade habitando na lei de entropia, sóis que arderiam inutilmente até se apagar, rios que se dedicavam dia e noite para nada, tanta energia dilapidando-se silenciosamente sem que ela pudesse fazer nada para resgatá-la. Mas metódica, por fim, decidiu começar sua explicação com certa ordem: pegou um lápis da bolsa, apoiou sua passagem de ônibus sobre O conceito da angústia, *que Alfredo levava sobre os joelhos, e nela anotou:*

$$\Delta S = \int \frac{dQ}{T}$$

— Está vendo — começou, didática —, delta S é o aumento de entropia, diferencial de Q é o calor; e T.

Ele a freou com ar ofendido.

— Ah, não, Irene. Não me venha com formulazinhas, que sou nada menos que seu pobre avô — a mulher olhou para eles com nojo e foi para o fundo. — Algo concreto, vamos ver; minha entropia. Como aumenta minha entropia enquanto estou aqui sentado.

Irene pensou que as palavras que ele havia pronunciado — um código secreto, escreveria depois, jogos que só para mim têm sentido e que parecem armar ao meu redor uma espécie de refúgio; o amor, certos momentos do amor ou do entendimento forjam um refúgio provisório onde é possível se abrigar de tudo que dá medo; ah, de quantas palavras de Alfredo está construída minha guarida —, essas palavras não estavam destinadas a perder-se porque em um canto deste ônibus tinham armado uma aura de alegria dentro da qual ela podia se sentir fugazmente imortal. E disse:

— Não, seu bárbaro. Não se trata da sua entropia. Você se dá conta de que é um ególatra sem remédio?

E como naquele momento perceberam que estava na hora de descer, e como na alfaiataria na qual Alfredo precisava comprar um terno qualquer não falaram exatamente de entropias, Alfredo só retomou o assunto uma meia hora depois, na mesa de um café e no momento exato em que Irene dava a primeira mordida num especial com tomate e maionese. Vê-se que ficou com sangue nos olhos, refletiu Irene, porque era evidente que ele agora estava zangado. Delta jota igual a diferencial de xis menos integral das bolas, dizia ele que ela dizia muito à vontade; mas se dava conta de que, sob essa fórmula, o que espreitava (o que ela se negava a ver) era a certeza da morte? Glup. Sua morte, aí estava o verdadeiro centro da questão, ou o caroço da mandarina. (Mas se as mandarinas não têm caroço, raciocinou a cabeça de Irene, apesar dela mesma.) Era ela quem ia morrer enquanto os sóis continuavam ardendo e os rios, correndo, era sua própria energia a que se derramava sem deixar rastros, e para saber disso não precisava de nenhuma integral, pelo contrário. E já sabia, tolinha, que as mandarinas não têm caroço, mas se era precisamente disso que falava. Dessa tendência dela de se refugiar na lógica, justo quando o caldo entorna — algo assim como: as mandarinas não têm caroço, logo ainda é tempo de comermos parcimoniosamente o sanduíche —, dessa facilidade de Irene para organizar tudo em fórmulas, isto aqui, isto lá, não vá misturar o especial de tomate com a morte, isso era justamente o muro de pedra (ao menos a bruta, a mastigadora ruminante, se lembraria do muro de pedra do qual falava o homem do subsolo?), seu próprio e exclusivo muro de pedra que a separava do motivo real da angústia. Eu devia ter desconfiado, *pensou Irene, olhando com rancor o volume verde que jazia agora sobre a mesa;* Alfredo nunca traz um livro em vão. *Em que resquício desta viagem ao Centro da cidade com o frágil objetivo de comprar um terno (ela tinha se perguntado quando o viu aparecer na esquina da Medrano com a Rivadavia e olhou disfarçadamente o título), em que curva ele pensaria em começar a ler Kierkegaard, que beleza de recreiozinho! Incompreensível aquilo de ler nos ônibus e nos trens, pensava Irene, para quem qualquer simulacro de viagem era uma espécie de remanso, um parêntese, uma passagem que a tirava do caminho da vida e na qual, tranquila, podia entregar-se ao prazer de ser conduzida; para não falar dos aviões, nos quais a embriaguez era quase voluptuosa: a dez mil metros de tudo o que a atava à terra, eximida de impedir possíveis catástrofes, ignorante de como se dirigia um avião e ignorante ainda da cara e das humanas contradições do piloto, podia afundar no gozo de confiar seu destino — e o destino dos outros — às mãos de um perfeito desconhecido. Mas Alfredo desconfiava dos desconhecidos, e muito mais dos beneficiados pela calma. Estava irrompendo sem o menor respeito em seu pequeno baluarte cristalino. Não percebia que Irene tinha reservado para o fim a parte com mais tomate e mais maionese? Já sabia, sim, em algum lugar de sua cabeça, já sabia tudo o que ele estava dizendo; não continuava sendo sua dileta aluna, afinal? Aquela que desejava compreender tudo? Sem se escandalizar? Aquela que desejava não se escandalizar, ainda que não compreendesse? Até compreender? Sua cabeça divagou, classificou, tentou vislumbrar uma intersecção, uma zona de verdade. Não era o que ele estava dizendo, não. Não era isso o que estava produzindo nela aquele leve mal-estar. Era outra coisa imprecisa, que se vinculava aos sóis que arderiam fortuitamente, mas que afetava ninguém mais que ela. Como lhe dar forma, porém, para que ele entendesse? E queria realmente que ele a entendesse? Pressentiu um risco, algo que lhe dava medo. Agora ainda não? Vacilou, ia levar à boca o último pedaço, mas se deteve. Uma decisão certeira feito um raio a fez ocupar um lugar no espaço.*

— Já sei o que eu quero que você me dê de presente no meu aniversário — disse.

E por alguns segundos teve a ilusão de que o sentido de sua vida estava resolvido para sempre.)

— Mas que coisas você escreve? — quis saber a vizinha.

Irene se pôs em guarda. Como explicar a ela o que agora mesmo, aturdida pelo canto dourado da manhã, ainda a envolvia, como contar que às vezes se sentia capaz de arrancar certos acordes secretos do universo, que em manhãs como aquela, prestes a vislumbrar um sentido — nem mais impossível nem mais alcançável que o da moça que naquele momento empurrava, pensativa, o carrinho de seu bebê pela travessa Del Signo —, achava possível dizer a outras mulheres e a outros homens coisas que acreditava conhecer sobre as mulheres e os homens.

— Coisas, sei lá — riu para que tudo voltasse à normalidade.

Porque o que no fundo temia, se confessasse a verdade à vizinha (ou o que naquela manhã azul achava que era a verdade), era a perda desses remansos ou transitórios céus cotidianos, já que talvez então a vizinha nunca mais se atrevesse a conversar com ela sobre o doce de kinkan ou sobre bosta de vaca.

— É que ganhei a máquina ontem, por isso tanto entusiasmo.

Embora talvez fosse ainda pior. Confessar a verdade à vizinha a atrelava à ideia de que aquela noite de vigília não era casual, mera decorrência de sua euforia por ter carregado os catorze quilos e duzentos gramas de sua Remington. Ou de sua necessidade de ofuscar o homem que agora certamente estaria celebrando uma adolescente implacável, toda futuro e palavras de grandeza. Pois a vizinha sem dúvida acreditaria nela, em suas palavras muito importantes, e isso a conectaria àquela noite malograda como a um destino. *E o que é um destino?*, perguntou-se, sempre hábil para instalar uma fonte de especulações quando o caldo entorna. Como se a dificuldade da resposta ou a astúcia de ter idealizado o interrogante oportuno a eximisse da vergonha de não ter tido coragem de ir muito longe e nem sequer de mentir à vizinha.

— O homem louro?

— O quê?

— Se foi o homem louro quem te deu.

Irene mal sorriu. A vizinha tinha se desviado por um atalho que sem dúvida era mais interessante.

— Faz muito tempo que o conhece?

Alerta. Esse caminho também era perigoso. Treze anos. Dizer a verdade era cair na história da vizinha, cujos incidentes ela vinha lhe contando entre bolinhos fritos de varanda para varanda, porque é tão bom desabafar com alguém, não acha? Com Rodolfo a vizinha não podia desabafar porque ele era tão sensível, qualquer coisa o afetava. Rodolfo era casado, visitava-a fazia oito anos e era terrivelmente sensível: qualquer repreensão o afetava horrores. Ainda por cima vinha cheio de problemas: a mulher que não o compreendia, as viagens intempestivas. Mas no dia mais inesperado os problemas terminariam; ele daria um jeito na montanha de compromissos, se separaria da mulher e viria morar com ela. *De jeito nenhum*, havia pensado Irene; *esse não se separa mais na vida, querida*. E o que pensaria a vizinha sobre aquele homem louro que há treze anos. De jeito nenhum.

— Mais ou menos — disse com ambiguidade.

— Ele é meio estranho, não? — disse a vizinha.

Irene teve vontade de rir. Viu-se contando a Alfredo a opinião da vizinha. *Ela disse que você era meio estranho*. Uma risada daquelas.

— Ele tem lá o jeito dele — disse. — Mas é amoroso.

— Ele não pensa em se casar?

— Não sei se pensa em se casar — disse com bastante agressividade, mas já era tarde. — Eu, pelo menos, não tenho intenções de casar na vida.

E percebeu com preocupação que não poderia tirar da cabeça o que, habilmente, estivera escondendo a noite toda. O sol batia em seu rosto e estava ficando incômodo. Tinha que encontrar um pretexto para entrar de uma vez por todas, não ia ficar na varanda a manhã inteira.

— Faz bem — disse a vizinha. — Os homens são todos uns canalhas.

Irene sentiu uma fúria gelada.

— São tão canalhas quanto eu e a senhora — sabia perfeitamente que essa era uma agressividade ridícula. — Tão canalhas quanto qualquer um. Não percebe que ninguém tem culpa do que acontece com a senhora? Não percebe que está fodendo a sua vida sozinha?

Viu como saltavam as lágrimas nos olhos da vizinha e teve ódio de si mesma. Essa que agora chorava em silêncio era uma mulher agradável e generosa que preparava lentos ensopados com pimentão e folhas de louro. Como podia conhecer Irene, com que direito podia julgar sua recôndita ideia de felicidade? Então a vizinha gritou:

— Lá vem ele!

— Quem? — disse Irene.

No instante exato em que a outra, lançando o último petardo, disse "seu namorado", Irene viu Alfredo, que se aproximava todo tranquilo pela calçada do mercado.

— Desgraçada! — ele gritou com tanta força que a outra vizinha, a da esquerda, culta assistente de cursos de história da arte e também de algumas conferências daquele professor louro tão brilhante que vi com você, Irene, a vizinha da esquerda, alçou a vista do gerânio cujas folhas estava lustrando.

— Você me faz ir até o fim do mundo e você mesma traz a máquina no ombro.

As sobras de ódio desapareceram como que por encanto, o mundo se transformou em um lugar habitável e Irene o cumprimentou com a mão, momentaneamente esquecida da vizinha, da adolescente abelhuda e dos píncaros dourados aos quais havia subido na noite anterior.

Abriu a porta, puro júbilo e desejo. Em seguida ia lhe contar em detalhes — espicaçando de leve, como se fosse um ritual, a consciência de Alfredo — sua aventura com a máquina de escrever, e depois ia ouvir em detalhes — e um fantasma se esfumaria — a aventura dele com aquela menina chamada Cecilia, de quem tudo o que conhecia até aquele momento eram um gesto de irritação, a paciência perseguidora e sua aversão ao imperativo categórico. Mas não. A primeira coisa que Alfredo disse ao entrar foi:

— Adivinha com quem me encontrei ontem.

Irene se desconcertou. Seu interesse apontava antecipadamente em outra direção; não estava em condições de sentir curiosidade por um fato imprevisto. Prestou atenção apenas no singular do verbo: “Encontrei”. *Com quem me encontrei*, nada de “nos encontramos”. Mas descartou o dado por achá-lo inútil. Para Alfredo, a primeira pessoa do plural vinha a ser uma espécie de arcaísmo, como se nunca o abandonasse a sensação de que tudo o que vivia, mesmo estando acompanhado de uma multidão, vivia sozinho.

— Ontem, quando? — perguntou, na esperança de que a resposta jogasse alguma luz sobre a existência de Cecilia.

Na copa, pôs o café para esquentar.

— E que importância tem isso? — disse Alfredo, com certa irritação, e se sentou olhando para a copa. Ou seja, de costas para a escrivaninha com a Remington. Atalho fechado.

— Não, nenhuma — disse Irene; sentou-se de frente para Alfredo. — Vai, me conta. Sou toda ouvidos.

Mas não era verdade. Estava contrariada. Tanto trabalho frustrado em um segundo porque Alfredo tinha criado desde o começo um novo centro de atenção e nem sequer mencionara a abelhuda. No entanto, pôs todo o corpo em atitude de escuta. Os antebraços sobre a mesa, o tronco um pouco inclinado para a frente, a expressão alerta. E isso não era uma forma de traição? Fingir que ansiava por uma futura história que para ele, sim, parecia muito importante, como parecia ser muito importante — notava-se desde que tinha entrado — dividi-la por fim com ela. Não era por acaso uma forma de traição? E Irene podia confessar de quantas traições como aquela era feita sua inquebrantável fidelidade? "Não!", exclamou efusiva quando ele por fim revelou quem, ressaltando a impressão que lhe causara vê-lo, depois de doze anos, com seu inalterável sorriso cínico e branquíssimo. "Mas foi ele que te cumprimentou primeiro?", quis saber Irene enquanto internamente procurava um jeito de averiguar (sem cometer a vulgaridade da pergunta) se a abelhuda estava junto, se tinha sido vista com Alfredo naquele encontro inesperado. "Foi algo mútuo", ele disse, e contou que vinham caminhando em direções opostas e praticamente se chocaram, ficaram como que paralisados ou aturdidos, um na frente do outro, sem saber o que dizer. Ou emocionados, escreveria Irene, subitamente eximidos de toda angústia pela momentânea ilusão de que agora podiam se sentir menos sozinhos no mundo; ou por acaso existe sossego maior que saber que em algum lugar há uma inteligência capaz de nos compreender? "Fiquei impressionado em ver como ele está velho", disse Alfredo, e riu porque na verdade Enrique Ram é que havia reparado, ele contou, nos cabelos grisalhos de Alfredo e nos sulcos de seu rosto e dissera: "Mas o senhor envelheceu muito, Etchart". Houve uma rajada, algo fugazmente lancinante, quando Irene olhou para Alfredo com os olhos de doze anos depois, e talvez também tenha olhado para si mesma, para o que os dois tinham sido, como se estivessem sendo vistos doze anos depois. "Sempre o mesmo filho da puta", disse, risonha, já que de certo modo fazia um esforço para entender aquele encontro no mesmo sentido e com a mesma intensidade com que Alfredo o contava. Ou ele não tinha vindo para isso?, escreveria. Para dividir com a única pessoa que de certo modo podia entender um encontro que para ele tinha sido comovente, embora por pudor ele não dissesse isso, nem achasse necessário dizê-lo a Irene para que ela o entendesse. E por acaso não era uma forma de amor? Ela o estar escutando porque ele precisava ser escutado, não era uma forma de amor? Como era uma forma de amor que ele tivesse se lembrado subitamente da Remington só porque precisava de um pretexto para dividir com ela, e só com ela, a única coisa que de verdade lhe importava. E isso, afinal, não era a história de duas mentiras, ou de duas traições, senão uma única e incomparável história de amor? Então Irene agora tentava ouvi-lo com verdadeiro interesse. Embora sem conseguir por completo, já que a parte mais criativa de seu cérebro estava alerta, espreitando o momento em que Ram fixará seu olhar na adolescente que acompanha o de cabelos grisalhos e fará algum comentário mordaz que, talvez, até aluda a outra adolescente brilhante e incisiva — pensou a modesta —, ou simplesmente olhará para Alfredo com sarcasmo, como que dizendo o senhor, sempre o mesmo degenerado, Etchart, ainda que dê uma de humanista, no fundo a única coisa de que precisa é de uma mulherzinha fresca ao lado que o faça crer que ainda é jovem. Nada. O que Alfredo estava lhe assinalando era que Ram, apesar de seu habitual tom irônico, parecia realmente feliz por tê-lo encontrado. "Mas ele não fez nenhum comentário sobre o assunto da mulher dele?", perguntou Irene, agora com real interesse, já que guardava intacto na memória — e não somente ela — o escândalo estourando doze anos antes, a desencadeada fúria de Ram, sua dureza ao deserdar o filho dileto; e era difícil acreditar que tanta labareda não tivesse deixado marca. Embora, talvez, escreveria, Marina de Ram tivesse sido um mero pretexto, já que tudo terminara três meses depois sem deixar rastros aparentes. E a única coisa que Alfredo estivera buscando era romper ferozmente com um vínculo no qual sempre continuaria a ser o aluno; ruptura ou traição que o deixara órfão pela segunda vez, mas que era o preço das noites que se seguiram, noites nas quais, irreparavelmente sozinho, ele buscava na escuridão as palavras que configurariam aquele lento legado que era ele, que era o que ele tinha que dizer aos homens, onde entravam outros legados, e também sua própria tempestuosa visão do homem contemporâneo, e também, por que não?, aquela traição e outras traições ou atos de piedade ou de amor que vão tramando a história secreta dos humanos, tudo o que talvez conformasse sua inédita concepção de humanista esquisito e impiedoso, sabendo que ninguém, nenhum professor ou deus poderia legitimar tanta procura na vigília. Mas Alfredo disse que não, que o assunto da mulher de Ram nem sequer havia sido mencionado, e que lhe fizera um belo favor: com o ódio que ela então sentia por Ram — e que em camas compartilhadas ele foi desarmando, explicando a ela por que certos homens, acossados por uma lucidez que os deixa irremediavelmente sozinhos, têm a perversa compulsão de ser cruéis, e no entanto precisam de proteção, precisam, também eles, ser redimidos pelo amor, ainda que nunca tenham coragem de confessar isso —, teria acabado fazendo uma asneira. "E o que você acha que ela fez?", disse Irene, enquanto começava a ficar seriamente preocupada com o fato de Cecilia ainda não ter entrado na narração. "Isso não foi ela quem fez; fui eu que fiz. Percebe a diferença?" Irene percebia, certa parte de sua cabeça reconhecia que aquilo era verdade, a enganação da mulher de Ram não significava nada, como se os dois homens lhe negassem a graça de toda vontade: aquele era apenas um problema entre eles dois. Mas seu lado mais lógico tentava analisar as possíveis razões da ausência de Cecilia no relato. Podia ser que ele não a tivesse mencionado porque na verdade ela não estava com ele; o que não significava grande coisa, já que talvez ela ainda não tivesse chegado (digamos que o encontro tenha ocorrido quando Alfredo *estava a caminho* do bar), ou fora para casa por alguma razão — avisar a mãe que hoje ia dormir na casa de uma colega? Ou talvez ela já estivesse no barzinho e Alfredo só tivesse saído para comprar cigarros quando topou com Ram. Mas também podia ser que Cecilia tivesse estado ali, com Alfredo, que o tempo todo tivesse estado ali, enquanto ele contava a ela o encontro, que sempre voltasse a estar ali quando ele recordasse aquele momento. Contrariada, ou alegre, ou envaidecida, constituindo algo tão privado, tão incomunicável que Alfredo não podia contar a Irene? Embora, talvez, escreveria, ele nem sequer se lembrasse de que a seu lado havia uma adolescente abelhuda, ainda incapaz de dar um significado ao que estava acontecendo, e que até ignorasse quem era aquele velho cínico de dentes branquíssimos. E a única coisa que importava a ele era o que agora, tomando café de costas para a Remignton, contava a Irene: a velada ainda que inocultável exaltação de Ram ao se referir a "essa Anti-Estética sua tão reveladora", o recatado respeito "mesmo que eu não concorde em absoluto com sua visão de mundo, Etchart, o senhor bem sabe", frases que o faziam sentir-se provisoriamente menos sozinho. Ou por acaso Irene ignorava que, ao escrever certas páginas, Alfredo esperava em segredo que Ram as lesse, como se o tornasse menos vulnerável saber que em algum lugar, embora ainda o odiasse, Ram continuava compreendendo-o, do mesmo modo que ele compreendia certos textos do velho cínico, como fios estendidos que ainda o faziam sorrir, ou insultá-lo, ou francamente maravilhar-se? Então a confirmação de que aquele diálogo silencioso tinha existido era a única coisa que lhe importava, a ponto de esquecer por completo que a seu lado estivera uma adolescente abelhuda. *Chorumelas!*, disse seu anjo negro, que tanto se nutrira dos romances da Condessa de Ségur como — já se verá — nos campinhos onde teria defendido com dignidade a camiseta auriazul do Boca Juniors, ou nas perigosas heresias de Gombrowicz. *Chorumelas! O que acontece é que desta vez o grande babaca está envolvido até os fundilhos com a moderna colegial.*

— Epa — disse Alfredo. Você sempre apoia a xícara assim?

Irene observou um pouco admirada o fragmento que lhe ficara na mão e que educadamente ainda segurava pela asa enquanto o outro pedaço jazia sobre a mesa, em uma minúscula poça de café.

— Que forte eu sou, viu? — disse ela.

— Vejamos — Alfredo suspirou —, o que fiz de errado desta vez? Porque já vi que você estava distraída o tempo todo.

— Ei, o que está pensando? — disse Irene. — Que minha força se manifesta apenas quando estou irritada com alguma coisa? — não sorriu. — Sim, minha força se manifesta apenas quando estou irritada com alguma coisa — com todo o capricho começou a recolher os fragmentos da xícara. — Pronto — jogou-os na lixeira. — Me conta, como terminou o encontro com Ram?

— Ele vai para Córdoba e fica por um mês. No dia primeiro de outubro, às sete em ponto, estará me esperando em sua casa. Homem ordeiro, sim, eles existem. Bem, o que foi?

— E nem sequer perguntou por mim?

— Nos vimos apenas por um minuto. Além disso, essas coisas nunca se perguntam: é perigoso.

Certo, pensou Irene; *por que ele iria pensar que depois de treze anos ainda estaríamos juntos? Uma súbita consciência de precariedade a deixou arrasada.*

— Pronto! A máquina! — Alfredo tinha se dado um tapa na testa. Ficou em pé. — Ainda nem parei para admirar a máquina.

— Você acha que sou maluca? — perguntou Irene.

— Sim — disse Alfredo, ao lado da escrivaninha; levantou a Remington por um instante. — Puta merda, do que a força de vontade não é capaz — riu. — Ou o ódio.

Irene se plantou na frente dele, com as mãos na cintura.

— Sabe o que me deixa indignada em você? — disse. — Que tenha tanta certeza de que eu a trouxe sozinha.

O olhar dele se tornou, por um segundo, ameaçador. De modo que o que Irene ainda tinha a dizer — "Como pode ser que nem sequer passe por sua cabeça que alguém possa ter me ajudado?" — ficou ali, entre as sobras do que ela não tinha coragem de pronunciar. Às vezes tinha a impressão de que Alfredo, que se atrevia a pensar em quase todas as coisas, nem ao menos podia conceber uma possível infidelidade sua.

Ele sem dúvida acreditava conhecê-la, porque seu olhar voltou a ser familiar.

— Porque te conheço — disse. — Você é capaz de levar no lombo um rinoceronte, se for o caso de demonstrar alguma coisa — deu uma rápida olhada para o papel que estava na máquina. — Ou de demonstrar alguma coisa para si mesma — seu olhar quase se fez pecaminoso e Irene abriu sua cauda de pavão real. — Além disso, o velho me contou. Me disse que aquela pequenina, tão vivaz, disse assim, juro, tinha ido embora carregando a máquina sozinha. Disse para eu cuidar de você, que uma garota assim vale ouro, e ele sabia por que estava me dizendo isso.

— E o que você estava pensando? Que eu ia ficar esperando que você terminasse de educar todas as analfabetas que andam soltas pelo mundo?

Ele se aproximou um pouco e houve uma guinada, algo no olhar dele que anunciava a iniciação de um rito.

— Gosto de te ver assim, enlouquecida e com os demônios à solta.

E ela, como se estivesse diante de um espelho, se viu resplandecer da cabeça aos pés, se agitou e se embelezou e se tornou desejável e faminta, como se aquele olhar corruptor e turvo, que parecia tocá-la muito antes que as mãos dele estivessem sobre seu corpo, tivesse a virtude de fazê-la renascer, de torná-la pecadora e feliz de corpo inteiro. Ainda que isso fosse só o começo do prazer. Ainda teria que atravessar lençóis freáticos, cruzar rios, abrir caminho entre areias movediças e cristais trabalhados para despertar nela o lento, o preguiçoso animal lascivo. Mas ele conhecia o segredo, os recônditos acordes daquele corpo, ele sabia desarmar as tramas que sabiamente a sacerdotisa ia urdindo. E como ela conhecia e gozava do milagre capaz de fazer o diurno mergulhador de almas alheias dar lugar àquele libidinoso, àquele experimentado violador que, paciente e desrespeitoso, a ia transformando, a ia corrompendo, a fazia perder a consciência de si mesma, a fazia se esquecer do frio cristal que era ela mesma, e a gemer rouca, degeneradamente.

Foi enquanto terminava de se vestir às pressas, porque fatalmente chegaria tarde à Caixa, que Irene perguntou:

— E como vai aquilo?

— Não sei — Alfredo tomava café e a olhava arrumar-se para ir trabalhar como se observam os pulinhos de um gafanhoto. — Acho que ela está se apaixonando por mim.

— Olha só, que novidade.

— Não, você não entende, não é tão fácil. Ela nem sabe que está se apaixonando por mim. Na verdade acredita que me detesta.

— Por favor, Alfredo — Irene riu com vontade enquanto procurava no closet a roupa que ia vestir —, não consigo acreditar. Um homem com a sua experiência dizer uma estupidez dessas. Quer saber de uma coisa? Você não entende as mulheres — encontrou a camisa que procurava e se aproximou por um instante do sofá. — E por que ela te detesta?

— Disse que vive em suspenso — Alfredo tinha terminado o café e agora jazia vadiamente, com as mãos sob a nuca. — Que a vida agora não existe para ela nos períodos em que não apareço.

Irene fez um imperceptível gesto de desdém diante do espelho.

— Isso acontece com todas — disse, e algo a enfureceu. Algo que não teve tempo de analisar porque precisou se dedicar ao zíper emperrado da calça jeans.

— É que essa daí se irrita porque está acontecendo com ela. É meio ressentida, sabe? A questão é que nos últimos dias não tenho tempo para nada. Enfim, modestamente, você tem uma ideia do que é, aos dezessete anos, me conhecer.

— Tenho — num puxão só subiu o zíper até o limite.

— Mas você não está pensando numa coisa, Irene. Eu tenho quarenta e três anos, entende? Não sei se ainda sou aquele que *ayer nomás decía el verso azul y la canción profana.*[10]

— Sim, deve ser espinhoso — disse Irene, distraída; tirou um nécessaire da bolsa.

— Espinhoso — Alfredo coçou a cabeça. — Você diz cada palavra. Não é espinhoso, escute, dá medo. Outro dia ela me perguntou se quando eu era criança havia bondes puxados a cavalo. Não ria, é patético. Ela não sabe o que é um bonde, acha que quando era bem pequena viu um, mas não sabe bem se viu ou se sonhou com um. O que ela pode saber de mim? Conversamos, e ela abre uns olhos deste tamanho e me diz que sim. Para tudo. Mas é como se eu falasse de outro planeta.

— Claro. Com certeza nunca ouviu *Los Pérez García.*[11] Vão falar do quê?

---

10 Versos do poema "Venus", do nicaraguense Rubén Darío (1867-1916), que abre o livro *Cantos de vida y esperanza* (1905), uma das joias do Modernismo hispano-americano.

11 *Los Pérez García* foi uma espécie de folhetim radiofônico que foi ao ar na Argentina entre 1942 e 1967. Também dá nome a um filme argentino de 1950, dirigido por Fernando Bolín e Don Napy, protagonizado pelos mesmos integrantes do programa de rádio.

— *Los Pérez García*? Ela não consegue acreditar que vinte anos atrás não existia televisão.

— Mas existia, eu me lembro. Uma tia minha tinha, e tudo.

— Vai ver se eu estou na esquina, você e sua tia — ele acendeu um cigarro. — Você não me entende, Irene. Você não me entende, é isso.

— Entendo, professor — disse Irene enquanto com o máximo cuidado apontava o lápis de olho. — Mas acho que não é para tanto. Poderia jurar que você ainda tem por onde deixar essa garota louca, ainda que ela nem sequer sonhe com o que era o ruído dos bondes à noite. Posso te fazer uma pergunta de caráter técnico?

— Lá vem.

— Você dormiu com ela?

— Mas tá vendo como as mulheres são seres inferiores? Estou te falando de um problema crucial, algo assim como a falta de sentido da minha vida, e você me sai com essa bobagem.

— Não é uma bobagem. Porque para ela não é uma bobagem — parou de apontar o lápis e olhou para ele. — E para você também não.

— Para mim?

— Não sei, nunca dormi com uma adolescente, mas imagino que deve ser, sei lá, algo muito especial.

— Em que etapa da adolescente, poderia saber?

— Como em que etapa?

— Escute, Irene, você tem alguma ideia do que é dormir com uma virgem?

— Eu era virgem.

— Sim, claro, mas eu digo *dormir com*. Você não tem nem ideia de como isso é delicado, tudo o que se deve levar em conta.

— Isso é assunto seu. Lembro que quando tinha catorze anos li *Los gobernantes de rocío*. Imagine, a garota abria as pernas e zás, momento sagrado. Grande alegria. Para ela e para ele, foi o que achei. Depois, grande mensagem final esperançosa sobre o filho, que no livro vinha a ser o futuro, um mundo melhor e tudo o mais.

— Claro, sim, também tem uns que simplesmente mandam ver. O triste é que a pessoa tem seu estilo. E elas esperam. Esperam o quê? Não se sabe. Têm uma espécie de ideia grandiosa, não sei. Você diz para elas se pendurarem no lustre e elas se penduram no lustre, mas não sabem bem para quê, nem por que não, nem o que querem.

— Sonso. Uma mulher chega à cama totalmente crua. Ela pensa que só para ela as coisas são tão difíceis. Que para as outras tudo é um passeio no parque. O que posso te dizer? A gente chega com uma ideia muito lírica e uma grande ignorância.

— Não, isso era antes. Agora é pior. Antes se sentiam grandes pecadoras. Achavam que estavam fazendo uma coisa proibida e sublime. Agora acham que é saudável. Disseram isso a elas na escola, sei lá. Elas sabem o texto inteiro, mas não têm ideia de como aplicá-lo, nem quando.

— É a mesma coisa, Alfredo. A gente age às cegas. Te ensinam tudo ou te escondem tudo — começou a pintar um olho a toda a velocidade. — Mas ninguém te diz a única coisa que é preciso saber. Que o amor, como todo o resto, é um aprendizado longo. Falo de tudo isso que faz com que a gente sinta o corpo feito um sino, sei lá. Ou como uma taça de cristal. Que cada pequeno contato o faça vibrar e que ele nunca vibre duas vezes da mesma maneira — virou-se. — Enfim, o que vocês podem saber sobre essas coisas?

— Não olhe para a minha braguilha. Não vem que não tem.

— A verdade é que deve ser estranho, não? — e Irene começou a delinear o outro olho. — Como sentir tudo em um só ponto, e que para completar está fora da gente.

— Como assim, fora da gente? Deve estar fora de você, sua boba.

— Bem, de todo modo eu me preocuparia muito com isso de ter algo cujo desejo não posso controlar. Eu faria longos exercícios de concentração, para ver se consigo fazer a coisa se levantar quando eu quero — e começou a contar as moedas para o ônibus. — Enfim, dá para ver que a natureza é sábia. Eu, como homem, seria um fracasso, acho.

— Olha que você se acostumaria. Tem seu encanto, para que vamos nos enganar?

— Imagino que sim — disse Irene, e lhe deu um rápido beijo de despedida. Da porta, balançou o dedo indicador e se animou a dizer: — Sei de uma coisa com que essa Cecilia nem sequer sonha. O que é ter dezessete anos e te conhecer quando você ainda podia dar uma de jovem.

E se lembrou de uma tarde, na rua Lavalle, os dois correndo na chuva, abraçados, quase uivando de felicidade porque acabavam de escandalizar um vendedor de móveis.

— Bem, não vai achando que me conhecer aos quarenta e três é uma experiência insignificante — disse ele, antes de Irene fechar a porta.

(A chuva tinha desabado como um hino e eles correram para se refugiar em uma loja de móveis. Um homem careca, de terno cinza impecável e sorriso servil, se aproximou com passos de passarinho. Levou uma das mãos ao peito e lhes fez uma reverência.

— O que deseja, senhor? — disse, obsequioso.

— Uma cama.

A resposta de Alfredo foi tão rápida e inesperada que Irene, cautelosa, o olhou de esguelha. Então ele lhe dirigiu um olhar francamente libidinoso. Talvez seja preciso ressaltar que Irene, aos dezessete anos, podia parecer ter treze. Molhada pela chuva, os olhos sem maquiagem.

O vendedor sem dúvida tinha percebido o olhar, porque desviou a vista com ar culpado.

— Para um? — perguntou, fazendo-se de dissimulado.

— Para dois — disse Alfredo, e fez cara de paisagem. — Já que não tem para três, haha.

O homem os estudou com desconfiança. Jovem degenerado e ninfeta desencaminhada, *pensou Irene que o homem estava pensando.*

— Algo assim? — o homem apontava sem vontade para uma cama versalhesca.

Alfredo ergueu o colchão e passou os olhos pelo elástico com ar de entendido.

— O elástico parece excelente — deu o parecer, por fim.

— E o capitonê?! — disse Irene, já totalmente possuída.

— Sim, o capitonê também é bem sólido — concluiu Alfredo, sem dar mostras de que se movimentava em solo escorregadio.

O vendedor fulminou-o com o olhar.

— Senhor — disse, apontando para a cabeceira estofada — o capitonê é de cetim de pura seda natural, como poderá apreciar.

— Estou apreciando, senhor — disse Alfredo com grande presença de espírito —, e lhe direi que me parece um pouco delicado para o uso. O senhor não terá algo mais rústico?

— Não, de rústico não há nada; talvez o senhor queira ver algo escandinavo?

— Não, muito moderno, muito moderno para o passatempo mais antigo, hehe.

— Hehe — replicou o vendedor, desesperado.

— O senhor ri, claro — disse Alfredo. — O senhor ainda pode rir.

O homem adquiriu um ar extraordinário; parecia decidido a demonstrar que não só daquela vez, como em toda a sua vida, nunca tinha rido de nada.

— Eu não ri, senhor — disse, bastante agitado.

— O que eu não sei — disse Alfredo, como se a preocupação ou a tristeza o tivessem impedido de escutar as palavras do vendedor de móveis — é se o senhor ainda seria capaz de rir se estivesse em nosso lugar.

E aí simplesmente começou a lhe contar uma história na qual eles dois se encontravam todas as noites em alguma praça e eram afugentados como cães no cio por vigias desalmados, porque nesta terra, senhor, destroçam o amor, o amor limpo, o amor do macho e da fêmea. Mas felizmente três dias atrás um leiteiro amigo tinha lhes arranjado o fundo de um galpão e desde então andavam procurando uma cama como Deus manda.

O homem transpirava.

— Entendo, entendo — disse —, mas me parece que nada disso me diz respeito.

— Não lhe diz respeito, que piada — disse Alfredo. — Então não lhe diz respeito. E, claro, como vai lhe dizer respeito se o senhor se deita toda noite com sua Malvina em uma boa caminha e pensa: que bom, a noite é feita para dormir. *Saia à rua, senhor, saia à rua — apontou com o dedo e o homem recuou. — Vai ver como ficam as suas malvinas e suas boas noites. Me mostre um tapete!*

— Um tapete, Alfredo? — disse Irene, verdadeiramente pega de surpresa.

— Um tapete, sim, um tapete. Por que tanto melindre?

Houve um fulgor, uma faísca de ira nos olhos do vendedor. Mas se apagou. Docilmente ele caminhou até o fundo da loja e voltou com uma coisa larga e peluda, azul-turquesa, que desenrolou diante deles.

Alfredo disse para Irene experimentar. Ela o afofou com o antebraço.

— Para mim, espeta — diagnosticou.

O vendedor, agoniado, foi e voltou com uma imitação de tapete persa.

— Acho que isto pode servir — disse.

Sem dúvida a frase lhe escapou, porque a cabeça calva ficou vermelha. Foi o momento-chave, o surgimento da brecha, a amostra do fiapo.

Alfredo cravou os olhos nele.

— Parece decente tudo isso para o senhor? — disse.

— Tudo isso, senhor? — o vendedor parecia aterrorizado.

Alfredo olhou para ele como o vigarista do filme olha o cara que saca o ás de copas.

— Não se faça de desentendido; o senhor sabe muito bem a que me refiro — disse. — Estou arruinando a vida desta garota. Ah, o senhor fica com as orelhas vermelhas, ou seja, bem que pensou isso. Pensou desde o começo que eu a estou corrompendo, não é? E no entanto o que fez? Me pôs no meu lugar, me deu uma boa lição de dignidade? Nada disso! Se limitou a nos mostrar camas e tapetes. Claro, já entendi, nem me diga, negócio é negócio. Mas o senhor pensou, por um segundo ao menos, pensou que essa criança corrompida poderia ser sua filha?

Os lábios do homem tremiam: era o momento supremo, o encontro com a loucura ou com a perdição que a nenhuma vida, nem mesmo à mais metódica, está vedado. Estava confuso, e mesmo assim falou com eles como um pai. Disse que a carne é fraca, ele bem sabia, afinal somos humanos, mas que na vida não havia glória maior que chegar na casa da gente e beijar a esposa legítima com o rosto limpo. Irene e Alfredo o escutaram absortos e transformados. No fim, disseram que acabavam de compreender uma grande verdade e lhe prometeram que iam convidá-lo para a festa de casamento. Alfredo encerrou a cerimônia com um casto beijo na bochecha de Irene, e o vendedor os contemplou com o olhar saudavelmente travesso.

Na rua, abraçados sob a chuva, empapados até os ossos e quase uivando de tanta vida, se foram, todo-poderosos e eternos, e uma aura de felicidade deu a impressão de protegê-los de todo mal, de toda velhice.)

Outubro derramava seu vinho dourado e da janela ainda chegavam certos vestígios tardios de alegria. O sábado inteiro tinha sido assim. Apenas o pranto da vizinha instalara uma nota dissonante no júbilo das coisas. E o cesto de papéis? Shh. Irene tinha posto Mozart a todo o volume para não escutar. Uma espécie de conjura. Escrever como Mozart fez música, saber que o que cantava em algum lugar iria saindo dela com a forma exata, com palavras feito sóis. Uma coisa simples como respirar. Mas não. Diante da Remington o mundo se derretia, era uma descomedida ameba escorrendo. A tarde toda — o mês todo? — Irene tivera a incômoda sensação de não estar dizendo o que queria dizer, como se aquilo cuja relampejante existência ela acreditava apalpar se deformasse assim que tentava traduzi-lo em palavras.

Claro que a vidente havia avisado. Depois de olhar atentamente sua mão, dissera: "Você não é o Menino Jesus, também não é Mozart". E ela, a arrogante impostora de vinte anos, pensara: é verdade, não tenho uma longa cabeleira cacheada, não canto como o rouxinol noturno, os passarinhos de língua arpada não pousam nos meus ombros, mas buscarei a sangue e fogo minhas palavras, vou parir com dor, buscarei com dor uma música que também soará como rumor de asas, como céus iluminados e borrascas e oceanos, como o riso das pessoas que riem, como o singelo pranto das vizinhas e o crepitar do pão e o preguiçoso gemido dos loucos. Mas agora se pegara outra vez olhando para a Remigton de viés, como se olha para uma inimiga, ou para nossa consciência, sem poder mais contornar o incômodo conhecimento de que tanta música angelical tinha ido parar no cesto de papéis.

Quantos cestos de papéis ela enchera nas últimas semanas? Ouviu um soluço estridente da vizinha e aumentou ainda mais o volume do amplificador. Mas sem deixar de datilografar, isso sim, todos os dias datilografando na secreta esperança de que Alfredo chegasse sem avisar e abrisse a porta sem que ela, que para tanto estaria escrevendo com paixão e com palavras fulgurantes, com a clarividência de um deus, tivesse percebido sua chegada.

Então ele se daria conta de quão minúsculo era seu romance vulgar com uma adolescente vulgar diante de tanta majestade desenfreada. Fantasia (além de ser idiota) bastante improvável, já que Alfredo podia chegar sem dificuldade até os extramuros de sua consciência ou fazer saltar o inesperado animal de seu corpo, mas nunca, por um peculiar sentido de pudor, nunca, uma vez estando ela ali, teria entrado em sua casa sem avisar.

E muito menos nos últimos tempos. Desde... duas, três semanas antes?, tudo se limitava a certas gentilezas telefônicas, e a marquesa, sempre radiante?, e o conde, sempre empreendedor?, uma cópia deplorável do que eles dois tinham sido.

Isso não é o pior, pensou, e com indiferença arremessou para o cesto outro bolo de papel. O pior era a data, sábado, primeiro de outubro. Dentro de — olhou o relógio —, dentro de cinco minutos aconteceria o encontro entre Alfredo e Ram. Fato que ele nem sequer mencionara nos últimos telefonemas. Por quê? Claro como a água: quem ia acompanhá-lo era a abelhuda. Isto é: ele a considerava apta para entender as sinuosidades daquele encontro, ou seja. Sim. Alfredo contara tudo a ela: o encontro com Ram significara para ele o fator brutal da ruptura. *E a razão da ruptura.* Ah, sim? Ah, não! Para ele, aquela pirralha inexperiente era capaz de compreender até atos daquela natureza? Irene balançou a cabeça com energia e se dirigiu à prateleira inferior da estante. Isso ela não podia permitir.

Como quem desencaixa um azulejo da parede, extraiu da estante o segundo volume do guia. *Ram*, ali estava. Sobressaltou-se. *Ram, Marina de.* Fiel até a morte, pensou. Mas não devia se deter nessas divagações. Não devia se deter em nada. Tomou nota mental do endereço. Quando chegasse a hora pensaria no que fazer lá. Agora, só tinha que evitar que a demência a abandonasse. Não era difícil; aquela demência tinha estado encolhida nela pelo último mês inteiro; tinha sido o que a impedira de escrever, e a impedira até mesmo de viver. Existia um código, pensou no elevador, existia um modo de fidelidade entre eles que ele estava transgredindo. Era necessário que ela tivesse a prova dessa transgressão. *Vou pegá-lo com as mãos na massa*, pensou quando saiu à rua. Chamou um táxi.

No trajeto, não pôde evitar de se perguntar, com certo espanto, que cena estava disposta a descobrir. Um professor bastante maduro e um professor já adulto trocando ironias em uma sala austera e ocultando um do outro minuciosamente a emoção do encontro? Uma adolescente abelhuda observando tudo com certo assombro, ou com certa distância? Hesitou; esteve a ponto de dizer ao taxista que fizesse o retorno. Que efeito teria, em semelhante dramalhão, sua irrupção no melhor estilo esposa enganada que descobre a vilã do filme em sua própria cama, e com seu marido? Chega. Não era o momento de analisar isso. Ele tinha sido infiel ou não? Saiu do táxi que nem um vendaval e se encaminhou para a casa de portão largo.

— Você viu?, que desgraça.

Oi?

Uma velha com um chapéu extraordinário e com um olho lacrimejando a pegava pelo ombro. O braço parecia não ter ossos e provocou em Irene uma súbita repulsa. A velha a empurrou na direção da casa.

Um homem alto e magérrimo as cumprimentou com uma respeitosa tosse. Atrás, uma multidão circunspecta gesticulava entre coroas. Tarde para fugir: uma mulher com os cabelos muito brancos e olhos perdidos se aproximava de Irene e lhe sorria com piedade.

— Filha — disse, e Irene reconheceu Celia Argüello, voltou a ver seus egressos do inferno, sua lourinha entre os ratos, e vagamente se lembrou de que ela passara anos internada em um hospital psiquiátrico —, que alegria imensa te rever.

Irene pensou se seria verdade, se aquela mulher saída das trevas ainda era capaz de sentir alegria. Ou talvez só agora, quando já não lhe restavam esperanças nem desejos... Quis dizer algo que agradasse a Argüello.

— A senhora me marcou, Celia — disse Irene —, um quadro seu me marcou. Sua Alice no País das Maravilhas.

Farsante!, gritaram vozes iradas. *Explique o que aconteceu com aquele poço sem fundo, o que restou da adolescente bêbada que ia construir sua própria figura de serpentes e flores.*

— Maravilhas? — disse Celia Argüello. — País das Maravilhas? — e em sua fisionomia de alienada Irene leu que ela não se lembrava em absoluto da lourinha entre ratos; que nem ao menos parecia saber quem era a mulher a quem acabava de chamar de "filha".

E no entanto ela me reconhece, pensou. *Aí está o sorriso de piedade indicando que nessa mulher de cabelos brancos se operou o mesmo reconhecimento da primeira vez. Como se aquilo ainda estivesse na minha expressão, aquilo que a faz procurar, entre tantas pessoas, minha confraternidade.* Mas dessa vez pensou sem ódio, e até com certa esperança.

Argüello havia se virado e agora apertava as mãos de um homem diminuto que se parecia muito com Einstein.

— Coitadinho — dizia —, coitadinho. Tantas noites sem dormir, se matando de tomar comprimido, para encontrar uma coisa que perseguia.

Algo que nunca se saberia o que era, Irene ficou sabendo depois, enquanto flutuava, como se estivesse presa em um pesadelo, no meio de gente que suavemente, quase com satisfação, ia avançando para a decrepitude. Já que à uma da madrugada, depois de dias e noites escrevendo quase sem trégua, estranhamente fora de órbita e quase louco, queimou tudo o que tinha escrito, chamou a mulher (a quem Irene acabava de distinguir entre os ruminantes, os cabelos pretíssimos recolhidos em um coque e uma expressão tão digna e enigmática que levou Irene, mesmo difusamente, a descobrir algo sobre si mesma), lhe disse algo ainda não revelado, murmurou: "Me perdoe, amor", apoiou a cabeça entre as mãos e ficou assim, até que por fim a cabeça caiu sobre as teclas da máquina vazia. "Uma espécie de suicídio", escutou, e no mesmo instante em que conseguia definir aquilo que tinha descoberto, pálido, com uma expressão de tamanho desamparo que a comoveu, viu Alfredo emergir entre as flores.

O que havia descoberto é que o tempo não passa em vão. Ou meu tempo pessoal, escreveria, não tinha passado tão em vão quanto eu ainda suspeitava. Porque a Irene Lauson que agora contemplava aquela linda mulher de cabelos negros sabia algo que a adolescente presunçosa que bebia vinho branco nunca chegaria a saber. Sabia que às vezes é preciso uma força descomedida ou um descomedido amor para aceitar se tornar a estátua que um homem cruel e solitário irá afagar com desatenção. E sabia também que nem a tranquilidade de uma mulher de coque preto, nem o singelo pranto da vizinha, nem nada do que acontece ou pulsa sobre a terra cabe em um rápido e depreciativo olhar, por mais sagaz que esse olhar pretenda ser. A mulher que naquele instante dispensava comedidos cumprimentos parecia tão dignamente sozinha, tão guardiã de uma dor privada e incomunicável, que Irene teve vontade de correr em sua direção e lhe dizer até que ponto a conhecia. Ato ridículo que obviamente não chegou a realizar. Sobretudo porque naquele momento percebeu que Alfredo, que acabava de descobri-la na multidão como quem encontra outro náufrago na famosa ilha do coqueirinho, vinha a seu encontro.

— O que você está fazendo aqui? — ele perguntou em voz muito baixa.

Irene hesitou. Impossível dar a resposta verdadeira. De todo modo, à luz daquela morte e da desolação que podia ler no rosto de Alfredo, tudo lhe pareceu tão grotesco que agradeceu a Ram pelo gesto oportuno que a fizera voltar à razão. Com habilidade, levou a conversa para outro lado.

— E você? — disse —, o que está fazendo com essa cara de velório?

Ele, recatadamente, afastou do rosto os vestígios da nova orfandade. Com seu melhor tom impessoal, disse:

— Você não vai acreditar. Cheguei às sete, como tinha marcado com Ram, e o encontro todo tranquilo dentro de um caixão e com todas essas múmias velando. Menos mal que você veio, senão teriam que velar a mim também — olhou para ela com uma espécie de amor que vinha de longe e que para se confirmar não precisava (ou talvez apenas ele acreditasse que não precisava) de indignas demonstrações de amor. — Não sei como você faz — disse —, mas sempre aparece na hora certa. — Falou isso a sério.

Irene se sentiu envergonhada de si mesma; sobretudo se sentiu envergonhada por sentir-se feliz. Pensou que algum dia teria que contar a verdade, a real e mesquinha razão pela qual estava ali. Mas isso ia acontecer muito mais para a frente, quando tudo não passasse de uma anedota inofensiva.

Agora riu.

— Está vendo? — disse. — Está vendo as consequências de agir mal? Deus castiga, sem dó nem piedade.

— O pior é que deve ser verdade — disse Alfredo. — Com certeza esse filho da puta fez isso de propósito. Lembro que uma vez disse a ele que odiava essas palhaçadas; que essa pompa toda só consegue nos distanciar da real angústia da morte — riu, como que se desculpando. — Eu era jovem, enfim, ainda me sentia obrigado a dizer certas frases enfáticas para impressionar o mestre. A coisa é que ele riu. *Nunca diga dessa água não beberei, Etchart*, declarou misteriosamente. Com certeza desta vez também. Imagino-o um segundo antes de morrer, morrendo de rir porque no fim ia me obrigar a comparecer ao seu velório.

Irene ia explicar-lhe alguma coisa, mas ele fez um gesto rápido com a mão, como quem quer apagar algo que não suporta.

— Mas vou acabar com ele — disse. — Vamos embora agora mesmo.

Pegou Irene pelo pescoço e se esquivando sem a menor consideração de um senhor careca que naquele momento vinha cumprimentá-lo, e de Celia Argüello, que como uma menina indefesa lhes fazia um aceno com a mão, e da altíssima e imutável mulher de Ram, que parecia que ia dizer alguma coisa a Alfredo — talvez um último desejo do homem morto, talvez uma mensagem elaborada e cruel —, e se esquivando daquele que jazia para sempre entre flores murchas, mas sobretudo esquivando-se da morte, do horror ou da cativante vertigem da morte, saíram sem nenhuma reverência para a vasta e clara noite. Assim, abraçados e esquivos, caminharam na direção da casa de Alfredo, até ficarem exaustos.

Mas nessa longuíssima caminhada até a casa de Alfredo, durante a qual encontraram no asfalto um fragmento de trilho e evocaram o matraquear lento e amável — porque os desajeitados bondes amarelos sempre estariam nas origens de sua história, e outras mulheres poderiam amá-lo ou acreditar que o amavam, escreveria Irene, mas nunca teriam essa agitada música noturna entremeando-se ao início da árdua aventura de conhecê-lo —, e reconheceram ou acreditaram reconhecer o perfume de um jasmim, que procuraram ansiosos e errantes por trás dos tapumes — mas estava, o perfume estava ali, à espreita, e os dois podiam senti-lo —, nessa demorada caminhada na qual tentaram desesperadamente aferrar-se à vida, ao que os dois amavam na vida, naquela iluminada noite de outubro em que caminharam abraçados como dois amantes ébrios ou como os irmãozinhos perdidos no bosque que protegeram um ao outro sob a azinheira em meio à solidão e ao horror do mundo, naquela noite clara e de recuperação e de alegria a morte não apareceu. Ou apareceu ladinamente, como uma piada, ou como outro jogo secreto entre eles dois, mais ou menos entre os vestígios do bonde e o perfume do jasmim, como uma bem planejada festa, o velório de Alfredo.

— Imagine o que a coisa pode virar — ele disse.

Irene jogou um pouco o corpo para trás.

— Meu Deus, não vai faltar nenhuma — disse. — A confusão que vai se armar.

— Vão despedaçar meu cadáver — disse Alfredo.

— Fique tranquilo — ela disse. — Vou fazer você ficar feito um rei.

E pensou que sim, que certamente ia fazer isso como uma última prova de fidelidade, e que ele sabia disso. E que agora mesmo a estaria imaginando, laboriosa e atenta, tentando manter pela última vez o delicado equilíbrio que tinha sido a vida dele, com a mesma paixão — e com o mesmo sentimento de inutilidade? — com que ele teria feito.

Mas quem vai me ver?, pensou com medo.

Com quem dividiria os pequenos equívocos, os indizíveis absurdos desse velório. A quem ia procurar para rirem juntos quando a representação terminasse e todas as viúvas inconsoláveis tivessem ido embora e ela ficasse sozinha com sua alma? Não há tristeza pior que a de rir sozinho, escreveria, e pensou que ali estava o segredo desse casamento, mais sagrado que os que se consumavam em altares ou à luz do dia, e pensou *onde vou buscar refúgio quando você não estiver?* e pensou *por favor, Alfredo, não morra nunca.*

— Você vai mesmo ser bobona — disse ele. — Mas não complique as coisas — acrescentou, parecendo procurar algo em torno. — Se bobear não vem ninguém. Já estou te vendo, sozinha de tudo, ao lado do caixão.

— Não, isso não — disse Irene; não podia permitir nem por um segundo essa espécie de derrota final e já estava preparando um lindo funeral, cheio de mulheres esbeltas e enlutadas. *Mas sem morto, pelo amor de Deus, sem morto*, rogou. Só por um momento, porque ele já perguntava se ela não estava sentindo um perfume, bem próximo, de jasmim. E ela estava, claro que sim, bem ali, a um passo deles. Então procuraram na noite, abraçados e vivos, espiando em cada grade e por trás de cada tapume, porque os jasmins estavam ali ainda que eles não os vissem, fragrantes e brancos, à espreita.

— Entra você. Vou comprar cigarro.

Foi um primeiro aviso, a sacudida de uma brevíssima onda de pânico, mas Irene não prestou atenção nela. Caminhou o que faltava até a casa de Alfredo como se ainda estivesse embriagada pela felicidade do regresso. *Ele vai ligar pra ela*, disse com brutalidade uma voz interior. "Como vai? Há quanto tempo, senhorita Irene." Não havia, na pergunta, um tonzinho de zombaria? Devolveu o cumprimento com efusividade exagerada. *Alegria fingida*, pensou que a porteira devia estar pensando. Chega. Já estava fantasiando demais. O lentíssimo elevador-jaula parou no quinto andar. Irene pegou a chave e entrou no apartamento.

Jogou a bolsa na poltrona e acendeu uma lâmpada. *Tudo está como era então*. Algo dentro dela se apaziguou. Aquilo estava ali, como sempre. Um ambiente impenetrável, quase sombrio, no qual cada detalhe era um indício do homem que o habitava. *Mas elas sempre dão um jeito de deixar rastros*. Asquerosamente, o pensamento atravessou a calma e a obrigou a dar uma olhada inquisidora ao redor. Estava certa de que ia encontrar: uma coisa fora do lugar que Alfredo ainda não havia notado ou não tivera tempo de arrumar, um pequeno objeto esquecido ou premeditadamente deixado ali para que ela o visse?, a cama estendida de maneira incomum, a cuia posta em outra estante. Houvera casos de sinais mais toscos, claro. Mulheres que tinham se empenhado em deixar seu próprio e carinhoso selo, uma luva de crochê para a bobona, um peixe de pendurar que puxando uma corda tocava *Sonho de amor*, de Liszt, um porquinho de porcelana, objetos que pretendiam instalar certo tom travesso na austeridade habitual e que invariavelmente iam parar na casa de Irene, constituindo o que ela chamava de seus troféus de guerra. Mas isso não contava. Em compensação bastavam outras pequenas certezas — uma marca diferente de cigarro, uma ordem incomum na despensa — para que uma mulher que até então não passara de tema de conversa para Irene — ele costumava lhe contar até certos incidentes mínimos, como se alguns fatos só adquirissem para ele seu sentido completo quando ela passava a conhecê-los —, essa mulher feita de palavras se transformasse em um ser real que lutava para existir à sua maneira, para se instalar do seu modo no mundo dele.

Mas essa não. Irene já inspecionara as despensas e agora, mesquinhamente, revisava os cinzeiros: a abelhuda não parecia deixar indícios de sua presença. E, no entanto, tinha que ter estado nesta casa, certamente a iluminara com seu particular modo de ser. E algo pior: continuava iluminando com um brilho fantasmal e evasivo. Ou a iluminava assim que Alfredo abrisse aquela porta. A concavidade de uma almofada, um livro específico na estante, algo que já estava ali, latente, mas que Irene não podia ver, desencadearia em Alfredo uma recordação intacta. E ali estava — descobriu de repente quando saía do quarto —, ali estava a falha daquela noite quase perfeita: todos os espaços haviam estado cheios com a ausência de Cecilia. Quando, em que momento exato do mês, Alfredo havia deixado de mencioná-la? Ou ela de perguntar? Sim? Estava tentando voltar atrás, reconstruir o fato ou a série de fatos que os levara àquela omissão — e teria passado tempo suficiente para que se considerasse uma omissão? —, quando viu. Na escrivaninha de Alfredo, entre pilhas de papéis em que ele tentava expressar uma ordem na qual caberiam a revogação da fome e o soneto de Ronsard, em meio a um caos em que talvez fosse possível ler o amor pelos homens que seus gestos regateavam — caos que Irene não questionou, pois presunçosamente acreditava conhecê-lo —, semioculto pelos papéis, estava o caderno. Para Irene bastou observá-lo, com sua capa vermelha e uma tentativa de barquinho no ângulo inferior esquerdo, para saber que era um corpo estranho. Um sacrilégio. A marca de uma adolescente intrometida que adora cadernos de capa vermelha e, arrogante e impudica, os coloca onde não deve. Como Alfredo tinha permitido? *Está ficando gagá*, pensou com uma sanha que a espantou. *Quando ficar velho elas vão fazê-lo andar de quatro.* E abriu o caderno. "*Meu corpo imundo*", leu ao acaso. "*Minha irmã vestida de noiva, o órgão da igreja executando com virulência a Marcha Nupcial, todos ao meu redor com repugnantes lágrimas de emoção nos olhos, e eu em meio às boas consciências, sabendo que nessa mesma noite, pela primeira vez sozinha no meu quarto, ia consumar meu casamento comigo mesma.*" Aqui estava ela, então, cheia de si. Existia. Irene escutou o barulho da chave. Teve o impulso abjeto de esconder o caderno no mesmo lugar em que o achara. Não. Lentamente, obrigando-se com todo o cuidado a não ser grosseira, apoiou o caderno de capa vermelha, bem visível, sobre os papéis de Alfredo. Ele entrou.

— Você não foi comprar cigarros — ela disse.

Não era seu estilo: arriscar uma acusação sem nenhum preâmbulo ou prova.

Ele, com seu melhor ar de inocência, mostrou o pacote. *Elementar, Watson.*

— Sim — disse ela —, mas sobretudo você foi falar com a Cecilia.

Ele, com extrema minuciosidade, como se estivesse contendo algo que ao menor descuido poderia estourar, puxou a tirinha do celofane.

— E daí? — disse, quase ameaçador.

— E daí, e daí — repetiu Irene, desarmada. Que censura poderia lhe fazer? Você está me enganando com essa garota. Você se deita com. Não encontrava nada sensato para argumentar, nada que resistisse à análise. Mas não. Não parar para pensar no que diria. — Você não pode ficar um momento sem ligar para ela, isso é o que está acontecendo. E para piorar, tinha que esconder isso de mim. Você está o tempo todo se escondendo com essa Cecilia, não sei se percebeu.

Não era isso o que queria dizer. Na verdade, ainda não sabia o que queria dizer, ou se *queria* alguma coisa.

Ele tinha acendido um cigarro. Deu uma tragada.

— Na verdade, não — disse secamente. — Não percebi.

— Acho isso incrível. Acho incrível que nunca perceba nada. Você age como se fosse um arcanjo. Como se os seus atos não tivessem consequências.

Ele falou como um tigre que se aproxima.

— Conheço bastante bem as consequências dos meus atos — disse. — O que não conheço, o que não tenho por que conhecer, são as consequências dos *seus* atos. Não posso prever, digamos, o que pode acontecer com você enquanto vou comprar cigarro.

— Você não foi comprar cigarro! Foi telefonar para a Cecilia!

— Não tente, por favor, me pegar em algo que eu mesmo acabo de te dizer. Não está à sua altura.

— Pare de me encher o saco com a minha altura. Eu fui feliz esta noite — surpreendentemente se viu dizendo. — Entende isso? Feliz. Já sei que soa bobo, mas não sei. Não sei como dizer isso com outras palavras.

— Não precisa de *outras* palavras — disse ele, cortante. — Você foi feliz, e então?

— Então que foi bonito. Que eu achava que tudo o que aconteceu desde que nos encontramos hoje tinha sido bonito. Mas não; o tempo todo você vinha pensando que precisava telefonar para essa Cecilia.

— Suponho que isso seja reduzir um pouco a natureza dos meus pensamentos — ele disse, como se uma pedra estivesse falando.

— Nem que seja por um minuto. Nem que só por um minuto você tenha pensado que tinha que telefonar para ela. Dá no mesmo. Porque eu, hoje, sentia que você estava comigo. Que estávamos juntos, você e eu.

— Estávamos juntos — ele disse, sem ênfase. — Estávamos tão juntos quanto duas pessoas podem estar.

Como uma rajada, Irene pensou vislumbrar o sentido dessas palavras, algo que perigosamente a acalmaria. Talvez tudo consistisse nisto, escreveria, que ela estivesse bebendo as ressonâncias da calorenta noite de outubro e ele espiando de viés essa alegria, inventando para ela bondes e jasmins e procurando — em qual canto mesmo? — algo que o ajudasse a viver, talvez essa inesperada felicidade daquela que caminhava ao lado dele ou o telefonema que daria um instante depois para uma adolescente só porque prometera que naquela noite telefonaria. Pequenos remansos que ele construía para si, alegrias emprestadas, raras felicidades que era capaz de fazer nascer nos outros como se inventa uma fugaz estrela. Ou Irene não conhecia, tão bem quanto ele mesmo, o significado que aquele telefonema noturno podia ter para Cecilia, algo que de forma passageira a faria sair de si mesma, da angústia de ser ela mesma, como aconteceu com Irene um pouco antes, quando vinham caminhando? *Pena que em algum momento, com a mesma habilidade, ele te instala no próprio centro dessa angústia*, pensou ela, cheia de fúria.

— Mas depois você saiu correndo, e às escondidas, para telefonar para a sua amiguinha — disse, e se sentiu repulsiva, já que podia detectar nessa frase mais de uma tentativa de fazer mal a ele.

Três tentativas, que ele, implacável, salientava agora. Primeiro: não tinha saído correndo (de fato, não era seu estilo, e Irene sabia bem disso; na verdade se distanciava dos perigos com parcimônia, como se de alguma maneira ficasse, ou como se, até o último momento, estivesse dando a eles a oportunidade de o alcançarem). Segundo: não tinha feito nada às escondidas (assunto muito mais complexo de determinar, escreveria; já que se tecnicamente era verdade e ele não fazia nada escondido de Irene, também era verdade que às vezes se desvencilhava de certos detalhes com a secreta esperança de que Irene não se inteirasse deles, de que não manifestasse que tinha posto em marcha uma complexa qualidade de análise que fatalmente, a partir de dois ou três dados dispersos que ele, por respeito, não se esforçava em esconder dela, a faziam chegar à verdade cristalina. Alfredo costumava fazer isso por discrição, ou por fadiga. Mas Irene, temerosa de que ele pudesse considerar que ela havia deixado passar um dado contraditório e que portanto tinha conseguido enganá-la, acabava fazendo-o notar as inconsistências de sua história, e com isso atuava nos fatos — agora mesmo estava fazendo isso — como uma mulher enganada).

— E quanto à minha "amiguinha" — ele continuou dizendo —, você poderia, ao menos, usar um estilo menos repugnante. Ela é uma adolescente, não sei se você parou para pensar nisso.

— Não me comove.

— Nada te comove, Irene, a não ser você mesma.

Sentiu a sacudida. Estava muito cansada.

— E o que tem ela? — perguntou com hostilidade.

Ele encolheu os ombros.

— Nada de original. Sente-se patética e injustificada.

— Sim, já vi o quanto sofre — disse Irene, e com o olhar apontou o caderno.

Ele olhou para a escrivaninha com uma expressão quase de assombro.

— Então era isso — disse; parecia realmente aliviado. — Como não pensei que alguma catástrofe tinha que ter acontecido durante a minha ausência?

— É assim — disse Irene. — Nunca se acaba de conhecer as mulheres.

E não sabia qual dos dois estava fazendo troça.

Ele olhava para a janela e parecia refletir.

— São assombrosas, sim — disse por fim; agora olhou para Irene com certo ar familiar. — E o que você achou? Acho que ela tem talento.

Mas se era de mim que estávamos falando, gritou alguma coisa dentro de Irene. Se sou eu, grande imbecil, se sou eu a que se sente injustificada e patética, como fomos parar assim no sofrimento de outra? *E no talento de outra*, disse uma voz insidiosa. Mas Irene a espantou porque era ela, sim (pensou sem pudor), era ela a que ainda precisava que alguém tranquilizador e sólido — a absolvesse? — lhe assegurasse que estava bem, que aquilo que estava fazendo estava bem, e um estremecimento de repulsa a obrigou a se ver tal como tinha sido na noite de exatamente um mês antes, um manancial de vida, uma ânfora, uma fonte de palavras desbragadas às quais ela, febril, ia dando forma sem esperar nada de ninguém, sozinha e esplêndida e onipotente. Não há adolescência como a minha, pensou de repente, já que tudo nela era mobilidade e padecimento e não queria, decidiu ali mesmo, não queria ser racional nem adulta nem julgar como estando fora do jogo o nascente talento de outra porque era nela, ainda, que tudo estava por nascer. E talvez, em algum momento, naquele monástico bairro de Flores, soassem trombetas e timbales. Mas certa regiãozinha, ai, certa regiãozinha imperturbável que Irene já via chegar, já via chegar, tinha começado a processar com certa lógica e a todo vapor a pergunta dele. Por acaso ela podia parar de responder (embora não da melhor maneira possível, já que ainda estava de mau humor) à apelação que ele, sub-repticiamente, tinha feito à sua inteligência? Docilmente colocou-se em seu pedestal e respondeu como devia.

— Nessa idade — disse —, todas têm talento. Todas se sentem únicas.

E seu coração começou a chorar. *Nessa idade*. Uma Irene implacável a observava de lá dos seus dezessete anos.

— Obrigado pela lição — disse ele secamente. — A única coisa que eu estava te pedindo, se não fosse um incômodo excessivo para você, era que me desse a sua opinião. Estou um pouco contaminado por tudo o que ela me diz, como você pode imaginar, é muito mais do que escreve. Coisa que também costuma acontecer. *Em qualquer idade*.

Ela estava sendo invadida por uma sensação de horror por si mesma. *Estou me tornando uma ressentida*, pensou. *Só me faltava essa*.

— Ainda não sei o que acho — disse com equanimidade: ainda estava em tempo. — Não consegui ler mais que um pequeno parágrafo — riu. — Você me pegou bem na hora — tudo em ordem. — Parecia bastante intenso, sei lá, um pouco tremendista. Teria que ler mais para saber.

Estou farta de mim mesma, pensou.

Ele a olhou como se a estranhasse.

— Isso é o que eu estava pensando — disse —, que você leve o caderno para casa e o leia tranquila, vamos ver o que acha. Claro, ela ainda não me dá a menor bola quando digo que ela é tremendista — estendeu o caderno para Irene. — Mas acho que daí sai uma escritora.

Irene sorriu com certa melancolia.

— Estou achando que você faz uma ideia elevada demais dela — olhou o caderno. — E sobretudo de mim.

— Vamos lá, dona Irene, acha mesmo que eu não sei com quem estou lidando? Sério, você vai ver que vai gostar.

— Ah, é?

— Da Cecilia, digo. Você vai gostar dela. Quero que a conheça, assim você diz a ela o que acha sobre o que ela escreve e deixa essa pirralha de merda impressionada, porra.

Irene experimentou certo cansaço e o abjeto alívio de saber, uma vez mais, que eles dois estavam do mesmo lado, falando de uma adolescente que agora voltava a ser abstrata e remota.

— Não, não vou gostar — disse, e pegou o caderno. — Nem acho que vou deixá-la impressionada. Mas não importa; mesmo assim vou saber me comportar como uma dama.

CODA

Às vezes a nudez traz o pavor.
Às vezes o pavor não traz nada.

IRENE GRUSS

Um psicanalista ruivo quer conquistá-la. Estão em uma espécie de festa e, do canto onde o psicanalista a mantém encurralada, Irene pode notar como, em uma poltroninha perto do jardim, Alfredo dirige a uma mulher de ar teatral um daqueles papos que ela chama de código duplo: estar, por exemplo, analisando com toda a lucidez o papel das bruxas em *Macbeth* enquanto o tom da voz, algumas pausas, ou até as próprias ideias —uma escandalosa e ambígua teoria sobre a beleza do mal, digamos, ou uma hipótese sobre a função subversiva de certas feiticeiras — explodem como pequenas descargas eróticas que vão lavrando o coração da destinatária e sutilmente a induzem a remodelar seu projeto de vida, a ordená-lo de acordo com um grande amor vindouro. O curioso é que o psicanalista parece governado pela cena da poltroninha, que só pode ver quando vira um pouco o pescoço. Irene, em compensação, está tranquila. Já conhece a mulher teatral — que frequenta cursos e atuou sem grande destaque em duas ou três peças — e captou seu exibicionismo um mês antes, quando viu Alfredo pela primeira vez: não a surpreende essa primeira aproximação, e até pode adivinhar a maneira como tudo vai acabar. Como de fato acabou, escreveria, já que ela era dessas mulheres que se limitam a ocupar um lugar no espaço: quero dizer que vinha e se plantava e esperava que um homem caísse desmaiado só por vê-la. Muitas vezes conseguia, só que se entediava com os homens que caíam desmaiados. E Alfredo se entediava com ela. Mas isso, claro, aconteceu depois. Durante a festa da poltroninha e no tempo que se seguiu, ele pôs verdadeira paixão em fazer desmoronar um a um seus trejeitos de Sarah Bernhardt. E pouco a pouco a despedaçou. Porque não se pode dizer que a futura atriz não sofresse. Devia sofrer, sim, como todo mundo, e certamente às vezes tinha ganas de bater a cabeça na parede ou de sair na porrada com todo aquele que tentasse machucá-la, mas o problema era que aquela mania de usar tudo que era seu, até suas deficiências, como um ornamento, a afligia. Dizia, por exemplo, "sou invejosa", e fazia um olhar de Theda Bara, como se achasse que essa declaração lhe proporcionasse um atrativo inédito a mais. Mas Alfredo passou meses convencido de que podia fazer dela uma atriz de verdade, ou uma charlatã de verdade, ou uma formidável fêmea de verdade, ou qualquer coisa que fosse verdadeira e bela — fé na humanidade ou fé em si mesmo? O fato é que depois de desbotá-la e dobrá-la e abrir suas costuras e virá-la pelo avesso e dar-lhe uma esfregada e batê-la no tanque, conseguiu que a futura atriz deixasse para lá um namorado, um cara alto com pinta de desnutrido, desses que se balançam no compasso da música com olhos de bobo e dão a falsa impressão de ser muito etéreos simplesmente por não ter nada de carnal. Então a futura atriz abandonou o cara etéreo e — arrastada pela ideia alheia de que ou se é uma grande atriz ou não vale a pena subir em um palco — abandonou para sempre o teatro. Mas não conseguiu abandonar a si mesma. Continuou achando que tudo o que lhe acontecia, mesmo o tédio final de Alfredo e as brigas cada vez mais frequentes, era parte de uma trágica e vistosa configuração em cena na qual o homem de gênio e a atriz tãosublimeapontoderenunciaràsorte se amam mas não se suportam. Evocava *Acorrentados*, de O'Neill, evocava a mulher de Nijinski, e sentia-se cada vez mais grandiosa. Dois anos depois da ruptura casou-se com um joalheiro muito sensível e assistia a todas as estreias com o coração partido e com grandes chapéus que lhe davam um vago ar tipo a louca de Chaillot. E foi para isso que você dedicou a ela dezenove meses da sua vida, Irene recriminava Alfredo. Isso é o que eu chamo de atirar pérolas aos porcos.

O psicanalista torce outra vez o pescoço; deve ter percebido na poltroninha algo que o contraria, pois sua cabeça volta ao lugar com muita agitação. A atitude da futura atriz? Ela parece, ela inteira, orientada na direção do homem que tem diante de si, como se a festa tivesse se apagado. Talvez o psicanalista considere injusto que Alfredo já tenha conseguido esse efeito em sua interlocutora enquanto ele, há uma hora e meia, tenta produzir em Irene alguma perturbação sem o menor resultado. Já falou de informática, da falta de inteligência de sua ex-mulher, da revolução erótica nas sociedades desenvolvidas, e lançou sobre Irene alguns olhares lascivos. Agora chegou a vez de Don Juan. Ele diz que o donjuanismo só é compreendido por completo à luz do mito de Narciso, já que, no fundo, o problema de todo sedutor consiste em só poder amar a si mesmo. Irene, enquanto isso, olha para as mãos dele. São um pouco gorduchas e ele as esfrega uma na outra continuamente. Ela pensa que existem mãos perturbadoras, mãos que se comunicam à distância, quase mediante uma sensação física, mãos que sabem tocar. As mãozinhas do psicanalista carecem dessa qualidade. Irene as imagina sobre seu corpo e se retorce de repugnância. O psicanalista diz que esses seres têm uma permanente necessidade de usar as mulheres como espelhos, cuja única virtude seria a de potencializar a admiração que sentem por si mesmos. Olha para Irene como se quisesse dar a entender que ele vê nela algo mais que um espelho em cujas serenas águas se refletiria. *Se eu tivesse essa cara também procuraria não me refletir em lugar nenhum, otário*, o pensamento cruza a cabeça de Irene feito um raio mortífero. Em resumo, diz o psicanalista, os sedutores são seres terrivelmente infelizes, já que não podem dar nem receber amor. Irene, que acaba de receber um rápido olhar de Alfredo, como quem diz "cuidado", responde ao psicanalista que ele está enganado. Tão redondamente enganado, diz, que quase tem razão. Porque há seres a tal ponto dotados para essa descomunal e desamparada aventura que é o amor que, sem escapatória, se condenam à diversidade, ou seja, à solidão.

É a minha história que sempre esteve vinculada com os espelhos, passa por sua cabeça, como uma sombra evasiva. *Sou eu, e não Alfredo — que sempre emitiu desbragados e generosos sinais sem retorno —, sou eu quem sempre precisou ter diante de si, como um duplo tranquilizador, uma imagem cristalina de contornos nítidos. E não porque me ame: porque tenho medo de mim.*

— Todo excesso é uma doença e tem que ser tratado como tal — diz, muito zangado, o psicanalista. É provável que esteja suspeitando da troca de olhares; ao menos deve ter percebido o gesto apaziguador com que Irene respondeu a Alfredo.

Certamente está pensando: *Mas como faz esse filho da puta para conquistar esse avião que está ao lado dele, e também para que essa tola, vendo o que se passa e tudo o mais, lance esses olharezinhos de cumplicidade em vez de acabar com ele bem acabado?*

— Acho que há indivíduos que têm a virtude de fazer algo excepcional com a imperfeição que Deus lhes deu — diz Irene, com seu melhor ar de inocência.

— Excepcional? — o psicanalista está indignado. — Produzir em diversas mulheres a ilusão de amor é algo excepcional? Acho que é, antes, uma farsa, e a única coisa que indica é uma vaidade patológica.

E isso de tentar fazer a todo custo que eu veja Alfredo como um doente, em vez de reconhecer nele, por contraste, a imagem da estabilidade e da saúde, indica o quê?, pensa Irene, decidida a fazer pedacinhos do psicanalista. E diz que, em sua opinião, em certos sedutores, "e claro que não estou falando de meros mulherengos", esclarece, "nem daqueles trepadores de liquidação que veem uma mulher sozinha ou em possível conflito com o namorado e imediatamente pensam: *que presa fácil, essa eu levo para a cama no ato*", e olha incisiva para o psicanalista, que esfrega as mãozinhas freneticamente; em certos sedutores existe uma exacerbação da ideia do amor, ou quase diria (diz Irene, que se sente anormalmente loquaz) que existe neles a imposição ética de fazer com que o amor emerja como uma flor insólita. E essa capacidade de conseguir que alguém se atreva a fazer o que um momento antes achava impossível, esse poder de conseguir que outro viva nesse momentâneo estado de graça em que todos os sentidos e todos os sentimentos parecem se retesar e se exaltar, não é por acaso uma forma de humanismo?

Claro que às vezes o amor mata, pensa Irene, que já começa a se alarmar por causa da corrente de entendimento que percebe na poltroninha. Balança os cabelos com energia. *Mas sem perder o rebolado.*

— Humanismo? — diz o ruivo fora de si; aparentemente já se esqueceu de que estava tentando seduzir Irene; no momento quer apenas se defender de uma ideia que o desconcerta. — Não parece muito humanista isso de recorrer a ardis só para conseguir satisfações sexuais transitórias.

Irene diz que não considera muito equânime isso de reduzir a sedução, e sobretudo nesta época, ao afã de conseguir uma satisfação sexual. Que talvez também entre em jogo uma quase permanente exaltação estética.

Uma espécie de estado poético, escreveria. Já que há mensagens secretas, códigos de beleza que estão aí, em suspenso, para que alguém os descubra. Por acaso não pode extrapolar? Adivinhar em Alfredo o que ela mesma sente às vezes: o desesperado impulso de capturar, de se apoderar de algo que fatalmente estará sempre fora dela. Claro que não se confunde. Isso em princípio tem muito pouco a ver com o que se costuma chamar "atração sexual". Embora talvez possa ser considerado como estando dentro de uma zona fronteiriça, dentro de um intervalo de indeterminação? Cerebral e reflexiva, está no entanto condenada a que seu corpo continuamente traia sua cabeça. Sente — e sente de fato —, na pele e também nas zonas mais privadas de seu corpo, todas as possibilidades do amor, desde as mais sutis até as mais abjetas. Pode detectar a sensualidade de um homem só de olhar para ele, só de observar a maneira como joga fora a cinza do cigarro ou afrouxa o nó da gravata. Daí que não lhe custa extrapolar, adivinhar o que um homem pode ver em certas mulheres, ou mesmo em certas ninfetas, uma força parecida, o sexo como uma força, como uma animalidade retraída, quanto mais encoberta mais perigosa. Mas certas mulheres, escreveria, e sobretudo certas adolescentes, são uma espécie de manifestação abstrata da beleza. E talvez seja uma forma de desespero, o mesmo desespero que eu sinto diante de toda beleza que se esvai, o que leva homens como Alfredo a seduzi-las, a enfim dormir com elas, compelidos por uma fugaz ilusão de pertencimento. Acreditam possuí-las? Que enganosas são às vezes certas palavras. E de novo é capaz de extrapolar, de imaginar o supremo esforço mental em transformar uma ingerência puramente física na definitiva possessão do que é belo. E a decepção, depois, quando enfim a garota fica estendida a seu lado, outra vez perfeita em si mesma, inalterável como uma estátua, outra vez toda ela — corpo e alma — dentro de sua própria pele, outra vez inexoravelmente alheia.

E talvez aí seja preciso buscar a razão (explica ao psicanalista com uma eloquência que não está de todo desconectada do que acontece na poltroninha) pela qual certos homens se lançam com dedicação de artistas a algo muito mais complexo que "isso que você, sem dúvida (lhe diz), deve considerar um flerte vulgar". Já que não se resignam, escreveria, a esse final em que a garota, inquebrantável e bela, volta a ser outro ser. É necessário que ela participe, que cada partícula de seu corpo e de seu cérebro saiba o que está fazendo, que se sinta pecadora e culpada e, ao mesmo tempo, ame seu pecado e sua culpa. Só então, no conhecimento supremo, está o supremo prazer, a materialização da miragem.

— Com licença — diz, intempestiva, na metade do discurso dele, e se põe de pé, porque acaba de perceber que Alfredo, parado a poucos metros, lhe faz um sinal por trás do psicanalista. O psicanalista se virou e lançou sobre Alfredo um rápido olhar de repulsa. Irene sente nas costas que ele também deve estar olhando para ela agora. Como se a transformasse em outro caso, como se inapelavelmente a situasse do lado dos doentes. E sabe lá. Talvez seja esse o resultado dos secretos devaneios do viajante ou dos delírios de grandeza de Guirnalda ou de algum gene sedicioso que contestou o prolixo futuro pressagiado pelas fadas, você será sagaz, alegre, sã, de pensamento organizado e imaginação desperta, mas. *Mas como manter o rebolado?*, volta a pensar, enquanto, bem tranquila, se aproxima de seu destino.

— Fique sabendo que eu não gosto nem um pouco desse cabelo-vermelho — Alfredo solta de repente.

E eu também não gosto dessa futura atriz, pensa Irene, mas não diz, pois esse tipo de simetria não entra nas regras do jogo.

— Nem eu — acaba dizendo —, mas não interrompa minha inspiração porque estamos mantendo uma conversa das mais apaixonantes sobre o donjuanismo e coisas assim.

— Donjuanismo? — Alfredo ficou alerta. — O que esse filho da puta quer é...

— Eu já sei o que ele quer — Irene o interrompe —, mas ele vai ter muita dificuldade em conseguir. E você, como está indo com a Sarah Bernhardt?

— Você não vai acreditar — diz Alfredo. — Quando ela fala sério, não é o que parece. Você precisa ver as coisas que ela sabe sobre as bruxas de *Macbeth*.

Irene ri. Pensa que ele tem um sentido estético exagerado da vida; o que mais de uma vez o leva a se enganar, a esquecer que nem toda mulher é seduzível. Ou a ignorar que, como ela um dia pensaria em um ônibus, as mulheres às vezes não podem com a inteligência dele.

E que ninguém (ela escreveria), que ninguém, homem ou mulher, seja imbecil a ponto de acreditar que essa convergência dos sentidos e dos sentimentos que um grande amor consegue, que essa elevação ou descenso de todas as possibilidades do prazer, de todas as transgressões do corpo e da alma, impedem de pensar, ou, para usar uma palavra mais ousada, impedem a irrupção da inteligência. Só mesmo submergindo até o fundo na própria condição de pecadora, solitária, abandonada, puta, presunçosa, submissa, perversa, manipuladora, escrava do homem, escrava de si mesma, rebelde sem causa, só mergulhando até o fundo na própria condição para fazê-la florescer como uma espécie deslumbrante e desconhecida, só dando forma a essa nova espécie com paixão, com ódio, com infinito amor e infinita paciência, uma mulher fará surgir essa liberdade extrema, essa loucura da imaginação e do pensamento que talvez um dia venha a ser sua própria inteligência. E é isso. Às vezes penso que, entre tanta cama e tanta palavra alada, a verdadeira missão que quixotescamente Alfredo atribuiu a si mesmo é a de despertar essa *avis rara*, isso que ainda dorme ou se espreguiça sob tanto sonho adolescente. Não é possível apenas com as mulheres, claro. Um rapazinho frágil, ainda sem forma, também pode ser moldado, incentivado a fazer explodir a singular força oculta que acumula; mas em todas as suas possibilidades? Fica faltando uma área em que só resta a Alfredo a transmissão oral, asséptica, e o consolo de conformar seu... cérebro? Um homem talvez tivesse escolhido sem inibição a palavra "alma", mas eu, quando tentei despojar essa vagarosa entidade do que é moldável, do que é suscetível de se manifestar ou de incomodar que é o meu corpo, me dei conta de que não me restava nada. Ou apenas uma abstração, algo aprendido nos livros e nas palavras dos homens sábios, mas que não era suficiente para expressar isso que sou, isso que é minha incomunicável experiência pessoal quando pronuncio a palavra "alma".

E bem: nos rapazinhos, uma parte desse *eu* é indômita, opaca à educação, destinada a entregar-se ao acaso. Sem contar quão efêmera é, nos homens, a condição de *educáveis*. Num instante eles crescem, tornam-se definitivos, cristalinos. Certas mulheres, em compensação, as eternas alunas, são suscetíveis a mudanças em qualquer idade. O tempo lhes deixa rastros, sutilmente as modifica, mas algo nelas permanece em perpétua conformação, algo que lhes permite renascer.

Certa capacidade de deslumbramento, talvez? Certa avidez pela aventura, pela liberdade, certo pressentimento atávico de que existe uma possibilidade de viver nunca realizada? Algo que ainda espera pelo executor, pelo dono dos relâmpagos, para brilhar em todo o seu esplendor. Suas alegres companheiras ignoravam que o relâmpago talvez esteja latente dentro delas? O certo é que é ali que nosso quixotesco, nosso persistente despertador de relâmpagos alheios começava a esculpir. Embora seja preciso reconhecer que ele às vezes se decepcionava por razões que não estava disposto a reconhecer, até ver-se frente a frente com a mais prosaica realidade, mas que Irene conhecia desde o começo: nem toda mulher pertence à espécie das alunas. Sobre algumas, nem sequer se pode afirmar que envelheçam. Na verdade, vão se corrompendo, perdem a forma e o perfume, feito uma fruta que apodrece. E com essas não há nada a fazer.

Daí o riso de Irene, que o olha com leve arrogância e diz:

— Então o tempo das bruxas chegou.

Alfredo balança a cabeça, hesitante.

— Para bruxa lhe falta bastante — diz —, embora ela pense o contrário. Como diria a inefável Guirnalda, essa garota está se achando.

— Suponho que sim. E suponho que você já esteja decidido a tirar dela *questo vizio.*

— Estou nesse ponto — diz Alfredo. — Isso é o que eu queria te avisar. Como pode imaginar, a esta altura do campeonato vou ter que acompanhá-la até a casa dela.

— E vem me pedir permissão? — diz Irene. Seu tom soou quase como mal-humorado.

— Não. O que eu queria te dizer é que quando você quiser ir embora, me avise, assim descemos juntos para que você pegue um táxi.

— Obrigada pela gentileza — diz Irene, cheia de indignação. — Eu sei pegar táxi sozinha, não se preocupe.

— Não seja maluca — diz Alfredo. — Não percebe que assim o cabelo-vermelho vai fazer de tudo para te acompanhar?

Também sei tirar qualquer cabelo-vermelho de cima de mim, se quiser mesmo, Irene está por dizer. Mas uma gorda carinhosa e alegre se aproximou de repente e tascou um efusivo beijo na bochecha de Alfredo.

Irene então dá meia-volta e vai embora.

Enquanto ela se senta, o psicanalista a observa com certo ar inquisidor. Alguma coisa ele deve ter percebido, porque pergunta sem o menor tato:

— Como está se sentindo?

Irene experimenta o compulsivo desejo de lhe dar um chute no saco.

— No melhor dos mundos — diz. Sabe que o tom é inadequado, mas já não se importa.

O psicanalista não consegue ocultar certo brilho de satisfação.

— Estava pensando no que você disse. Talvez sua opinião sobre os sedutores responda a uma ideia, como dizer, artística demais da realidade.

— Claro — diz Irene, com tanta determinação que o psicanalista se sobressalta. — Já se sabe que além disso, em todo flerte — bebe um gole de uísque —, em todo flerte de uma mulher desejável, claro, pesa também o mais comum e ordinário espírito competitivo. Algo assim como dizer aos outros: chupa essa tangerina. E a vontade de transar, já sei, não precisa me dizer. A mais vulgar e primitiva vontade de transar com tal mulher — puxa o ar; solta-o. — A alma humana é complexa assim.

O psicanalista parece um pouco surpreso com a virada inesperada da conversa. Não é bobo, mas sem dúvida é grosseiro, porque, sem mais preâmbulos, pergunta:

— Qual é exatamente o vínculo que te une a Etchart?

Irene levanta a guarda.

De todo modo, como explicar a ele? Aquela espécie de riso que às vezes os pega e que talvez seja o verdadeiro altar onde se consumou o casamento deles — mais sagrado, escreveria, que os que se consagram entre luminárias e flores diurnas —, algo que os aproxima um do outro, que os faz refugiarem-se um no outro para não morrer de tristeza. Já que não há maior tristeza, escreveria, que a de rir sozinho. A dor se alimenta da solidão, se regozija e se afunda na solidão, mas sabe que, no seu devido tempo, sempre contará com um público sensível. O riso, ao contrário, esse riso súbito que às vezes nos ataca, como se percebêssemos certas conexões sutis que refazem caprichosamente o espetáculo do mundo, esse riso que nos arremessa para fora do refúgio familiar e nos distancia sem piedade das pessoas boas, esse riso nos condena a uma solidão sem cenografia.

Então eles se procuram e se abraçam na noite, como as duas crianças órfãs perdidas no bosque. Irene recorda uma manhã de inverno, depois de uma noite sem dormir, aureolados por aquele tipo de clarividência ou de visão fantasmagórica do mundo que impõe uma noite sem dormir, caminhando os dois pela avenida Rivadavia, perto do Congresso. Alfredo aponta um casal. Não diz nada, apenas os aponta, mas Irene tem um ataque de riso. Não é que sejam feios, ou, pelo menos, não é que sejam *apenas* feios: há alguma coisa no conjunto dos dois que os torna particularmente cômicos, como se um artista corrosivo os tivesse combinado daquela forma para comunicar sabe-se lá o que sobre a espécie humana. Irene e Alfredo se apoiam um no outro para rir com mais comodidade. E é só o começo. Porque de repente Irene aponta um baixinho e Alfredo tem que cobrir a boca para não explodir em uma indelicada gargalhada. Depois olha ao redor e, sem parar de rir, diz: "Mas se são todos assim, olhe". Irene observa, segurando a barriga de tanto rir. "É verdade, é verdade", diz, extasiada. Há algo irresistível nas pessoas naquela manhã. Como se tivessem confabulado, como se alguém os tivesse acomodado com todo cuidado para essa visão movediça e extravagante. Mas o curioso não é a impressão que eles têm. Já aconteceu com ela, mesmo estando sozinha. Sobretudo nos ônibus. Subiu num ônibus, observou a nova confraria que temporariamente a inclui, e a estranheza ou o horror foram tais que no fim teve que ficar olhando pela janelinha para não gritar. Não, o curioso desta vez é que está acontecendo com os dois, os dois estão vendo o mundo com a mesma lente impiedosa. “Presta atenção nessa loura”, diz Alfredo, e seus olhos se enchem de lágrimas de tanto rir. Certos casais, sobretudo, o efeito conjunto que produzem. “Olha, olha estes dois.” Irene estende o braço e Alfredo se dobra, tem que parar no meio da rua porque se dobrou em dois de tanto rir. “Aquele velho.” A barriga de Irene dói. É como se a rua inteira estivesse na conspiração. Avançam com seus passos curtinhos, com seu ar solene, com suas bundas descomunais, e contemplam os dois com certa incredulidade, e talvez com certo riso contido, pois devem ser um espetáculo bastante cômico, assim parados no meio da rua, pálidos e com olheiras e desgrenhados, se apoiando um no outro porque o riso os debilita, os dobra, os faz cair.

— Às vezes nos entendemos — Irene diz laconicamente.

Sem querer, olha para a poltroninha. Alfredo e a futura atriz já não estão mais lá. Melhor. Talvez no jardim? Não importa; é um bom momento para ir embora. Diz isso ao psicanalista e se levanta.

O psicanalista também se levanta. Diz que quer acompanhá-la, diz que percebeu perfeitamente que algo a incomodou, pergunta quando vão se ver de novo. Irene rechaça tudo com hábil ambiguidade. Nota, ao voltar com a bolsa, que o psicanalista parece realmente preocupado. Paciência. Ela não pode se responsabilizar pela preocupação dele. No elevador, se pergunta, como em outras vezes, o que teria acontecido se o psicanalista não lhe tivesse causado tanta repulsa. Em compensação deixa de lado outra pergunta que malignamente passa por sua cabeça: *Haveria alguma possibilidade de que esse homem não me causasse repulsa?* O ar da rua a faz estremecer. Sabe que é contraditória e isso às vezes lhe dá medo. Como ajeitar tantas verdades opostas que convivem dentro dela para resistir a elas? *E de que serve tudo isso?*

Um sentimento ambíguo de desolação a vai invadindo no táxi. Irene não oferece resistência. Sabe que também é efeito do uísque e do tanto que falou. Reclina-se no assento e até sente prazer com a leve tontura, a aprazível inconsistência. Fecha os olhos. Sabe que Alfredo vai telefonar amanhã um pouco zangado e um pouco inquieto por ela ter ido embora sem avisar. Sabe do que vão falar, da futura atriz e do psicanalista e dos riscos e prazeres da lucidez. Sabe que talvez façam amor ou, dissimuladamente, consolem-se um ao outro. E respira mais tranquila. O mundo se refaz, como partículas desconexas que lentamente, inexoravelmente, vão encontrando seu lugar na harmoniosa estrutura de cristal.

Terceira Parte

Para ele sou pior que uma traição: sou tão inexplicável quanto ele mesmo.

FRANCISCA AGUIRRE

Com a idoneidade de um alquimista, com os arroubos de um poeta, ela mescla roquefort e uísque, aipo e nozes, queijo branco com cebolinha. Outro toque de estragão, talvez? Uma pitada de pimenta? Prova com a ponta do garfo e confirma, satisfeita. E o curioso é que essa sensação de complacência não impede em absoluto a ligeira vertigem ou náusea, como se estivesse à beira de um precipício. Seriam bichos raros? As mulheres: bichos raros? Ou o erro viria de supor que uma boa disposição para a cebola com queijo indica o oposto de ter uma... alma? Ela podia testemunhar essa sensação de vida-que-escapa, esse medo, essa consciência do absurdo de estar misturando, apesar de todo o queijocomnozes, aipocomuísque, como quem inutilmente persiste em armar ao seu redor um precário céu. E no fim das contas onde é que estava escrito que esse prazer melancólico de ainda farejar o paraíso, como a uma presa próxima e inalcançável, merecia uma origem mais digna que aquela cujo nome parecia encher a boca de alaúdes e borrascas toda vez que o articulava? *Aaaalllma*. Pronunciá-lo com lentidão, deixando o primeiro "a" arrancar devaneios e glórias das profundidades do peito, em seguida soltar o "l" como quem faz vibrar um diapasão ou evoca a mais pura manifestação do homem, e por fim fechar a palavra com um som breve e inocente, quase infantil. É o que está ali, apesar do aipo. É o que borbulha dentro dela e a impede de entrar em um estado de ânimo leve e desintoxicante, muito bom para a pele, amigas, quando se teve um dia agitado e convidados são esperados à noite. Todo o resto, em ordem. Uma mulher miúda e jovial, de calça jeans, que prepara canapés. Foto bem colorida ilustrando a dona de casa moderna, dinâmica, com personalidade. Com personalidade? Há realmente na cena algo que revele sua personalidade? Às vezes Irene vai até a varanda e contempla de fora sua casa iluminada e brinca de não conhecer os objetos e adivinhá-los. Haverá, numa janela distante, outra pessoa tão perspicaz a ponto de reconhecer em cada coisa a mulher que, pedra por pedra, foi criando aquele refúgio? Alguém, quem sabe, capaz de entrever uma possibilidade de amor no jubiloso verde-esmeralda da samambaia, uma anormal predisposição à alegria no papel de parede de flores amarelas, a ousadia de seus desejos no autorretrato de Van Gogh, seu anjo doméstico no pacote de fermento, certa aristocracia de seu intelecto nas obras completas de Thomas Mann, seu lado nostálgico na coleção encadernada de *El alma que canta* — a alma que canta! —, um sentimentalismo vizinho da estupidez no pequeno volume azul de *La infanta mendocina*, dedicado por sua professora da quarta série, "*as pessoinhas como você sempre sabem chegar ao que se propõem; que este livro te ilumine para encontrar uma meta justa e nobre*" — o que seria uma meta justa e nobre, meu Deus; aos nove anos o compromisso a fizera entrar em pânico, remexera a vida insossa da infanta insossa, explorara as Máximas do General, seu pai, e só encontrara tédio e mais tédio, onde encontraria a resposta? —, algumas cinzas de sua vontade de ferro na Remington poderosa, certas veleidades de requinte na manjerona e no estragão, um velho sonho de perfeição e voo na luminosidade crescente da Pequena Fuga, uma voracidade de faminta no pote cheio até a borda de biscoitos amanteigados. Mas, mesmo assim, seu espectador seria arguto a ponto de também descobrir o sentido oculto daqueles canapés? Queria te pegar aí! Porque não precisa ser muito esperto para vislumbrar certa tendência na lombada de Thomas Mann; mas o que dizer de uma mulher de jeans que prepara canapés?

— Que ela é, sem dúvida, um sugestivo exemplo da Mulher de Hoje: independente, dinâmica e otimista — meu Deus, não, *vade retro*, não era essa louca por decoração de interiores que ela estava convocando —, rebelde e original como toda aquariana, guarnecida pelo guerreiro Áries que rege seu nascimento, mas com o coraçãozinho apegado às pacíficas tardes com vovó, por causa desse pícaro e intrometido ascendente em Câncer — *que, com todo o respeito, veio cagar meu mapa astral*. Sem dúvida ela hoje teve um dia agitado — algumas chateações na Caixa, uma certa inquietação, uma vaga vontade de chorar porque não sabe se quer, ou sabe que não quer a pequena reunião programada para esta noite —, mas aqui a vemos, sem mostras de cansaço, preparando esses deliciosos canapés — será que nos conta a receita? — com as próprias mãos, em seu charmoso apartamento de um cômodo ao lado do qual a vizinha por fim se matou, apesar das rosquinhas e dos bolinhos fritos e dos romances românticos; quem daria conta daquela dor tão singela? Deixemos por um momento Irene Lauson concentrada em sua grata tarefa e aproveitemos para percorrê-lo. Verão como, com pouco dinheiro e muita imaginação, se podem conseguir efeitos realmente encantadores. Reparem no toque original de Van Gogh pendurado sobre o sofá; muito divertido o contraste entre a expressão carrancuda do famoso pintor holandês que cortou a própria orelha, que horror!, e as cálidas almofadas artesanais típicas do Norte. Outro efeito bonito é obtido com a máquina de escrever, tão fria!, sobre a elegante escrivaninha de estilo espanhol. E o que dizer do jardinzinho que Irene Lauson improvisou em sua varanda liliputiana? Você também pode fazê-lo, querida amiga, ânimo! Claro que todas nós já sonhamos alguma vez com espaços abertos de vegetação exuberante; mas por que não se conformar com essa engenhosa florestazinha de laços-de-amor, alegrias do lar, apaixonadas pela parede e outras conhecidas espécies? E como se complementa bem aqui, com esse outro jardim, mas de grandes pensamentos!, que brota das paredes. Porque Irene Lauson, queridas amigas, não apenas é essa dinâmica dona de casa que, como podem apreciar, prepara com as próprias mãos os canapés para receber as visitas, não apenas é uma eficientíssima programadora de computação; também, conforme denunciam as densas bibliotecas, acha tempo para se dedicar ao invejável hobby da leitura. Digno de imitação! E a julgar pelo que indiscretamente aponta da máquina, não lhe agradará, de tempos em tempos, rascunhar suas próprias paginazinhas? Vamos nos aproximar na ponta dos pés para ver o que escreveu.

— Fora! Pra casinha! Ali não há nada que mereça ser lido, muito menos por uma imbecil alucinada e curiosa. Pura punhetagem. Pura lamentação ou regozijo. Puro ruído para não escutar a vizinha chorando, dizendo que ia se matar. Então vá arranjar o que fazer. Quanto a mim, me deixe em paz com meus canapés.

— Bom, vê-se que Irene Lauson é muito ciosa de sua intimidade. É melhor voltar à sua tarefa específica, agora que está dando o toque final a essas travessas. Que bom gosto, que criatividade. Percebe-se que nossa anfitriã sabe homenagear seus convidados como eles merecem. Quem está esperando, querida Irene, se não for indiscrição perguntar?

— Espero o único homem que amei na vida, se não for indiscrição responder. O único homem que eu talvez esteja condenada a amar pelo resto da vida. Com uma fedelha de dezessete anos. Uma tosca bocuda nojenta que sugou o juízo dele e rouba seu tempo e o faz festejar seus atos mais estúpidos como se fossem risinhos de um arcanjo. São esses meus dois convidados, à puta que pariu mil vezes.

— O estresse, queridas amigas, é sem dúvida a doença do nosso tempo. Quantas vezes ele descontrola nossos nervos e nos leva a dizer o que não queríamos dizer. O lamentável exemplo de Irene Lauson, que apesar de ser uma mulher moderna e organizada mentalmente não se livrou desse flagelo contemporâneo, chega em boa hora para instruir nossas queridas leitoras sobre o que fazer se, desgraçadamente, lhes acontecer algo assim justo no dia em que esperam convidados e desejam estar mais bonitas do que nunca. Antes de mais nada, isso que com tanta prudência está fazendo Irene Lauson. Chorar, amigas, pura e simplesmente chorar. Assim, estendidas de barriga para baixo, como se regressassem à infância, até que sintam que todo o interior se dissolve, que o entorno se apaga — que não existe nada a não ser essa tristeza, esse velho desejo de... felicidade? Por acaso não é o velho e evasivo desejo de ser feliz o que subitamente a faz chorar? Tudo parecia tão fácil uma hora antes. Ela saindo à rua com sua bolsa de alça de sisal no ombro. Boa tarde. Boa tarde. O sapateiro, gordo e gentil, sorrindo para ela de orelha a orelha, e a luz de outubro murmurando em todos os recantos. Mas já não era de manhã, e ela amava as manhãs, quando o dia ainda guardava a possibilidade de ser perfeito. Então a alegria era um dom das coisas e não um esforço de seu desejo. Agora, nesse crepúsculo azul, o dia já estava marcado. Mas Irene deu de ombros e atravessou a rua. Boa tarde. Boa tarde. Ela era gentil e sorridente; todos gostavam dela na travessa Del Signo. Parou na frente da banca de verduras e frutas. Aipo. Era como um imperativo. Ou uma coisa que soou dentro dela. Aipo para impressionar a princesinha. *Vou te pegar, princesinha.* Sorriu com certo ceticismo: sabia o suficiente sobre mulheres, tivessem dezessete ou trinta anos, o suficiente para adivinhar que para essa garota o encontro devia ter tanta graça quanto para ela mesma e que a única pessoa que considerava o evento imprescindível e, talvez, até divertido, era Alfredo. Mas conseguiu relevar outra vez. Boa tarde, doutora. Uma doutora elegantíssima comprava bananas. Uma mãe bem jovem pedia couve-flor. Nenhuma parecia perceber a alegria que emanava das coisas, a beleza da palavra couve-flor, o perfume do aipo, a música do mundo. Raro esse dom de sentir em carne viva o horror da solidão e o perfume do aipo. Mas isso era ela. Com a bolsa de alça de sisal transbordando de odores, entrou na venda. Cheirou, apalpou, se embriagou. A tarde zumbia na sua pele. Às sete e dez em sua casa. Uma vez mais conseguira triunfar. Começou a preparar canapés. A vida acabava de começar.

— E como faz bem esse singelo tratamento para a pele. Claro que depois é preciso pensar nesses olhinhos inchados que ficam tão feios. A receita já era conhecida por nossas avós: uns algodõezinhos encharcados de chá gelado. E o que vocês acham de aproveitarmos o tempo para deixar agir uma boa máscara nutritiva? Esta é a preferida de Catherine Deneuve: "*Misturo partes iguais de ovo, iogurte e mel. Os resultados são notáveis*". Se uma mulher perfeita como Catherine aconselha isso, por que nós não podemos experimentar? Agora, quando o problema é a oleosidade, nada melhor que uma receita secreta usada pelas beldades de Beverly Hills: uma generosa camada de purê de berinjela; os resultados são surpreendentes. Enquanto a máscara age, relaxem o corpo e sonhem que estamos em uma praia dourada do Caribe; uma suave brisa nos acaricia e a música do mar arrulha suavemente em nossos ouvidos. Ao tirar a máscara, nossa cútis estará como nova, e nosso espírito... melhor nem falar. Agora sim, amigas, já estamos em condições de nos preparar para a noite. Depois de limpar, refrescar e umedecer a cútis, cubram as olheiras com o filetezinho branco antiolheiras. Para as rugas, nada melhor que Regeneratiffe, o incrível creme feito de estrógenos equinos e óleo de urucum, extraído diretamente do pantanal venezuelano; cento e vinte e cinco Concursos Internacionais vencidos por beldades venezuelanas são a maior garantia dessa maravilha que, em segundos contados, fará desaparecer toda ruga ou marca de expressão de seu rostinho. Naturalmente, para pequenas protuberâncias ou depressões, recomendo usar uma pomada corretora indicada especialmente para esses probleminhas. As irregularidades do rosto, em compensação, desaparecem num passe de mágica quando se utiliza uma base mais escura nas regiões que se quer dissimular. Se considera que suas orelhas são grandes ou de abano, o melhor é escondê-las com um corte chanel, com franja suavemente desfiada. A maquiagem deve ser leve, dando a ideia de frescor e juventude. Uma base leve, um pó etéreo. O ruge deve ser aplicado a partir do centro da maçã do rosto com um traço firme, resoluto, e em seguida expandido como uma delicada nebulosa. Um toquezinho na testa e no queixo dará aquela ideia de vitalidade e alegria que combina tão bem com todas nós. Claro, os olhos são a grande vedete da temporada. Basta um jogo de três sombras habilmente combinadas, o delineador aplicado com traço fino, dando ideia de grande naturalidade, e uma boa máscara para sobrancelhas. Pronto. Seus olhos serão tão intensos e particulares que vão cativar todo o sexo masculino assim que você surgir. Os lábios, ao contrário, exigem uma moldura especial. Depois de contornar a forma desejada, é só preencher o desenho com um pincel mais grosso. Alguns toquezinhos de gloss darão aquele acabamento úmido que tanto seduz. Para o cabelo, impõem-se os cálidos irisados; eles possuem um brilho vital e apaixonante que projeta sobre o cabelo uma luz especial. Esse brilho a transformará em uma mulher realmente única. Agora, já pronta para se vestir, não se esqueça de que deve destacar o que tem de melhor. Se quer triunfar, olhe-se no espelho e saiba que parte do seu corpo deve pôr em relevo. Se sua melhor parte são belos quadris, destaque-os com um lenço de cetim chocante. Joelhos bem torneados? As saias devem ser superfemininas, com boas fendas à vista, revelando o que antes estava oculto, para desgraça deles. Em todos os casos, o decote deve dominar o horizonte e se declarar rei. Anime-se, você escutará suspiros. E se a natureza a dotou apenas de uma bela dentição, sorria, querida, sorria o tempo todo, faça com que ele caia rendido por esse sorriso e se esqueça de todo o resto. Mas você... não se esqueça! É nos detalhes que mora o poder de sedução que fará com que os homens caiam feito moscas em sua rede. Saltos altos para olhar por cima do ombro, muita simpatia e toda a audácia que um arroubo de timidez havia posto na geladeira. E uma boa postura: isso é fundamental. Para consegui-la, mantenha-se o tempo todo bem ereta, músculos abdominais contraídos, nádegas empinadas até o teto, púbis arqueado até o umbigo. Agora sim, espontaneidade e alegria. Muita alegria, vontade de se divertir e... vamos brilhar!

Brilhar! Irene olhou para o relógio e, num salto, se pôs de pé. Em menos de uma hora vão chegar Alfredo e a abelhuda: ela tem que parecer resguardada por sua luz própria, como que por uma couraça. E sabe como fazer isso. Apesar da louca por decoração de interiores e sua camada de berinjelas e seu admirável umbigo na bunda, apesar dessa melancolia que nenhum estrógeno equino poderia apagar, ela vai dar início à lenta cerimônia de se iluminar para fora, como quem emite sinais de si mesma, do melhor ou mais harmônico ou mais desejável de si mesma, ritual que aprendeu para sempre numa tarde de verão, quase aos catorze anos, diante do espelho do térreo de sua casa na rua Bulnes.

Antes há outra aprendizagem diante do mesmo espelho, mas acontece no inverno e é triste. Ela tem então onze anos e alguns dias antes, na rua, quando corria sem controle, arrastada pelas veleidades de sua cabeça, um homem lhe disse algo sobre "seus peitinhos". Chuparia os dois, disse, e ela parou bruscamente e, pela primeira vez, sentiu-se vulnerável e exposta, carregando consigo aquela coisa indefinida cujas partes crescem desordenadamente, se inflam sem sentido, se instalam no que foi seu corpo como uma pura deformidade, como um mero equívoco da natureza. Algo que ela não é capaz de governar. Claro que pode fingir que desaparece, pode navegar, como em águas diáfanas, na leitura de Wilde ou nos labirintos de um intricado problema de raciocínio, mas sangra todos os meses sem ter pedido e um homem falou de "seus peitinhos" sem nem sequer desconfiar dos universos laboriosos que seu cérebro estava tramando. É puro corpo, pura repugnância. E pensar que anos antes acreditara que era só sua alma, só aquela vaidosa interioridade que ria dos adultos, dos que viam nela apenas algo encantador e bem definido — uma franjinha, umas bochechas redondas —, mas ignoravam tudo sobre a menininha que por dentro era perversa e ria. Agora não ri. Já não é capaz de recitar versos longuíssimos sentada em uma cadeira nem de dizer a Guirnalda que o que fez são travessuras infantis. Ninguém pode ver nela algo encantador. Nem ver nada. Isso é o que acaba de descobrir naquela fria tarde de inverno, parada na frente do espelho da entrada. Está contemplando com atenção, com impiedade incomum, aquela coisa anódina que aparece no espelho, e de repente pensa: *Não tenho cara de nada.* Com firmeza se obriga a não fechar os olhos, a continuar contemplando a imagem sem forma, até que tanta deliquescência lhe dá nojo. Os outros portam seus rostos com naturalidade, são o que são, o que ela vê neles. Mas o que se pode ver nela? Aquela do espelho lhe causa horror. *Isso é o que sabem de mim,* pensa. Nada. Nem árduas cosmogonias nem pães dourados. Uma coisa impermeável e muda. E no entanto está condenada a esse rosto. E a esse corpo. Isso é ela. E talvez, embora ainda não o saiba, é nesse momento que subterraneamente começa a lenta aprendizagem, o obstinado esforço para se transformar em exterioridade, para que as cosmogonias e os pães e os risos às escondidas se expandam e a iluminem feito um sinal. Ou feito uma aura.

O que acontece a partir daquele inverno, que recusas ou absolvições tem que protagonizar, quase já não se lembra. Em compensação, sim, vê-se com nitidez olhando-se naquele mesmo espelho no verão em que está para completar catorze anos. Vai a uma festa. Antes de sair à rua, parou diante de sua imagem. Então se vê. Um metro e cinquenta e sete, cabelos castanhos, ninguém poderia dizer que é bonita. E no entanto há algo que irradia, ou algo que, a força de vontade, ou a força de desejo, começou a irradiar diante do espelho. Esta é ela. Será que não é possível vislumbrar naquela imagem certa inusitada alegria, o recente maravilhamento com

Romain Rolland, a secreta determinação de ser única? Isso está ali, diante de seus olhos. Isso é o que os outros saberão sobre ela.

Um pouco depois ela se põe à prova. Está de pé no centro de uma grande sala repleta de meninas e meninos. The Platters cantam "Only you". E o garoto vai chegar. Irene não o conhece, mas as outras não fazem outra coisa senão falar dele. Dizem que é alto, dizem que é atlético, dizem que tem olhos verdes e que vai ser o mais bonito da festa. Todas as que o conhecem o amam. Irene o ama sem conhecê-lo. Está parada no centro da sala e agora, apesar de sua incipiente miopia e apesar de estar de perfil para a porta, sabe o que acaba de acontecer. Casaco azul, porte arrogante, ele se posicionou no batente da porta e olha para dentro. O que acontece em seguida é difícil de descrever. Se Irene fosse um pavão real, alguém diria que ela abriu sua cauda gigantesca e começou a andar em volta dela distraidamente, como que ignorando que ele estava ali. Se fosse bonita e imponente, alguém diria que ninguém poderia deixar de reparar nela, parada de perfil para a porta, como se não soubesse da existência do recém-chegado. Mas ela não é imponente nem é um pavão real, então se faz necessário outro modo de explicar o fenômeno. Uma hipótese seria que se trata de um esforço, ao mesmo tempo, centrífugo e centrípeto. Ou simplesmente dizer que cada uma de suas células começou a cantar, e ela então resplandece. Mas não por uma causa alheia à sua vontade. É justamente essa vontade, sua força expansiva, o que faz com que tudo nela cante. Ou certa exorbitante exuberância de vida que sempre a tomou de assalto por capricho e que agora Irene está aprendendo a controlar a seu bel-prazer, até conseguir que ela docilmente a inunde e a ilumine e a aureole e a privilegie sob seu borbotão dourado. E produza isso que agora, sem necessidade de olhar, ela sabe que está acontecendo. O garoto, que com ostentação tirou o casaco azul, caminha sem chance de erro em sua direção. Irene sabe que não poderia ter sido de outro jeito. Agora o tem diante de si. Sim, ela diz: danço.

O resto é pura febre e alegria de viver. O corpo ri por conta própria enquanto, bem grudada ao garoto, ela dança "The Great Pretender". É feliz. Mas nada está definitivamente feito: isso é o terrível e o prodigioso. Irene apenas provou que é possível. Que não só a cabeça, mas também esse corpo é, desde agora, coisa sua. Só é preciso certa força de vontade, ou certa concentração dos desejos. E o garoto de casaco azul vai se dirigir à menina que está de perfil. E o jovem professor requisitado pela de vestido branco e pela de vestido preto vai fixar sua atenção na adolescente de saia pregueada. E a mulher de trinta anos que ficou preparando canapés e cujo coração ainda quer chorar resplandecerá como um cristal ensolarado diante do professor adulto e da adolescente abelhuda que em uma hora vão bater à sua porta.

Com lápis preto e com um pouco de sombra, mas sobretudo com certo fulgor íntimo que a fará irradiar e irá valorizá-la, vai oficiar o festivo rito de ir se iluminando por fora. Diante do espelho, ela se moldará, tratará de tornar-se nítida e harmoniosa. Acabará se aceitando, gostando de si. Vai se amar. Mas também, então, durante esse agradável encontro com o mais plácido que há nela, saber que aquilo não é mais que um equilíbrio instável. Algo cujo suave fogo ela terá que manter zelosamente, como uma diligente vestal de si mesma. Algo que, ao menor descuido, pode acabar em cinzas.

Isso ainda não a preocupa. Jubilosa, com todas as células em tensão, entra na banheira. A água está morna e agradável. Ela se recosta, se expande, desfruta de si. A cerimônia começou.

Abriu a porta. O primeiro impacto de sua visão detectou um homem elegantíssimo e uma garota desleixada. E — talvez tenha sido só uma impressão? — houve entre Alfredo e ela uma brevíssima troca de olhares, um risinho subterrâneo não isento de melancolia. Como se acabassem de descobrir que eram de outro tempo, quem diria?, ela e ele de outro tempo, de quando as pessoas se preparavam ritualmente para a função. E por um segundo foi bonito e triste ao mesmo tempo, aquilo de se ver pelo retrovisor, como um romântico casal antigo, à custa da garota.

Depois a imobilidade das três figuras se rompeu. Apresentações, beijos, sorrisos. Slam. Já estavam os três dentro. Agora é que são elas.

— Que bonito é aqui.

Cecilia tinha entrado a passos largos, pisando forte com seus tênis, tinha parado no centro da casa e observava tudo. Seus olhos não são pequenos, pensou Irene, e um dia alguém até poderá chamá-los de inquietantes ou felinos: acontece que ela não os pinta. Cecilia observava tudo com aqueles olhos ladinamente felinos, como quem se apropria do exterior só de olhar. O mundo era seu.

Mas esta casa é minha, pensou Irene, e pôs um cinzeiro na mesinha de canto ao lado do sofá, onde Alfredo acabava de se sentar, todo orgulhoso. *Para ela é tudo uma mera sensação, uma pura irresponsabilidade. Não sabe o que é lidar com o mundo, o que é construir um lar. Ainda não conhece essa vertigem.*

Ajeitou as mesinhas laranja, trouxe copos. Falou por alguns segundos com Alfredo sobre o testamento de próprio punho de Ram. Algo surpreendente. "Mas não inesperado", disse Alfredo; "ao menos para mim." Irene foi até a copa e voltou com a garrafa de uísque e guardanapos de papel. Viu que Cecilia abria uma por uma suas caixinhas de madeira pintada sobre a estante de livros.

— Por que não se senta? — disse.

O tom não soou tão gentil quanto ela gostaria. De viés, olhou para Alfredo, mas não: ele não tinha percebido nada. Toda a sua atenção parecia dirigida para *A educação sentimental*, que estava desde a noite anterior na mesinha de canto do sofá.

— Não gosto de me sentar — disse Cecilia, como quem indica um traço excepcional de sua personalidade.

Por mim, você pode morrer, pensou Irene. Olhou para Alfredo com insistência. Nada. Ele não tirava os olhos do livro. Decidiu que iria dizer a ele, com toda a discrição, que parasse de ler. Mas não foi preciso: Cecilia fez isso. Aproximou-se e, em voz muito baixa, disse:

— Espero que não esteja pensando em começar a ler.

Irene semicerrou por um segundo os olhos. Alfredo ergueu o olhar com expressão angelical.

— Por que não? — disse com sua voz habitual. — Qual é o problema de eu começar a ler?

Cecilia deu um suspiro e foi em direção à escrivaninha de Irene. Pôs-se a observar com atenção o peixinho de corda pendurado em uma das prateleiras. Com cuidado, puxou a corda enquanto, disfarçadamente, olhava a página posicionada na Remington.

— Você vai acabar arrancando esse peixinho — disse Irene. *Como uma mulher adulta que se dirige a uma criança bobinha*, pensou. Não estaria usando o estilo errado, caindo no que mais detestava?

— Não — disse Cecilia, e continuou manipulando a corda com interesse. Parecia dar a entender que aquilo era a única coisa que a atraía nesse mundo de adultos que leem livros nos encontros sociais e arrumam mesinhas. Irene encolheu os ombros: melhor começar a trazer os canapés.

Estava tirando as travessas da geladeira quando ouviu o *Sonho de amor* tilintando daquele jeito bobinho das caixinhas de música.

— Ela avisou que você ia acabar arrancando esse peixinho — disse Alfredo; e Irene percebeu que, mais que uma repreensão a Cecilia, aquilo era uma zombaria dirigida a ela, ao tom estúpido dela.

— Não — voltou a dizer Cecilia.

— Ela não é muito suscetível a ser educada — disse Alfredo a Irene, que chegava com duas travessas de canapés.

Ele parece um pai orgulhoso, pensou Irene; *orgulhoso de como a menina é malcriada.* Fez um esforço mas não conseguiu evitar que a suposta ineducabilidade de Cecilia a fascinasse. Observou-a. Cecilia, já sem nenhum disfarce, olhava a página na Remington. *Eu não teria feito uma coisa assim.* Sentiu-se mais tranquila.

— Que barbaridade — disse para Alfredo. — Vê-se que a adolescência já não é como antes.

— Você é que acha — disse Alfredo.

Mas olhou para ela de tal modo que ela sentiu renascerem todos os seus faustos. Estufou, abriu sua grande cauda, sentiu-se desejável e teve a sensação de que não queria, por nada no mundo, trocar de lugar com aquela adolescente desajeitada que também já fora um dia.

— A senhora escreve?

O "senhora" a pegou. Feito um náufrago, buscou o olhar de Alfredo para que ele lhe restituísse sua qualidade de desmiolada incorrigível que corre pelas ruas e é tratada sem respeito pelas pessoas sérias. Mas ele estava outra vez mergulhado em *A educação sentimental.* Irene se viu aos trinta anos vista por ela mesma aos dezessete. Era adulta, sem salvação.

— Melhor falar "você", não acha? — disse.

— Eu? — Cecilia parecia espantada pela primeira vez. *Isto não tem mais conserto,* pensou Irene. — Bem, eu também escrevo — disse, e também olhou de viés para Alfredo, como se buscasse ajuda, mas ele continuava absorto em Flaubert. *Ele a deixou sozinha*, pensou.

— E o que você escreve? — perguntou, enquanto tentava calcular se Alfredo teria contado a Cecilia que o caderno de capa vermelha estava com ela.

— Escrevo — disse Cecilia. E ficou em silêncio, como se esperasse alguma coisa.

Então Irene pensou que sim, que ele tinha contado e que aquela adolescente de olhar ansioso esperava alguma coisa dela. *Ela sabe que tem treze anos menos que eu e que cabe a mim resolver esse silêncio.* Mas seria capaz de resolvê-lo? Entre as duas capas vermelhas havia um mundo clandestino e avassalador que lutava por ganhar forma, rajadas de luz, frentes de tormenta, fragmentos de uma vida emaranhada e poderosa que Irene, se tivesse se dado ao trabalho, teria podido ler também para além daqueles olhinhos sagazes e expectantes que continuavam a olhar para ela. Se animaria a dizer alguma coisa sobre tudo aquilo ou ia permitir que fosse Cecilia a preencher aquele vácuo incômodo? Um segundo mais e seria muito tarde.

— Alfredo não me disse que a senhora escrevia.

Pronto. Tinha cedido a vez a Cecilia e agora tinha que prestar contas. E que contas. *Alfredo não me disse que a senhora escrevia*. Quase nada. E o que ele tinha dito? Ela é minha irmã espiritual?, minha amiga de alma?, vai te dizer palavras inesquecíveis sobre o caderno de capa vermelha? Ou talvez: "Você não sabe como ela era parecida com você aos dezessete anos", e Cecilia, astuta e maliciosa, terá pensado que então. Shh. Que imagem bela e absoluta Alfredo teria inventado. Tão distante, ai, da mulher real que lera, cheia de hesitações e de espanto e até de indesejável amor, o caderno de capa vermelha e que agora não tem coragem de abrir a boca e que gostaria de jogar pela janela a garota enxerida. Cecilia a observa com atenção. Sem dúvida está tentando aplicar as palavras de Alfredo a essa mulher reservada e nada brilhante que tem diante de si. Uma mulher impecável de trinta anos que sorri para ela com certa condescendência.

— Não é que eu me dedique a escrever, exatamente — disse. — Sou uma espécie de matemática.

— Sim, isso sim ele me disse — Irene pensou no que aconteceria se ela de repente começasse a chorar. Cecilia ergueu a cabeça. — Eu odeio matemática — disse com suficiência, como quem declara uma qualidade pessoal.

Garota vulgar, pensou Irene.

— Ela gosta de se fazer de ignorante — disse Alfredo. — Não consigo fazê-la entender que matemática é mais que esses números para crianças da tabela de logaritmos. Ou que saber de cor a tabuada do sete. Você teria que explicar um pouco a ela, porque a mim ela não dá bola.

Irene pensou nos cristais, em sua fria e quase indestrutível beleza. Talvez Cecilia fosse capaz de entender algo assim. Quem sabe. Ela, pelo menos, não tinha o menor interesse em lhe explicar nada.

— Não sou ignorante — disse Cecilia, e balançou bruscamente a cabeça, e com isso os espessos cabelos dourados flamejaram feito uma onda.

Alfredo adora isto, os cabelos, e o gesto amuado da boca, e que ela seja um pouco ignorante, assim ele pode explicar a ela, também com certa brutalidade, a seu modo, tudo o que de estranho e belo e horroroso existe entre o céu e a terra e que a linda cabeça adolescente dela ainda não consegue conceber. Mas conceberia, ah, se conceberia, ainda muito mais do que Alfredo pode supor neste momento. De repente, se sentia serena e capaz de compreender tudo. Sorriu com cortesia.

— O que vai beber? — perguntou. — E, por favor, me chame de você.

Dessa vez tinha tomado todo o cuidado para que sua linguagem não fosse ambígua.

— O que tem? — indagou Cecilia.

É impertinente e adora ser. Sabe que a impertinência lhe cai bem.

— Tem uísque. Tem vinho branco, Coca-Cola...

— Tem leite?

Eu nunca teria pedido leite, pensou Irene. Pensou em seus uísques, em seus esforços para tragar a fumaça, em seu desejo de se corromper. Distintas formas de sedução. De seduzi-lo. Mas com leite?

— Tem leite — disse, bem dona de si.

Não tinha medo das adolescentes que tomavam leite, e talvez suas razões tivessem paralisado Aristóteles. *Eu era uma adolescente que nunca teria pedido leite. Eu sou temível. Uma adolescente que pede leite é inofensiva.* De forma velada, percebeu a falácia do seu raciocínio, mas ali não era uma questão de lógica. Era uma questão de se sentir bem.

E Irene agora se sentia bem. Era aquela mulher encantadora que planejara ser depois de preparar os canapés. Trouxe bandejas, serviu bebidas, dispôs porcelanas e cristais. Também procurou um copo bem alto e o encheu de leite até a borda. Tigelas. O leite espumoso se bebe em tigelas. Ela aos dez anos havia pensado isso, e ainda pensava toda vez que enchia um copo de leite. Uma tigela de leite espumoso de cabra que o avô rude servia para a menina orfãzinha. Estábulo feito de troncos e cheiro de feno recém-cortado. Um vislumbre de felicidade. Viu como Cecilia bebia meio copo num gole só e duvidou que pensasse em tigelas e feno. *Ela não é eu*. Bebeu um grande gole de uísque e pensou: como um homem pode gostar disso? Referia-se à adolescente, não ao uísque. Mas se enganava: sabia perfeitamente como.

— Incrível — disse Alfredo.

Irene e Cecilia olharam para ele.

— O final da segunda parte — e voltou a mergulhar na leitura.

Cecilia encolheu os ombros e voltou a se aproximar do peixinho. Com cuidado, esticou a corda. Soou o tilintar bobinho de *Sonho de amor*. *É encantadora para quem?*, se perguntou Irene, que ia e vinha, se deslocava entre a copa e a sala, trazia mais travessas, mais leite, mais bebidas. *E eu, para quem sou encantadora?* Viu que Alfredo mexia a cabeça como que aprovando o que estava lendo. Um gesto que não estava direcionado a quem o observasse. *Ele não precisa de nós duas*. "Nós duas", que horror. No entanto, nesse momento específico, não lhe provocava horror. Podia se ver, vê-los, com certa frieza. Inclusive Alfredo. Não precisava delas mesmo? Então por que a obstinação em reuni-las? Para poder sentar-se e ler, tranquilo, Flaubert. *Pode se esquecer de nós duas, pois nós duas não nos esquecemos dele.* E Cecilia? Irene podia observá-la, distraída, escutando a música do peixinho. *Está fazendo pose*, pensou. *Posa para que ele descubra essa solidão assim que erguer os olhos.* Aquela é ela ou sou eu? Irene estava reclinada na poltrona verde e bebia uísque. Sentia-se em paz. E no entanto, em algum momento, o equilíbrio aparente ia se dissolver. Algo ia entrar em ação e instalaria o caos. Agora mesmo, ao que parecia, estava acontecendo. Alfredo havia largado o livro na mesa; comeu um pedacinho de roquefort.

— Fazia anos que não o lia — disse. — Você está lendo outra vez?

Um giro inesperado. Agora Cecilia estava sozinha de verdade, com seu peixinho.

— Sim, estou fazendo anotações. É surpreendente.

Mas assim era muito fácil, desleal. Agora Irene podia falar-lhe de um episódio que a deixara maravilhada na segunda parte, ou de certos paralelismos que havia descoberto. E deixar Cecilia de fora, com seu peixinho. Mas não era isso o que queria. Ou não era esse o jeito como queria deixar Cecilia de fora. E qual era o jeito? Ela brincar com o peixinho? Fazer-se de ignorante? Já não há como voltar atrás, companheira. Não se morde em vão a maçã do. Por acaso não era isso o que quisera? Olhando para trás, não tinha desejado ser essa mulher imperturbável que observa de longe o peixinho? Bum! O peixinho! Tinha caído estrondosamente sobre a Remington. Sem dúvida a fedelha quer entrar em cena.

— Será que você não poderia ouvir o que nós estamos falando em vez de continuar com essa porcaria?

— Não sei do que vocês estão falando — disse Cecilia com irritante naturalidade.

Alfredo balançou o livro com certa violência.

— Disto — disse. — Você deveria lê-lo, assim talvez tivesse um monte de problemas a menos.

— Não sei o que é *isto* — e parodiou o gesto furioso dele de balançar o livro.

Não gosto dessas intimidades na minha casa, pensou Irene com altivez.

— Nem mais nem menos que *A educação sentimental*. Você deve ter ouvido falar de *A educação sentimental*.

— Ouvi, obrigada — disse Cecilia com um tom tão depreciativo e cortante que Irene se assustou. — E não sei se me faz tanta falta.

— Bem — disse Alfredo —, isso sim não sabíamos.

— Tem muita coisa que você não sabe.

Havia algo fora do lugar, algo muito colérico ou carregado de ódio. Irene sentiu um vago temor. Como se certos valores estivessem prestes a desmoronar?

— É provável, sim — replicou Alfredo com um tom neutro no qual espreitava o perigo.

— Não — disse Cecilia, e sem dúvida percebera o tom, porque agora parecia assustada—, você não se dá conta. Eu não posso saber tudo de repente — e por um segundo pareceu que ia começar a chorar. Mas balançou os cabelos e foi como um ato mágico, como se por causa daquela dourada massa que se movimentava ela tivesse o dom de se transformar numa jovem serpente. — E não gosto de falar dessas coisas na frente de estranhos.

Irene sentiu a mordida. *A serpente que dá nome aos demônios*, lembrou-se. *Cecilia*. E Irene, a sacerdotisa e a paz. Nem pensar.

— Dessas coisas? — disse Alfredo, como se fosse pular em cima dela. Mas Irene percebeu que ele estava desconcertado. Também percebeu uma negligência; não tinha registrado a palavra "estranhos".

— Dessas coisas, sim. Você não percebe que vai rápido demais. No outro dia era com as musiquinhas, sei lá eu, como se isso fosse importantíssimo. Como se eu não tivesse o direito de cantar o que os outros cantam — Irene pressentiu um pequeno mundo já com suas leis próprias, seus subentendidos e suas infelicidades; quase ficou comovida com o esforço inútil daquela adolescente que, em algum lugar, ainda lutava para se convencer de que tinha vontade de cantar o que os outros cantavam. Mas não. Cecilia levantou a cabeça com altivez e apontou para o livro que, de novo, estava na mesinha de canto do sofá. — E você acha que com coisas como essa, sim, você vai mudar o mundo?

Irene sentiu algo parecido com tristeza, embora não soubesse muito bem por quê.

— Acho que eu nunca disse que *vou* mudar o mundo — respondeu Alfredo com voz sombria. — Mas sim. Caso você não tenha entendido nada do que eu te falei em todo esse tempo, acho que sim, que minha ideia de uma vida digna inclui também livros como esse.

— Teríamos começado por aí! — exclamou Cecilia, e Irene olhou para ela com certa admiração. — No outro dia, pelo menos, você me dizia que eu precisava ler, não sei, aquele Ram, mas não essas... — deteve-se, como se buscasse a palavra precisa. — Essas imundícies — disse como uma explosão.

Foi tão descomedido, tão ofensivo para o homem que agora estava prestes a falar, que Irene, de repente, entendeu.

Às vezes acontecia com ela. Compreender uma cena, ou melhor, o que havia por trás de uma cena, com tanta precisão que era como se estivesse lendo em um livro. E o que havia por trás desta era quase uma heresia. Uma comédia de erros das mais vulgares. Algo bastante cômico, não fosse, ao mesmo tempo, ligeiramente asqueroso.

— Por favor, Alfredo — disse. — Por favor, Alfredo, cale-se um pouco — teve que repetir para que ele por fim a escutasse através de suas próprias palavras. — Acho que está havendo uma espécie de confusão em tudo isso. Cecilia acha... — interrompeu o que falava; como dizer aquilo sem que a serpente ritualística, a santa da música, a abelhuda de cabelos flamejantes se sentisse humilhada? Não havia jeito. Com firmeza, encarou Cecilia: — *A educação sentimental* é um livro de Flaubert. Um romance — o tom, claro, tinha saído didático. Dane-se. Quem mandou corrigir a confusão? Voltou a se dirigir a Alfredo: o olhar de Cecilia não a incentivava a continuar falando com ela. — Acho que Cecilia pensava que. Acho que, por alguma distração, Cecilia justapôs a palavra "sexual" à palavra "sentimental".

Sentiu o olhar de ódio de Cecilia. Alfredo, ao contrário, parecia maravilhado. Por qual das duas? Ele deu um tapa na própria testa.

— Não! — disse. — Não vá me dizer que esse tempo todo você estava achando que eu recomendava que você lesse um livro sobre educação sexual — riu. — Percebe-se que você acha que tenho pouca fé em mim. — O mundo voltava a entrar nos eixos.

Cecilia estava acesa e desconcertada. Irene desviou os olhos: não aceitou que a imagem a cativasse.

— Acontece que não sei no que eu estava pensando — disse Cecilia.

— Acho que não era no rouxinol de Keats — disse Alfredo.

Então Cecilia riu com um riso que Irene conhecia muito bem, conhecia de dentro, desde a má-fé de seus dezessete anos, da impunidade que revelava que ainda se podem cometer erros, de todo modo o professor adulto vai apontá-los para nós, e nos absolverá, e até pensará, momentaneamente, que a vida vale a pena ser vivida. Curioso. Como se Irene pudesse ser ao mesmo tempo a garota desconcertada que ria e o homem que, ao ver esse riso, descobria outra vez um motivo para existir. *E eu?* A pergunta foi como um golpe. O que estava acontecendo com ela ao olhar aquela cena? E, sobretudo, por que a estava olhando? Deu meia-volta e foi preparar o café.

— Posso pensar no rouxinol de Keats e em *outras coisas* ao mesmo tempo — escutou Cecilia dizer, certamente achando-se incrível.

Mentira, pensou Irene. *Não pode. Ninguém pode pensar no rouxinol e ser o rouxinol. Não por muito tempo.* E quase teve dó da garota arrogante que ainda não sabia que já estava caindo no poço sem fundo de suas próprias palavras. E que ignorava que um dia já não lhe restaria outra possibilidade; que o desafio de agora seria sua única maneira de viver.

Quando voltou com o café, viu, entre as almofadas e as plantas e os livros de sua casa, um quadro que prescindia dela totalmente. Alfredo falava apaixonadamente, e Cecilia, sentada no chão, estava em posição de escuta. O erro cometido com a palavra "sexual" flutuava sobre eles como uma agradável ameaça.

— Café! — disse Alfredo. — Você me salvou. Fico entediado ao me escutar. Você acha justo que eu passe a vida toda falando sempre das mesmas coisas?

Estou pouco me fodendo. Apoiou a bandeja no chão, teria que encontrar algo brilhantíssimo para responder a Alfredo, já que aquilo era um fio. A pergunta de Alfredo: um recatado fio estendido na direção de sua inteligência, um modo de estancar a ferida que, sem dúvida — ele pensaria —, aquela cena íntima estava causando nela. Ele a conhecia, ah, se a conhecia, podia prever como ninguém suas dissimulações, mas também sabia como ninguém a intensidade de sua força, de sua capacidade de armar tempestades e sair toda garbosa de certos humanos pesares. Ele ia ajudá-la, já estava ajudando, estava estendendo sobre ela a bolha salvadora, soltara uma pergunta aparentemente casual, mas cuja intenção — Irene também conhecia Alfredo — era provocar nela uma resposta brilhante e sem dúvida incisiva. Ele se alegraria. Era como se dissesse: esta é Irene, e manteria com ela um diálogo pungente sobre si mesmo, que outra vez deixaria de fora, cheia de fúria e rebeldia, a adolescente de cabelos dourados. Não tinha importância: ele também daria um jeito nessa outra raiva. Não era nisso que consistia sua verdadeira arte?

— Não sei — disse Irene com indiferença. — Não sei se você consegue — e voltou para a cozinha com uma pequena pilha de pratos.

Foi estranho. Algo tinha ficado fora do eixo pela segunda vez naquela noite.

— A Irene está de mau humor — ouviu.

A voz de Cecilia dizendo seu nome com tanta naturalidade a espantou. Era como se, para ela, a ausência transformasse Irene em alguém conhecido e até confiável: um habitual e pacífico tema de conversa?

— Com Irene nunca se sabe — disse Alfredo. — Há mais coisas naquela cabeça do que cabe na minha pobre imaginação.

A frase tinha a função de normalizar perante Cecilia aquele pequeno desacerto. Mas sobretudo se destinava a ela. Certo matiz afetivo na voz, a alusão a um mundo familiar e privado estavam destinados a que ela estufasse outra vez as plumas sob asas enormes e acolhedoras.

— Mas será que não é melhor irmos embora? — sussurrou Cecilia com certa timidez. E com certa esperança?

— Sim. É melhor vocês irem — Irene tinha se virado tão bruscamente que até ela mesma se surpreendeu. Sentiu o olhar de Alfredo, mas fez que não viu. — Estou mesmo muito cansada. Hoje tive um dia de cão.

Cecilia se levantou e tentou atrair a atenção de Alfredo. *Viu?*, era o que seu olhar queria dizer. Mas ele tinha os olhos fixos em Irene.

— Lembre-se de que está com o caderno de Cecilia — disse.

Aí estava outra vez. A deixa de que Irene precisava para se recuperar. Alfredo ainda acreditava nela, ou por acaso ela não partira a maçã em duas, não carregara a Remington sozinha? Isso era tão fácil. Irene podia dizer, a respeito do caderno e de sua fervorosa desolação, algo brilhante e, em certo sentido, verdadeiro. Podia demonstrar a Cecilia quem era ela. Encolheu os ombros.

— Devolvo agora mesmo — disse. — Um momento, vou pegar.

Surgiu no ar algo como uma ameaça. Ou algo que Irene sentiu como uma ameaça. Ou como uma esperança. Alfredo estava para fazer alguma coisa que poria tudo no lugar. Ia modificar do jeito dele aquele final inesperado.

Mas não. Ele deu ao inesperado outra reviravolta, porque não fez nada. Simplesmente aguardou em silêncio que ela buscasse o caderno e observou em silêncio como, sem um só comentário, o devolvia a Cecilia.

A despedida foi a mais frívola que se podia esperar da situação. No fim das contas não era para tanto. Um momento de desconforto que não tinha por que deixar rastros.

— E se a gente a enganar?

Enganá-la? Teve um sobressalto. Quem iriam enganar?

— Como assim, enganar? — perguntou com astúcia.

Calequita, laboriosa e infantil, abriu sua irreparável boca e assim Irene soube que estavam na Caixa, âmbito bem regulado e sem dúvida impenetrável às emanações do ocorrido na noite anterior na travessa Del Signo. Um episódio infeliz que Irene se esforçava em vão para corrigir, como se seu pensamento fosse capaz de mudar o curso do já acontecido, embora nem sequer soubesse em que direção gostaria de mudá-lo. Esse era o outro problema.

— Fazemos ela acreditar que está em dezembro, percebe? — explicou Calequita com sua voz estridente. — E aí ela dá a todos os viúvos o aumento de vinte por cento. Depois dizemos que está em maio de 1970 e aí ela corta seis por cento de todos os viúvos com mais de oitenta anos.

Naquele ano a lei vinha com tudo. Irene sorriu para si mesma com certa melancolia. Agora já não sentia nem um estremecimento sequer ao ouvir como Calequita chamava ternamente de *Ela* o monstro refrigerado que nunca se equivocava. Estava certo, isso? Ter se acostumado também a essas práticas melosas, estava certo? Alguma resposta tentava abrir passagem em meio à névoa, quando descobriu um humano com toda a aparência de viúvo idoso de oitenta anos. Avançava trêmulo para a mesa que ela dividia com Calequita.

— Então são vocês — gritou. Deu umas batidinhas no chão com sua bengala, mas teve que interromper a ação por causa de um ataque de tosse.

— Então você põe a carne bem esticadinha em uma assadeira, cobre com leite, põe no forno bem quente, e pronto — escutou, como em um sonho, às suas costas. *O que estou fazendo aqui?*

— Quer falar com quem, vovô? — perguntou Calequita, que era diligente e educada.

— Com os sem-vergonha que tiraram a metade da minha aposentadoria. Me disseram que são vocês — e apontou para as duas com um dedo extraordinariamente longo e magro.

— Mas aqui é um Centro de Apoio, vovô — disse Calequita.

— Apoio uma ova! — disse o velho.

— Que boquinha — disse o sr. Vitacca, que se aproximava com seu inconfundível ar de canguru.

— Não, se for por isso, não se preocupe. No fim a carne absorve todo o leite e fica tão crocantezinho que dá gosto — disse, às suas costas, a amiga invisível.

O que estou fazendo aqui?, voltou a pensar Irene, e foi como despertar num país estranho ou numa masmorra que por descuido mantinha aberta uma passagem ou uma janelinha, de modo que pegou a bolsa, disse tchau Calequita, perdão, senhor, e depois de dar um nada nietzschiano pisão no velho e passar feito um raio na frente de um sr. Vitacca pasmo, e sem inventar nenhum pretexto, sem ter instruído ninguém a passar seu cartão no relógio de ponto, sem inventar um súbito problema de saúde, um incontrolável ataque de loucura, nada, saiu do enorme e cinzento escritório de Sistemas, desceu com tudo os dois andares e, de repente, viu-se caminhando pela rua Florida em direção à praça San

Martín, fazendo uso, como tantas vezes, de uma precária liberdade sem sentido.

Olhou para o relógio: cinco e quinze. O que queria fazer? Pensou que a única coisa que de fato queria fazer era ir até a casa de Alfredo e consertar tudo aquilo. Não podia mais conviver com sua imbecilidade da noite anterior. Procurou inutilmente um telefone que funcionasse. Nada. Já estava quase na praça San Martín. Checou a carteira: tinha o suficiente. Gastaria seus últimos pesos em um táxi e chegaria em vinte minutos. Mas o que podia acontecer se aparecesse na casa de Alfredo sem avisar? Algo que lhe torcia o estômago: daria de cara com Cecilia. Com certeza. Não. Não era factível o bastante que estivesse na faculdade àquela hora? Sem dúvida ela podia ter escolhido os horários da tarde, e nesse caso. Altamente provável, quando se tem uma relação clandestina e noturna com um professor maduro. Mas também podia acontecer que na noite anterior, depois de saírem da casa dela, tivesse havido uma cena, e nesse caso era provável que.

— Menina, aonde vai com tanta pressa?

Outra vez? Mas agora não estava correndo. Caminhava bem rápido para a avenida Libertador sem dar uma olhadinha sequer para as belas árvores da praça San Martín, que haviam ficado para trás, expandindo sua impávida alegria sob o sol da tarde. Uma cena? Por que lhe passara pela cabeça que houvera uma cena?

Porque era muito possível que Cecilia tivesse interpretado com desconfiança o repentino mau humor de Irene e então que explicação ele podia ter dado a ela? Ou ela já desconfiava desde antes? *Ou tinha alguma informação.* Isso a deixou paralisada. Porque se Alfredo se dera ao trabalho de lhe falar, ainda antes de irem à casa dela, de sua relação com Irene, e caso Cecilia tivesse suportado o fato e aceitado fazer a visita, nesse caso era um problema. Mas será que isso era provável? Sem dúvida que não. Depois, porém, ao observar o mal-estar de Irene (nada a ver com a mulher serena e inteligente que ele sem dúvida dissera que ela era), suspeitou de alguma coisa?, comprovou alguma suspeita? Nesse caso era um problema. Certamente haviam tido uma discussão violenta ao sair de sua casa. Cecilia se ofende e vai embora. Mas depois volta. Elas sempre voltam. E então continuam discutindo e depois se reconciliam e. Ela ainda está lá. Faltou na faculdade, natural, com esse drama todo, e ainda está lá. Mas também podia ser que não tivesse acontecido nenhum drama. O que Alfredo realmente tinha lhe dito sobre Irene? Aí estava a chave dessa relação. Que era uma velha amiga? Aquela que tudo compreendia? *Aquela que secretamente está apaixonada por ele,* pensa então a vadia e, sem perguntar nada, tudo se explica. O mau humor, a agressividade, tudo. E então não há cena. Seguem tranquilamente para a casa de Alfredo e fornicam como porcos. E Cecilia vai embora? De manhã cedo? Ou ainda está lá? Não. Alfredo sem dúvida devia se irritar por tê-la o tempo todo ao lado, mas talvez Cecilia fosse das que não incomodavam ou. Talvez tivesse ido embora cedo, pois tinha mãe a quem dar explicações, mas depois voltava, antes da faculdade, porque na verdade não ia à faculdade à tarde, e sim. Então ainda estava lá? E para Alfredo era tão natural, isso de que ela fosse embora e voltasse e? Não! Algo parecido com um ataque de repulsa a fez cambalear. Aquilo era ela? Aquilo que se enfiava com ferocidade na cabeça dos outros dois, aquilo, que podia ser os outros dois, o que era um bom jeito de não ser ninguém? Sentiu a possibilidade com pavor e olhou para baixo. Pois, por algum mecanismo perverso que às vezes regia seus atos, ela agora estava acima. O que não deve ser supervalorizado, escreveria, já que meu cume consistia na simples ladeira da praça Francia, lugar que já vira repetidas vezes a de franjinha, arrastada por Guirnalda, que sonhava para Irene vá saber qual destino grandioso que havia ansiado para si mesma — e que lhe tinham usurpado — em seus tempos de jogar o aro e contar cobres miseráveis, motivo pelo qual agora engomava os aventais da de franjinha e a abandonava sem piedade nas veredas arenosas da praça Francia, satisfeita com a figura graciosa que fazia sua menina, mas ignorante do terror com que a pequena deslocada observava as outras crianças que falavam com naturalidade dos cavalos de suas fazendas e eram vigiadas sem interesse por uma governanta estrangeira. *Quero ter uma governanta*, pedia a de franjinha. Alguém que não estivesse na expectativa, na desesperada expectativa de que ela fosse feliz, alguém que não estivesse a contemplá-la, como se contempla o próprio fracasso, passeando sozinha pelas veredas de areia, subindo sozinha para o alto deste barranco; por que não vai brincar com as outras crianças? *Eu brinco*, pensa, *brinco com a cabeça*, e do alto observa o mundo e planeja um destino de felicidade, destino que, agora que voltou e comprovou que a inclinação é muito menos pronunciada mas ainda assim uma inclinação, está em condições de verificar que nunca realizou. Porque do alto do barranco, vinte anos depois, continua pensando em outra, uma outra que se aproxima de um mundo cheio de itinerários e lhe rouba sua própria possibilidade de ser feliz. *Mas então, quem sou eu?* E a pergunta lhe causa terror. Porque a rigor ainda continua a ser o que foi vinte anos atrás, essa pelanca pensante deixada no mundo com infinitas possibilidades, mas sem um destino. Ou por acaso é um destino, isso de resolver enigmas e acessar mentalmente a vida dos outros e rir das aventuras amorosas do único ser que talvez tenha amado na vida? Isto é ela? Quem ela é? E um vazio sem fundo se abriu diante de Irene.

A mulher que o homem de olhos azuis e aspecto cansado viu na porta de seu apartamento deve ter lhe parecido tão decidida a fazer alguma coisa que ele apenas ergueu as sobrancelhas e, sem dizer uma palavra, a fez entrar.

Ela jogou a bolsa sobre a poltrona e, sem se sentar, disse:

— Não se incomode em me dizer como me comportei ontem à noite.

— Não era a minha intenção — ele replicou. Sem dúvida percebeu a rápida olhada que ela havia lançado para a porta do quarto, pois acrescentou: — Estou tão sozinho quanto pareço estar.

Irene encolheu os ombros.

— Para mim, tanto faz — disse.

— Percebe-se.

— Se você está se referindo ao que aconteceu ontem à noite...

— Espero não te decepcionar — disse ele —, mas o que aconteceu ontem não me interessa nem um pouco.

— Não acredito em você — disse com tanta agressividade que ele a olhou surpreso; ela fez um esforço para se manter serena. — No fim das contas, foi você quem insistiu que eu tinha que conhecer Cecilia e essa coisa toda.

— Bom, já conheceu — disse ele com calma.

— Não em meu melhor momento — respondeu Irene.

— Pode ser — disse ele —, mas, por outro lado, a questão era que ela conhecesse você ou que você a conhecesse?

— Que ela me conhecesse!

Disse isso com tanta naturalidade e com tanta ênfase que ele não conseguiu evitar uma gargalhada.

— É assim que eu gosto — disse ele, e se sentou. O gelo tinha sido quebrado: ela também se sentou. — E o que você achou?

— Espere, vamos por partes — disse Irene, de repente se sentia de bom humor. — O que ela achou de mim? É preciso respeitar as hierarquias.

— Natural.

— Ela me achou natural?

— Isso não sei. Disse que você é orgulhosa e fria.

— Que bom. E por acaso não comentou se você alguma vez se deu conta de que estou perdidamente apaixonada por você e que por isso devo ter me comportado como me comportei, e essa coisa toda?

— Se pensou, não disse nada.

— Ela é tímida?

— É inteligente.

— Uh, essas são as piores.

— Nem me fale. Essas chegam e vão ficando.

Ela sentiu uma coisa semelhante a tristeza.

— Não sei — disse em voz muito baixa. — De repente resolvem ir embora e vão.

Ele olhou para ela como se a visse pela primeira vez naquela tarde.

— Opa, você está triste de verdade.

Ela encolheu os ombros.

— *Pero siempre estoy triste* — recitou; balançou a cabeça com energia. — Não, bobagem. Às vezes sinto tanta alegria que é, sei lá, como se me machucasse.

— Ontem à noite, sim, no começo. Você estava radiante — fez uma pausa. — Estava muito linda ontem à noite.

Irene sorriu. Sentiu que outra vez estava resplandecendo.

— Pura concentração — disse — e um pouco de rímel. Você se lembra? — lá estava, em sua memória, a pequena cena como um cristal diminuto. — Não, você não se lembra, mas para mim foi muito importante. Uma vez, quando eu tinha dezessete anos. Estava sentada na beira da sua cama e você olhou para mim. Como se pudesse me ver por dentro. Sei lá. E de repente me disse: "Quando você tiver quarenta anos as pessoas vão dizer: que linda essa mulher deve ter sido quando era adolescente". Não, com certeza você não se lembra disso, vá saber por que inventou de dizer isso. Mas para mim foi como uma ordem. Como se eu tivesse descoberto, como se você me tivesse feito descobrir que podia inventar para mim no futuro uma beleza no passado, algo assim. Parece complicado, mas foi lindo — agitou as mãos frivolamente e afugentou de si mesma toda gravidade. — E talvez tenha sido simples assim.

Alfredo ficou observando Irene como se, com os vestígios que restavam naquele rosto, tentasse reconstruir a menina sentada aos pés da cama bebendo as palavras dele como se cada uma delas tivesse a virtude de atá-la a um destino. Com voz pausada, disse:

— Quero que você saiba uma coisa — e então, sim, a olhou, tal como ela era naquele entardecer de outubro, uma mulher que talvez tivesse nos olhos uma ansiedade semelhante à da outra, a ansiedade de quem ainda espera uma revelação. — Quero que saiba que você é a mulher que mais amei na minha vida.

Houve uma brecha, algo cuja carga de emoção ameaçava com um transbordamento perigoso.

Então o telefone tocou.

Ele deu início ao movimento de ir atender e o interrompeu. Irene percebeu os dois gestos no momento em que ela mesma se levantava para ir até o telefone.

Deteve-se. Soube, um instante antes do que ia acontecer, que algo que brilhara com luz própria seria destruído sem dó.

— Natural — disse, com toda a sanha de que era capaz. — Imagine se você ia permitir que alguma coisa estragasse o *efeito* de uma frase dessas.

Ele falou lentamente.

— Você sabe que eu cuido de todos os detalhes — disse.

— Claro que você cuida de todos os detalhes! Depois de uma declaração dessas, como ia correr o risco de me decepcionar se fazendo de babão com essa mosquinha-morta?

Essa não sou eu, pensou com horror. Ela amava aquele homem. Podia sentir no próprio corpo a afronta, a estocada daquela iniquidade atravessando-o de surpresa. Ele disse secamente:

— Lamento dar essa impressão.

— Não! — disse ela, desesperada. — Você sabe que não era isso o que eu queria dizer. Você sabe.

— Cala a boca. Faça um favor a você mesma, em respeito a você mesma, não troque os pés pelas mãos pelo menos uma vez na vida. E é provável que, sim, é muito provável que você me veja realmente como um babão quarentão que anda correndo atrás de colegiais. Você tem um olhar muito perspicaz, Irene. Está aí, do lado de fora, muito atenta, vendo como os outros babam e se tornam ridículos. E no fim tudo bem; é a sua vida, afinal de contas. Mas o que eu não vou permitir, nem a você nem a ninguém, é que diga uma só palavra insultante sobre uma adolescente que não conhece porque você não se deu ao trabalho, não perdeu um minuto sequer do seu precioso tempo para conhecer.

— Ô se conheço — disse Irene. — Conheço desde antes de conhecer. Desde que você me contou como ela ficava atrás de todo mundo, te esperando. Ela não é tão inocente quanto você pensa. Nem tão perfeita. Desde o primeiro dia, desde que teve aquele gesto tão sublime que você acreditou descobrir, desde aquele dia ela não faz outra coisa senão mentir para te deixar encantado. Para te caçar. Claro que agora você pode contar tudo a ela, até o que existe entre a gente você pode contar, para que ela aprenda a que extremos uma mulher *admirável* pode chegar. E ela vai fingir que não se escandaliza e até vai se prometer, internamente, que algum dia vai chegar a isso, mais longe que isso, já que ela nunca vai ser, ô, se a conheço, ela nunca vai ser a hipócrita que por fim demonstrou ser aquela de quem tanto lhe falaram. Claro que vai prometer isso. Aos dezessete anos você sempre tem a vida toda pela frente e nada dói de verdade. Aos dezessete anos você pode se prometer todas as façanhas.

— Você está se pondo abaixo de você mesma, Irene.

— Como você sabe? E se esta fosse a verdadeira Irene? E se há treze anos eu estivesse tentando me pôr acima de mim mesma, treze anos tentando fingir que estou à altura do que você considera ser a minha altura? Quer saber de uma coisa? Você nem sequer tem ideia de quem eu sou. Você acha, por exemplo, que eu me divirto feito louca vendo como você se excita com outra mulher, afinal, eu sou puro cérebro, e aí...

— Eu sei muito bem que você não é puro cérebro — ele disse, cortante.

— Não, não sabe. Você conhece, sim, como o meu corpo se comporta quando. Isso não importa — disse bruscamente. — Mas nem sequer imagina o que se passa nas minhas entranhas cada vez que eu sei que está com outra mulher. E sabe por que você não imagina? Por puro comodismo. Porque então, já que a natureza te dotou de tudo em excesso, te digo que não só você tem um excesso de falta de escrúpulos como também tem um excesso de consciência, então você não conseguiria mais aguentar o que acontece dentro de mim toda vez que você dorme com outra, pois aí você teria que renunciar à sua companheirinha de jogos. E ficaria sozinho.

— Não é que eu queira me fazer de patético — disse ele, com feroz ironia —, mas tenho a impressão de que sempre estive sozinho.

— Mentira. Você não suportaria ficar sem um interlocutor. Ninguém suporta.

Ele olhou para ela como se a perfurasse.

— E você tem tanta certeza assim — disse — de que eu alguma vez tive um interlocutor?

Irene pressentiu pela primeira vez, como se olha para o fundo de um precipício, o verdadeiro sentido da palavra *solidão.*

— Eu — disse com desespero, e bateu no peito. — Eu fui seu interlocutor. Eu quis ser. Me violentei para te escutar, para que você não se sentisse sozinho. Tentei me fazer de forte. Porque é isso, entende, a gente não pode se permitir ser frágil ao seu lado, sob o risco de se perder. Por isso agora você está me substituindo por uma adolescente de dezessete anos. Porque nessa idade ainda é fácil não se enganar. Ainda é fácil ser invulnerável.

— Não sei se é fácil — disse ele; parecia muito cansado agora —, mas continuo acreditando que sim, que assim se vive. Aos dezessete anos, e aos trinta, e aos cinquenta mil. E se não se tem coragem de viver como se quer, como se quer de verdade, do fundo das suas entranhas, então silêncio, nada de palavras altissonantes, melhor regar as plantas da varanda.

— E nunca passou pela sua cabeça que talvez seja você o que está me impedindo de viver?

— Não — disse ele, sem afetação. — E você sabe muito bem disso, Irene. Ninguém pode impedir o outro de fazer o que realmente quer.

Irene sentiu que a qualquer momento ia começar a chorar. Não deveria.

— É tão difícil — disse. — Você não me entende. É como se você tivesse me apresentado, não sei, todos os cumes, tudo o que um ser humano pode alcançar. E depois não me deixasse, sei lá... voar. Porque, se eu voar, te perco.

Ele parecia estar fazendo um grande esforço para compreender algo. Olhou-a.

— Irene — disse —, o que você quer de mim?

Não sei, pensou. Olhou-o com raiva.

— Que pelo menos você tenha a coragem de me deixar — disse, como uma explosão.

Ele ergueu as sobrancelhas.

— Não sou eu que quero te deixar — disse.

A frase estalou na cabeça de Irene. Sentiu que algo se quebrava. Algo que ela, agora, sentia o irreprimível impulso de reparar.

(Porque há noites em que ela quer se esquecer das outras. Noites em que não quer saber nada da mulher de Ram nem de todas as outras que cruzam a vida de Alfredo e sobre quem ele agora costuma falar em detalhes, como se a existência das coisas só se completasse quando as compartilha com ela. E Irene gosta do jogo. Mas numa noite como esta, não. "Noite privilegiada", acaba de denominá-la. Vêm caminhando do Centro e

Irene cantou para ele uma por uma as canções de Guirnalda; ele contribuiu com duas ou três de sua própria coleção e riram feito loucos das letras absurdas que alguma vez fizeram Irene chorar. E o deixaram melancólico. Vêm caminhando pela Bartolomé Mitre e já estão à altura da ponte de sua infância.

— Esta é uma noite privilegiada — acaba de dizer Irene.

— Privilegiada como? — pergunta Alfredo.

— Claro como um cristal — diz Irene, que já lhe falou dos cristais, da lenta e laboriosa construção dos cristais, e dos ameaçadores planos de clivagem. — Como se nós dois estivéssemos sozinhos no mundo.

— Péssimo — diz ele, divertido. — Sempre a mesma coisa. Sempre se acaba falando de nós-dois-sozinhos-no-mundo.

Vocês, as mulheres. Ele não disse isso assim, mas de qualquer maneira a frase ressoa perversamente na cabeça de Irene. Vocês, mulheres, sim, dizem as mesmas palavras, têm os mesmos sonhos, imaginam o mesmo cantinho aprazível no qual a angústia não virá pousar como um pássaro feroz. Bah. Com violência, tira a mão de Alfredo de seu ombro.

— Eu não sou *as outras* — diz, mordendo as palavras. — Quer saber de uma coisa? Nem sei como você disse uma bobagem dessas. Em geral, acho as pessoas que dizem coisas como "nós dois", enfim, essa baboseira toda, totalmente ridículas. Ou inconcebíveis, afff. Eu, pelo menos, só imagino a mim. Sozinha.

Mentiras!, brame seu coração. *Isso que riu na noite alta, isso que cantou sob as estrelas até apagar a solidão do mundo, isso somos nós dois.*

— Parece que decidimos vomitar nossa alma negra — comenta Alfredo.

Irene encolhe os ombros.

— Sou assim — diz —, não posso evitar — olha-o de soslaio e lança um sorriso sem alegria. — Na verdade, as outras também são assim. Só que não sabem. Ou fingem ser outra coisa.

— Assim, como? — pergunta Alfredo, e Irene pressente, no tom dele, que a alegria da noite escorreu por alguma fenda.

— Mentirosas — diz. — Falam do amoooor, dizem que querem comer a lua, e das noites privilegiadas. Mas a única coisa que pretendem é ganhar você a qualquer preço.

— E você nunca pensou que talvez elas digam isso para valer, que as pessoas costumam ter sentimentos verdadeiros?

— Não.

Alfredo estaca de repente e a obriga a olhar para ele.

— Você é má, sabia?

— Sim.

— Mas não é para você se sentir orgulhosa — apertou os olhos; fala quase com agressividade. — Você ama alguém?

O momento privilegiado se foi sem deixar rastros. Irene está sozinha no meio da noite, horrorizada consigo mesma.

— Não sei — diz. — Antes, talvez, mas também não. Talvez tenha achado que amava. Alguma amiga, meu pai — pressente que isso não é tudo o que quer dizer, mas também sabe que é incapaz de ir mais longe. Encolhe os ombros. — Gosto de algumas pessoas mais do que de outras. Isso é tudo.

A expressão de Alfredo a assusta. Pressente, tardiamente, que aquilo já não é brincar de ser perversa para encantá-lo. Há algo real naquela expressão, algo ferozmente real, cujo manejo desconhece.

— E sobre mim, o que você pensa? — pergunta ele em voz muito baixa, quase sem mover os lábios.

— Que você é maravilhoso!

É algo inesperado. A pequena Irene brincalhona emergiu feito um milagre. Justo a tempo de recuperar a alegria da noite.

O riso dele a congela. É um riso desagradável, que a deixa sozinha.

— E isso — diz — também é uma frase? Para eu gostar?

— Não seja idiota. Agora vai pensar que eu minto toda vez que abro a boca.

— Por que não? Você mesma acaba de dizer. Não ama ninguém, e daí?

— Eu não falava de nós — explica Irene com suavidade.

— "Nós", bom. Isso, sim, me comove.

— Não é para te comover — pensa que teria que dizer outra coisa, que teria que falar e falar até o peito ficar vazio. — Aonde vamos? — pergunta com horror, pois não viraram na direção da avenida Rivadavia, na direção do ponto de ônibus que os levará para a casa de Alfredo. Viraram para a Díaz Vélez.

— Para a sua casa. Vou te levar para a sua casa.

— Não, não quero. Não era isso o que. Você não pode ir embora agora. Tenho que te explicar.

— Nada de me explicar, senhora. Já está muito tarde, quase três da manhã. Hora de uma menina de dezoito anos estar na sua cama.

Caminham pela rua Bulnes em silêncio. Alguns passos mais e tudo se acabará. Irene sente medo. Detém-se de repente a poucos metros de sua casa.

— Não quero — diz —, você não percebeu? Não quero ficar sozinha.

— Nada disso — insiste ele, com um cinismo que Irene conhece, mas que nunca antes foi dirigido a ela. — Isso vai te fazer bem. Os frios, os que não sabem amar, se ajeitam melhor sozinhos — leva a mão ao peito e faz uma leve reverência teatral. — Às vezes custa um pouco. Mas a pessoa se acostuma. Durma bem — e inicia o gesto de partida.

Irene estendeu bruscamente o braço para segurá-lo pela manga, mas antes que a mão chegue a seu destino, com a mesma rispidez, a retira. Alfredo acompanhou o movimento como quem faz uma comprovação científica. Sorri de leve e começa a se afastar.

— Não vá embora agora. Você não percebe? Estou com medo.

Ele para e olha para ela. Secamente, pergunta:

— De quê?

— De que você não tenha entendido. De que fique pensando de verdade que eu minto. De que não saiba.

— Fique quieta — ele diz. — Penso mesmo. Você queria saber, não? Bem, aí está. E agora vou embora.

— Mas por quê? — pergunta Irene. E agora sim está realmente desesperada.

— Porque estou farto disso tudo. Farto da sua perversidade de fachada. Cala a boca. Digamos que seja verdade. Ou que você tenha muita vontade de que seja verdade. Muito bem, então aguenta. So-zi-nha. Para dentro, vamos, e trate de pensar a fundo. Em você, mas bem a fundo. Sabe de uma coisa, como última lição de casa? Você não precisa de mim. Você pode se ajeitar muito bem sem mim.

Diz isso e vai embora.

Irene fica sozinha na porta de casa, sabendo com terror que terminou, estupidamente, e que ela não vai ter forças para suportar aquilo. E talvez aí resida minha única possibilidade de salvação, escreveria. No fato de que às vezes sei, com todo o corpo, quando chego a um limite, adiante do qual não vou ser capaz de suportar. É então que minha loucura se desprende, como uma libertação, e me torno capaz de agir. Sem premeditar, de um salto. E no entanto depois sei que nunca existiu a pura loucura. Que por trás houve um processo lento, uma imperceptível sucessão de pequenos passos que foram me levando, inexoravelmente, para o único caminho que quero, ou posso seguir.

Depois, está correndo pela Rivadavia, sem um centavo no bolso. Sabendo que vai atravessar sem parar os quase cinquenta quarteirões, aguilhoada pelo medo de perder tudo, tudo o que de verdade lhe importa no mundo. Mas ao mesmo tempo pensando — horrorizada por não conseguir não pensar nisso — que aquilo é realmente patético, e por acaso não é a prova definitiva de quanto o ama? Será que ele não vai se enternecer, quando entender? Gostaria de apagar aquele pensamento, de ser só uma pessoa desesperada que corre até sentir que seu coração vai explodir.

Chegou. Assim que vê a porta fechada, ela se dá conta de que não tem a chave da porta de baixo. No quinto andar, a janela da casa de Alfredo está às escuras. Embora se sinta ridícula, se obriga a gritar.

— Alfredo!

Sente medo de sua voz se expandindo pela rua vazia. E mais medo ainda do silêncio que vem depois. Volta a gritar. Nada. Outra vez. É agradável como a embriaguez. Abandonar-se, momentaneamente anuladas as funções cerebrais. Um descanso gritar e gritar no meio da noite para nada. Alfredo! E é até melhor que seja para nada. Porque, se ele está em casa, isso significa que escuta seus gritos, que assiste em silêncio à sua loucura sem fazer o menor gesto para salvá-la. É possível que ela morra congelada. Seria uma maravilha que as coisas se resolvessem assim. Ele volta e encontra o cadáver da garota que se cansou de esperar. Descobre o amor: a solução perfeita. Não. Nunca há soluções perfeitas. Ela tem que ficar aqui, bem viva, esperando.

Não sabe quanto tempo. Sabe que de repente o vê vindo. Assim acontecem as coisas. Os ansiosos sabem bem disso, escreveria; apenas um pulinho da loucura à placidez. Com placidez o observa caminhar em sua direção.

— O que você está fazendo? — ele pergunta, em tom impessoal.

— Esperando.

— Está louca — ele diz. — Poderia ter acontecido alguma coisa com você.

— É — concorda Irene com certo entusiasmo; volta a ser a aluna adolescente, e ele, o professor adulto que a protege. — E ainda por cima eu vim correndo, porque não tinha dinheiro.

— Está bem. Agora vou te dar o dinheiro para o táxi — ele diz, como quem registra corretamente uma informação.

— Não, por favor. Não quero ir embora agora.

Ele está na beira da calçada, olhando se vem um táxi, e não dá mostras de tê-la escutado.

— Tenho que falar com você. Não se dá conta de que corri cinquenta quarteirões para te ver?

— Tudo bem — ele diz, sem deixar de olhar para o fim da rua. — Fale.

— Não assim — diz Irene, balançando a cabeça. — Não aqui, enquanto você olha o tempo todo para ver se vem um táxi e parece ter tanta pressa para eu ir embora — começou a chorar, mas não se importa. — Assim nada tem sentido, você não percebe?

— Percebo. Por isso você vai embora.

— Não quero ir! — gritou ela.

Ele se virou.

— E o que você quer?

O tom dele a paralisa. É brutal, quase obsceno. Como se não fosse com ela. Ou como se não correspondesse àquilo que ele foi construindo para ela desde que se conheceram.

— Ir com você para a sua casa — diz em voz muito baixa.

Ele a segura pelo braço e a empurra para a porta.

— Entra — diz com premeditada grosseria.

Irene fica rígida.

— Entra.

Agora, sim, obedece, como uma autômata.

Ele abriu a porta do elevador. Irene está imóvel.

— Assim, não. Você está me tratando como se eu fosse uma — cala-se, acovardada, como se suas palavras tivessem a virtude de tornar real algo em que ainda não acredita de todo.

— Como uma puta? Temos que ter coragem, ao menos, de usar uma linguagem à altura de nossos pensamentos.

— Você está me tratando como se eu fosse uma puta — diz Irene.

— Assim é melhor — ele a observa. — E isso te assusta? Estranho. Você deveria adorar.

Está decidido a chegar ao centro de tudo aquilo. *E eu também estou decidida*, pensa com força e entra no apartamento.

Ele pegou uma garrafa.

— Uísque? — pergunta em tom frívolo.

Enche dois copos, sem comiseração. Irene sente pena de si mesma, pelo que perdeu, por sua pequena rebeldia de adolescente, antes, quando a indignava observar a desproporção nos dois copos — o copo cheio para o professor, a medida didática para. Agora a deixou sem proteção. Um copo bem cheio, para que faça o que quiser.

Por que você me abandonou?, pensa. E inesperadamente começa a chorar.

— Te odeio — diz entre soluços —, te odeio com todo o meu coração. Era tão terrível, se você soubesse — tira as mãos do rosto e deixa que as lágrimas corram livremente, como quando era menina e não se importava nem um pouco com que a vissem chorar. — Agora não mais. Agora nada, nada tem importância para mim. O que posso esperar agora? E você tem razão, não amo ninguém, mas por que, por que você precisava começar a fazer perguntas, por que não podia me deixar achando que era verdade, que te amava de verdade, que nos amávamos de verdade? Estou condenada, é isso — e encolhe os ombros, mas não consegue parar de chorar e de falar, como se estivesse embriagada, e talvez esteja embriagada. — E quando a gente entende, já não é mais triste. É outra coisa. É como estar vazia, algo assim. É como viver olhando para tudo, acreditando que a gente entende tudo e que isso é o suficiente, e não esperar nada de nada. Mas eu te amava de verdade, sabe. Eu sentia que te amava de verdade, e era lindo. Já sei que não posso dizer isso, há algo em mim que me impede de dizer, como se isso se tornasse falso, ou ridículo, quando digo. Mas era lindo de verdade. Era o mais lindo que tinha acontecido na minha vida. Por que você precisava chegar ao fundo, por que precisava me ver, fazer eu me ver assim como sou, uma merda, uma fria desgraçada de merda? — para de repente, espantada. — Estou totalmente histérica, não é?

Tem medo do silêncio que se segue. Medo de que ele nem sequer possa conservar dela uma última imagem adequada. Deseja com toda a sua alma apagar tudo o que acaba de dizer.

Seca os olhos e tenta sorrir, brincalhona.

— É ridículo — diz. — Me perdoe por tudo isso. Eu.

Ele, com suavidade, cobre sua boca com a mão.

— Cale-se — diz. — Por que você tem que achar que é ridículo? — dá uma espécie de suspiro. — Por que tem que ficar pensando sempre em tudo, Irene?

Irene encolhe os ombros.

— Não sei — responde. — Não consigo evitar.

Ele sorri, como que para dentro.

— Não, não consegue evitar — diz. — É uma espécie de fatalidade.

Tira o copo de Irene e, como que distraidamente, derrama a metade em seu copo. Um pequeno braseiro no coração.

— Hoje, sabe — diz Irene —, eu vinha correndo, estava destroçada de verdade, feita em pedaços por dentro e, no entanto, não sei, não deveria te dizer, já sei que não deveria te dizer. Agora tudo vai ficar arruinado outra vez. Mas é assim, te vejo e é como se tivesse a compulsão de te dizer tudo, até os pensamentos mais complicados, deve ser para que você não me confunda, sei lá, ou para que saiba de que extremos sou capaz de. Bem, a coisa é que eu vinha correndo, com uma vontade terrível de me jogar chorando no meio da rua e ao mesmo tempo pensando que isso, essa corrida, era uma coisa patética, não sei, uma coisa bonita. Que agora você ia se dar conta de que eu amava você de verdade e de que isso era patético e bonito ao mesmo tempo. Percebe?, era isso que eu pensava, não sei o que é, porque sofria do mesmo jeito, tinha medo do mesmo jeito, medo de perder tudo — balança a cabeça energicamente. — De te perder, ufa, como é difícil dizer certas coisas. E isso é o que eu queria que você entendesse. Mas não posso, não sei. Isso já é assim.

E fecha os olhos com força para não permitir que as lágrimas saiam desse corpo resistente que é ela. Então sente as mãos de Alfredo puxando-a para si, de modo que não tem que fazer nenhum esforço para apoiar a cabeça no peito dele. Eu sei de todo o amor que ele precisou, escreveria Irene, para me oferecer aquele gesto totalmente estranho à sua maneira de dar afeto, uma maneira que costuma distanciá-lo dos gestos cotidianos do afeto. Só para que eu pudesse me abandonar ao choro, como se a única coisa que importasse no mundo fosse o meu sofrimento. Um sofrimento real, absoluto, que podia me fazer chorar longamente sem pensar em nada.

Sabe que conversaram até amanhecer um belo dia cinzento, e que riram, e que contaram histórias do passado nas quais sempre se tentava amenizar a desolação de um menino ou de uma menina que, por algum inexplicável pacto, tentava ser mais forte do que na verdade era. E que à luz de um céu nublado e relampejante, na cama de Alfredo, ela se reencontrou com o corpo da pequena degenerada que, em sua caminha de menina, imaginando cenas impudicas cujos detalhes desconhecia, precisava apertar uma perna contra a outra, sabendo que a um passo dali, porém inatingíveis, estavam a plenitude e a paz. Lentamente foi emergindo dela o alegre animal que a dos caninos observava maravilhada sem poder, nem querer, fazer nada para detê-la. Ela é um jarro transbordante, quer morrer naquele momento, ser morta por quem agora, sobre seu corpo, dentro de seu corpo, o rosto sobre o seu rosto, a faz abrir os olhos, não, não, a faz abrir os olhos e se atrever a beber o rosto transfigurado desse homem, tão real e inteiro quanto é real em corpo e alma aquela que, exausta e feliz, deixa se aquietarem os pássaros e por fim adormece.)

Mas a frase continuava ali, implacável, flutuando no quarto. Tinha acontecido. Todas as palavras tinham acontecido. Estavam presentes, ainda, no rosto de Alfredo e, sem dúvida, em seu próprio rosto. Ele a observava com certa curiosidade, como se começasse a compreender em Irene o que ela mesma, agora que a loucura e o ódio tinham desaparecido e o amor por esse homem cansado voltava a se instalar nela como em um refúgio, agora que velava diante de si uma solidão que a apavorava, ainda não tinha coragem de compreender totalmente.

Era tão fácil, bastava um gesto. As palavras, por acaso, não voam com o vento? Sua vida era uma sucessão de explosões apagadas.

Houve, então, um instante de vacilação? Algo, sem dúvida, foi revelado por seu rosto. Porque a expressão dele mudou, tornou-se mais dura. Com voz controlada, como se também ele estivesse escondendo o medo, ou como se bebesse, aos poucos, esse último gesto de seu estranho amor, disse:

— Espero que você não se odeie depois, Irene.

E abriu a porta.

Triiim. O coração de Irene parou de bater. Campainha agourenta? Tempos felizes se anunciando? Decidiu que não. Não devia esperar nada, nem da campainha nem dos telefonemas costumeiros nem de nada. Bela foda. Mesmo assim, antes de abrir, olhou disfarçadamente para a do espelho e lamentou não ter pintado os olhos. Sempre se lembrava do conselho de Coco Chanel depois que era tarde demais: uma mulher deve sempre se arrumar como se naquele dia fosse conhecer o homem de sua vida. Com teimosas borbulhas de esperança, abriu a porta.

— Como você abre a porta sem olhar primeiro quem é? Outro dia roubaram uma senhora, levaram tudo o que ela possuía. E ainda tem que agradecer por não a terem matado.

Deus, não. Como ia enfrentar aquela visita? Isso porque deixara bem claro para Guirnalda que nunca aparecesse sem avisar. Mas não por acaso era mãe dela: já estava com todo o problema resolvido.

— Já sei que você vai se zangar — disse ela, entrando. — Mesmo assim pensei: O quê? Vou ficar aqui enlouquecendo, pensando se teria acontecido alguma coisa com você? Melhor você se zangar, mas que pelo menos esteja bem.

Irene resolveu rapidinho não entrar em uma discussão sobre lógica com Guirnalda. Depois de trinta anos, sabia que era inútil, então deixou passar as inconsequências do discurso. Disse simplesmente:

— Estou bem. Já te disse pelo telefone que estou bem.

E, em certo sentido, não estava mentindo. *Fora meu coração, está tudo bem.* Onde tinha lido esse poema? Provavelmente em *Os titãs da poesia universal*, fonte de toda sabedoria. Foi à copa preparar o mate. E sim. À luz do que a mãe considerava “estar bem”, realmente estava bem.

Ou talvez muito pelo contrário: não tinha se casado. Pôs *medialunas* num prato. Mas, deixando de lado a desventura estacionária, Guirnalda não tinha o direito de pensar que ela estivesse mal, já que aquele charco, aquela sensação de inconsistência que temporariamente desaparecia enquanto ela estava escrevendo, mas que agora, pondo erva na cuia, estava no ápice, aquilo não entrava nas possibilidades do mal-estar que sua mãe imaginava. Ou entrava? Melhor interromper a reflexão por aqui, já que neste momento o problema não era Guirnalda, a quem de viés observava fazer dobras em um guardanapo de papel, sem dúvida receosa, ou decepcionada, já que no fundo teria esperado que Irene se zangasse muitíssimo com sua irrupção súbita — o que talvez a tivesse ferido —, mas agora que o tempo passava sem que Irene reagisse, ao observá-la em sua pequena cozinha preparando pacificamente um mate, sem dúvida estaria pensando que sim, que suas premonições eram corretas e que alguma coisa estava acontecendo.

— Fruta você come, pelo menos?

— Sim, mãe. Como fruta e tomo sol e sou a própria imagem da saúde.

— Sol, sim, sol é bom. Mas não se pode viver só de sol. Cítricos. Precisa comer cítricos.

Cítricos, isso. Aí estava a chave que Irene tinha esquecido. Cítricos e sol, por que não. Um lindo solzinho sobre a pele e uma laranja no estômago. E a alma? Que se foda. *Qué importa lo que sufren nuestras almas, al alma quién la ve.* Isso sim, uma canção para cada coisa. *Sonríe como ayer, vamos, princesa.*

— ... mas, sim, mãe, estou te escutando. E além disso estou com a geladeira cheia de pomelos, que têm mais vitamina C que laranjas.

— E então?

— Então o quê?

— O que realmente está acontecendo com você? Por que não está indo à Caixa?

Como explicar a ela? O intempestivo terror diante da varanda aberta, a eterna sensação de vida se derramando, todos os momentos de genialidade que havia deixado escapar entre os sinais — como pequenas pegadas de uma mosca prolixa e demente — de uma inversão de memória, uma inversão de memória!, o alarido que inverteu sua trajetória e lhe trespassou o coração quando viu que o botão da azaleia rompera seu capulho (quanta energia, quanta paixão, quanta vontade de viver eram necessárias para esse milagre), todos os sonhos de felicidade que convergiram sobre ela, momentâneo *maelstrom* no alto do barranco, e melhor não pensar no quão grotesco fica usar a palavra "barranco" quando a prosa tradicional manda escrever "montanha", assim tudo é mais fácil; quando se podem controlar montanhas, as grandes decisões parecem mais fáceis, e também não é o caso de pensar que se as montanhas sempre supõem uma ascensão, os barrancos, por alguma razão, sugerem uma descida brusca, os barrancos existem para que os desçamos vertiginosamente, para que despenquemos, o que nos exigirá um esforço extra se o que queremos é ficar no alto, e se o que queremos é que nosso barranquinho atinja a longínqua majestade da mais alta das montanhas. Como dizer tudo isso a ela, tudo o que a fez sentar-se outra vez na frente da máquina, ou ela não tinha uma flor para dar?, uma flor que talvez não fosse bonita, mas que era única, ou que ela, naquele meio-dia de outubro, ainda esperando inconfessavelmente o chamado do telefone ou da campainha, algo que a salvasse daquela solidão, daquela insuportável sensação de saber que agora tudo dependia dela, decidiu que era única. Razão pela qual não se levantou da máquina a tempo de ir para o trabalho, continuou escrevendo com ferocidade esta coisa feliz e pretérita que talvez algum dia fosse a verdadeira história deles dois, até que às quatro da tarde — feito uma trombetazinha da anunciação? — o telefone tocou.

(Atendeu com palpitações.

— Mas como você falta sem avisar? E ontem, aquela saída tão maluca? Você está doente?

Algo se dissolveu.

— Não, não estou doente. É outra coisa.

— Mesmo assim vamos mandar um médico na sua casa, então esteja preparada.

Não. Não queria isso. Tinha agido, claro, como qualquer funcionária pública, por mais pretensiosa que fosse. Esperar médico de *déshabillé* e passar horas num posto de saúde com o atestado de um médico amigo: cistite, doença impossível de se verificar e altamente compreensível. O que está sentindo? Muito ardor e necessidade de ir ao banheiro a todo momento. E o médico olhando-a com desconfiança, como a toda funcionária pública, sem adivinhar quanta paixão o nobre peito abriga, mas por fim assinando, três dias de licença, muito bem, a Administração Pública lhe concedeu três dias de vida em troca de que ela falasse um pouco sobre os ardores e inquietações de sua bexiga. Nunca mais. Nunca mais? Ela conhecia o valor exato das palavras que com tanta frivolidade emitia? Vagamente vislumbrava feitos que estavam acima de suas forças, razão pela qual as enunciava pensando nelas o menos possível, embora em algum recanto de si mesma um pequeno ser conhecia o significado preciso das palavras e experimentava uma leve vertigem, e em outro cantinho outro ser voluntarioso e desvairado tinha certeza de que acabaria agindo de acordo, ainda que a coluna vertebral ou a alma se partisse.)

Mas como explicar isso a Guirnalda?, que acabava de fazer com o guardanapo um pequeno leque e segurava uma extremidade enquanto, cuidadosamente, abria as dobras.

E agora ela vai se abanar com o leque, disse para si mesma. Irene observou a mãe e de repente se sentiu sensata e atenta. Cevou um mate e o ofereceu a ela. Decidira optar pelo mais seguro.

— Mãe — disse —, eu simplesmente estava esgotada. Pensei: antes que eu fique doente, melhor tirar uma licença não remunerada. Em resumo, de fome não vou morrer.

Coisa não de todo segura, pensou, porque em dez dias no máximo suas reservas se esgotariam e o aluguel, ao contrário, não. Sem falar da comida e outros vícios. Mas fizera bem; Guirnalda estava lhe dizendo que fizera bem, e que o mais importante era a saúde. Comia carne todos os dias? Sim, claro,

Guirnalda respondia sozinha, estava cansada de saber que Irene era boa de garfo em matéria de carne. E como fazia bem comer carne. Outro dia tinha ouvido justamente isso num programa de rádio.

— E adivinha o que tem mais ferro?

Irene, repentinamente alegre, arriscou uma resposta.

— Espinafre — disse.

— Não! — Guirnalda estava exultante. — Você não vai adivinhar. Eu nunca teria adivinhado.

— Berinjela — arriscou Irene.

— Frio, frio — disse Guirnalda. — Desiste?

Irene teve que se dobrar.

— Nozes! — revelou Guirnalda, triunfante. — O que me diz? Eu não conseguia acreditar.

— É mesmo — replicou Irene, já totalmente amável. — Nozes são muito saudáveis.

— Não, saudáveis eu já sei que são — disse Guirnalda. — Mas que tinham mais ferro que qualquer outra coisa, isso é novidade para mim. Depois vem a morcilha. Não, antes vem o fígado, depois a morcilha, o espinafre, depois, entre as verduras, a que tem mais ferro é a alface. Você come alface?

— Como, mãe. Alface e cenouras e tomates. Minha geladeira é uma horta.

— No entanto está que é uma saraca.

Saraca. Que diabos seria uma saraca? Para Guirnalda as palavras tinham um significado pessoal. Mistura de lunfardo, iídiche e imaginação poderosa. Isso tinha formatado um entorno estranho para a pequena Irene, a quem a mãe dizia com naturalidade, enquanto pacientemente lhe dava leite com uma colher de sopa: *não banque a chatonilda*. E a de franjinha, meditando sobre essas palavras inacreditáveis, se esquecia de engolir e olhava com espanto a próxima colher, já que sentia uma repulsa infinita pela comida em geral, pelos banhos em geral e por tudo o que a desviava de suas reflexões. Pensar, disso ela gostava, sentar-se em uma cadeirinha de vime e pensar diante de uma boneca com a qual não estava brincando, mas que precisava estar ali para instaurar um contexto real e indicar aos de fora que aquela menina sentada na cadeirinha era como as outras meninas. Enquanto Guirnalda varria o chão e cantava canções tenebrosas sobre órfãos que morrem no batente de uma porta, e mulheres tísicas, e poetas famélicos, e amantes infelizes. Tudo em ritmo de valsa. Talvez lhe viesse daí essa pontinha melodramática que sobressaltava os raciocínios frios de seu bem construído cérebro. Ou talvez fosse o inverso, e fossem sua frieza e sua mente suja que tinham vindo perturbar a pequena Irene, a alegria do lar, a que recitava a "Canção do pirata", mas ela sempre saía de luvas brancas e com um chapeuzinho de palha no verão e um chapeuzinho de feltro no inverno, talvez porque uma garota chamada Guirnalda, sentada na soleira de uma casa em ruínas com portas duplas, sonhava com aladas capelinas brancas e passeios sob o sol em *vuaturé*. Passeios que o viajante distraído nunca pôde lhe ofertar, e que em compensação lhe deixou a pequena Irene (e melhor nem falar de seu irmão), para quem, sim, era possível sonhar um futuro com *vuaturés*, vendo-a tão exuberante, com suas luvas e seus chapeuzinhos de palha. De dia. Porque já então havia uma Irene noturna que se despojava do chapeuzinho e ficava com seus terrores, à espera de leões à espreita e de cavalos que subiam pelo elevador. Uma menina perversa, que todas as noites consumava a morte de seus pais e chorava por isso, sim, sim, chorava, desolada com a orfandade e o desamparo, mas matar, bem que os matava. Para não falar de outro tipo de tormenta, um barbudo que despia uma freira, um primo mais velho que batia numa detestável colega de escola depois de lhe tirar a calcinha, fatos que a Irene — que sentia na própria carne essas humilhações — causavam uma vergonha tão grande que experimentava umas cócegas insuportáveis em um lugar que, aos três anos — sabe-se lá por qual prematura liberdade linguística —, denominara *pichoncolina*, embora não fossem exatamente cócegas, mas uma angustiante sensação de vazio — aos sete anos, como explicar? —, algo que a fazia pressionar uma perna contra a outra e sentar-se na cama fazendo bastante força contra o colchão, como se estivesse a ponto de conseguir algo; em caso afirmativo, a paz chegaria, mas a paz não chegava, e ela sentia vontade de gritar durante a noite, porque além dos leões e dos cavalos e da regra de três e da morte havia aquilo, e tudo aquilo era ela, embrião da que agora continuava a se debater entre fantasmas enquanto pacificamente tomava um mate e ouvia Guirnalda falar do potássio presente na banana, pensando que certamente não fora para aquilo que fizera a filha usar chapeuzinhos. Não? E para que, então? O que sonhava para ela? Um marido poderoso e gentil? Uma casa com jardim? Três crianças saltitantes? Como explicar a ela que não é isso o que Irene quer, que não é a nostalgia dessa aprazível felicidade o que agora lhe apertou a garganta e mal lhe permite dar uma sorvida no mate? Que o que ela quer é algo que se esvai, mas cuja beleza reside justamente em sua matéria escorregadia, aquilo que depois deixa apenas uma nostalgia no peito, bela também à sua maneira, mas não à maneira de sua mãe, ou quem sabe, quem sabe se a culpa não era de suas garotas tísicas e de seus órfãos e de suas doidas de amor. Será que não era a costureirazinha que deu aquele mau passo o que faltava à integral de Hamilton para ser perfeita? Como cabia no Princípio de Mínima Ação um entregador de jornal que morre sonhando com um pouco de felicidade? Então era isso, afinal. A grande Irene. Era tudo o que ela fizera com o que os outros tinham feito dela. Tudo? Esse nada era tudo? Digamos que ela, no momento, era pura possibilidade. Uma pelanca com cérebro. À beira da loucura, à beira da criação, à beira da imbecilidade, à beira da varanda. Como explicar? Com que palavras dizer que talvez também esse medo, ou essa consciência do nada, fossem formas de sua felicidade? Cevou um mate para ela. Guirnalda já havia desmanchado o lequezinho e agora lhe falava de um casaco branco, de pele de coelho.

— Branco — repetiu, quase com deleite. — Você acha que vai ficar bem em mim?

— Claro — respondeu Irene, e pegou uma *medialuna*. — Vai ficar incrível em você.

— Depois estragam, claro — disse Guirnalda, e ficou pensativa. — Um casaco branco estraga antes dos outros — Irene ia dizer algo gentil ou otimista ou, quem sabe, meramente cortês. Mas Guirnalda voltou a falar. — Dá na mesma, não me importo que não dure — disse. — Quantos anos me restam, afinal?

E suas palavras não soaram melancólicas. Pronunciou-as quase com alegria, porque, por fim, agora, depois de tantos anos, podia realizar sem culpa um velho sonho de felicidade.

Meu Deus, pensou Irene. *É preciso viver muitos anos para aprender a viver.* Mas também não era isso o que queria. Estavam frente a frente, cada uma com sua própria ideia de felicidade, cada uma sem tê-la alcançado ainda. E sabendo — pelo menos Irene — que nenhuma das duas jamais a alcançaria.

— Ela mandou fazer um, mas, vou te dizer, viu, macaca que se veste de seda macaca continua. Já viu um cavalo alguma vez? Bem, comparado com ela, é lindo.

Palavras que trouxeram Irene para a realidade, convencendo-a de que aquilo não era de maneira nenhuma um momento patético e a colocaram diante de um probleminha banal. Quem era *ela*? O que *ela* fez? Por outro lado, não restavam dúvidas de como o casaco ficava *nela*. Aquilo ultrapassava o conceito estético que Irene pudesse ter sobre os cavalos. E mesmo sobre a própria Guirnalda. Suas palavras deviam ser julgadas em conjunto. A pergunta: *Já viu um cavalo alguma vez?*, indubitavelmente retórica, era, no entanto, imprescindível para o efeito final: é lindo comparado com ela. No fim das contas, os quinze dias de obstinação diante da Remington também estavam bastante vinculados a Guirnalda.

— Espere — disse Irene. — Ela quem?

— A irmã — respondeu Guirnalda com firmeza. — Mas não a dona da loja de tecidos. A outra.

— Que loja de tecidos? — perguntou Irene; tinha que começar de algum lugar.

— Que loja de tecidos ia ser? — disse Guirnalda, impaciente. — Lembra de quando você era pequena e brincava na praia com uma loura de trancinhas com uma mãe toda vistosa? Ela usava uns turbantes... Eu, na verdade, não sei como ela conseguia prender os turbantes, mas chamava a atenção.

— E essa era a dona da loja de tecidos?

— Não, não ela. Imagina, loja de tecidos, coitada. Sempre teve uma vida desgraçada. O marido, já naquela época... lembra que ele a atacou com uma faca e ela teve que se jogar pela janela? Menos mal que morava no primeiro andar, mas bem que quebrou a perna. Bem quebrada.

— Mas como? Os turbantes não ficavam sensacionais nela e tudo o mais?

— E daí? Você acha que um turbante é tudo na vida? Vou te dizer a verdade, não invejo os turbantes dela. Nem os milhões.

— Ela tem milhões? — indagou Irene, já sem a menor esperança de saber de quem estavam falando.

— Ter, ela tem, mas isso não é nada perto da irmã. Aquilo, sim, é ter milhões. E que marido, você precisa ver. Que beleza de homem. Ela, você olha e não dá um centavo por ela. Pode se vestir com um guarda-roupa inteiro que dá no mesmo. É como diz o ditado: macaca que se veste de seda macaca continua.

— E aí, o que aconteceu com ela?

— Aí nada, o que você quer que tenha acontecido? Você quer que aconteçam coisas com todo mundo. Ela é assim e vai ser assim sempre. Ninguém vai mudá-la.

Claro, pensou Irene enquanto ia preparar outro mate. Ninguém vai mudá-la. Dava na mesma que fosse a da loja de tecidos, a irmã, a que se casou com um multimilionário ou a que foi atacada com uma faca pelo marido. Ou ainda a loura de trancinhas. Seja quem for, já devia ter nascido com aquilo, era fatal. Não ia adiantar nada vestir roupas de seda.

Trocou a erva da cuia e se virou. Agora Guirnalda estava com outro guardanapo sobre os joelhos. Tinha dobrado as pontas simetricamente e estava fazendo uma nova e minuciosa dobradura. *Está decepcionada,* pensou Irene. *Ou temerosa.* Toda vez que Guirnalda vinha visitá-la, Irene sentia pesar a ausência de uma poltrona. Admitia que era culpada por não haver ali um lugar no qual Guirnalda pudesse sentir-se confortável. Uma sala com grandes poltronas e uma criança em um triciclo. E o Toto? No estúdio, mãe; telefonou, dizendo que vem mais tarde; mandou um beijo. Meu Deus, não, azar de Guirnalda, azar dela, se não soubesse onde se sentar, ela que fizesse outra dobradura no guardanapo, mas aquilo não. Toto, não.

— E você?

Irene, que estava chegando com o mate, sobressaltou-se.

— Eu, o quê?

— Você sabe o que a sua mãe quer para você.

Pronto, lá vamos nós.

— Sim, mãe — disse Irene, com uma mescla de docilidade e cansaço.

— As mães só querem a felicidade dos filhos.

Quase nada, pensou Irene.

— Eu sou feliz assim — disse.

— É — concordou Guirnalda —, claro que é feliz assim — porque apesar de tudo não podia aceitar que algo perturbasse sua pequena flor. — Mas o que eu estou dizendo é que gostaria que você encontrasse — interrompeu o que ia dizer. — Que formasse o seu lar.

Quase nada, voltou a pensar Irene. Um lar. Algo que, quando menina, a fazia pensar na lenha ardendo e em castanhas que pulavam no fogo enquanto do lado de fora a neve caía, e agora. E agora? Por acaso tinha mudado? Não sentia naquele exato instante uma espécie de tristeza, algo parecido com a vontade de chorar quando pensava na palavra "lar", em certa coisa que encerrava a palavra e que era inacessível, apenas um sonho, uma nostalgia, uma janelinha iluminada que se vislumbrava de longe? Ou talvez isto, este refúgio que ela ia construindo dia a dia, este lugar que era seu e que era ela mesma. *É preciso uma alma para se ter um lar.* Nada a ver com a criança do triciclo e com Toto, que hoje vai chegar tarde, mas lhe manda um beijo. Seu lar, pelo menos, não tinha nada a ver com Toto nem com a criança. *Tenho meu lar*, foi o que pensou em dizer a Guirnalda, mas seria uma maldade, seria aterrorizá-la com algo que agora, de certo modo, até a orgulhava. "A Irenita mora sozinha, é o jeito dela", mas assim que Irene pronunciasse a palavra "lar", o efeito seria o de um tapa na cara, sua solidão ficaria instalada como um modelo do normal, algo que causava terror até nela mesma.

— Mas não se trata do que *você gostaria*. Não posso me casar só porque sim.

Tudo ia entrando em um curso normal, em uma zona na qual nunca poderiam se entender. O que Guirnalda esperava dela. *Sua felicidade*, é o que diria. E no entanto ela não buscava outra coisa senão *sua própria felicidade*. E fazia bem, esta era sua pequena flor: Guirnalda queria mostrá-la ao mundo bela e radiante. Que importância tinha essa trepidação, esse tremor da alma? Quem é que vê a alma? E nem sequer era tão simples assim: sua ideia de felicidade pra lá, minha ideia de felicidade pra cá. Não, ela também, ah, sim, ficava tentada. Ou esse lar de sonhos do qual falava Guirnalda por acaso não era o contexto normal, a boneca sentada na cadeirinha em frente enquanto a de franjinha sonha com uma boneca tão extraordinária que nenhum humano teria conseguido conceber? E poderia ter um bom desempenho, claro, ela ou uma parte dela estava talhada para a vida cotidiana, para aquele mate compartilhado com *medialunas* e também, por que não?, para o papel de esposa perfeita. Era capaz de representá-lo às mil maravilhas, pressentia-o às vezes no instante mesmo de comprar a chicória, uma sensação de irrealidade mas também uma espécie de alegria. O que precisava estudar era se o ritual da chicória tinha algo a ver com o da esposa perfeita, avental com babados, sorriso de orelha a orelha e o sagrado cheiro das fornadas de pão se espalhando pela casa. Sim, isso também era ela. E a sacerdotisa?, aquela antiga eleita dos deuses? Ah, a eleita, quantas camadas teria que atravessar para chegar a ser esse mulherão, derrubar chicórias, rasgar aventaizinhos, abolir sombras matizadas e fechar a entrada à alegre fragrância dos bolinhos doces. E depois de tanto trabalho algo seria encontrado? Ou desejava, cebola momentânea, despojar-se de todas as suas finas camadas? Não. Talvez o que desejava fosse algo assim como transmitir uma luz vinda do centro, uma luz que tornasse transparentes, e até nobres, mesmo as camadas mais superficiais. Mas quanta luz era necessária para isso? E era capaz, ela, de dar luz?

Dar luz, dar à luz, eis o dilema. E já não se tratava da boneca da cadeirinha em frente. Nem se tratava da criança de triciclo, para Guirnalda poder se sentar em paz, sem necessidade de dobrar guardanapos. Dar à luz não era, por acaso, um modo de dar luz? *Trazer um ser ao mundo, que tal?* E depois tentar desesperadamente que esse ser seja a razão da nossa vida. A mãe os faz comer cenoura, ou estudar balé clássico, ou construir pequenas pontes, ou enfeitar-se com palhas e plumas de acordo com um sonho íntimo e intransferível de felicidade. E disso sai um ser real, um indivíduo solitário que tentará abrir caminho e ocupar um lugar no mundo. Não. Ela não. E menos ainda a de franjinha. A que está em sua cadeirinha de vime, sentada na frente da boneca, já olha com certo espanto — e talvez com certa inveja? — para as pequenas embaladoras de olhos ternos que cantam o nana--neném. Curioso, realmente. Olhando para trás, não era capaz de rastrear nela o que costuma ser denominado "instinto maternal". Era a exceção que confirma a regra, ou era a refutação da regra, ou que diabos era? Que diabos era? Podia imaginar com nostalgia a maravilha de ter um ser crescendo dentro dela e era capaz até de imaginar com lágrimas esse único e glorioso momento de dar à luz outra vida. Mas aí acabava o milagre, aí acabava Irene e começava esse outro, aquilo que somente seria perfeito na medida em que se instalasse no mundo em toda a sua alteridade. Não. Ela mesma era a única criatura que se sentia capaz de criar com paixão. Não havia renúncia heroica, então. Apenas um puro ato de egoísmo. O que naquele momento estava provocando nela uma certa melancolia (que droga de estado de ânimo o dela nos últimos dias), e que veio a ser solucionado por um certeiro toque de campainha.

Uma palpitação intempestiva. Uma indesejável e covarde esperança.

— Quem será? — disse Guirnalda. E, como se as palavras pronunciadas a arrastassem, desatou a cantar: — *Quién será, quién será, me pregunto sin cesar...*

Envolta nas notas da valsa e repetindo para si mesma algumas decisões importantes da última quinzena, Irene foi até a porta.

— Quem é? — perguntou.

Estava sendo muito cuidadosa dessa vez, para não abrir a porta antes de verificar quem era.

— É o senhor Alegre — gritou uma voz jovial.

— Quem?

— Alegre. O homem das baratas.

Guirnalda, toda ela, se preparou para a defesa.

— O que ele falou? Não, não deixe entrar.

Ui.

— Mas é o dedetizador — disse Irene a Guirnalda, frase que, ela se deu conta, não tinha toda a lógica que seu tom de voz indicava.

Abriu a porta.

E o senhor Alegre, o homem das baratas, fez sua aparição.

— Boa tarde, boa tarde — entrou decidido, dinâmico, cheio de entusiasmo e de vida. — Não me diga nada, senhorita Irene: esta é a sua mãe — aproximou-se e estendeu a mão para Guirnalda; depois apoiou a enorme bolsa no chão e começou a preparar os instrumentos com a perícia de um cirurgião. — Algum problema?

— Não, nenhum.

— Problema? — Guirnalda ficou alerta. — Qual é o seu problema?

Irene ia responder, mas o senhor Alegre se adiantou.

— Nenhum problema, senhora. Pergunto simplesmente por pura rotina. Conte à sua mãe.

— O que você tem para me contar? — perguntou Guirnalda.

— Não, nada — respondeu Irene. — É que desde que o senhor Alegre passou a vir, não tem mais barata nesta casa.

— O quê? Tinha barata aqui? — exclamou Guirnalda, mostrando com clareza que recebera uma ofensa pessoal.

— Andavam em cima da cabeça dela. Não é, senhorita Irene? — disse o senhor Alegre.

O momento era difícil. Irene não queria decepcionar o senhor Alegre, diminuindo a importância de sua missão, mas também não queria que Guirnalda se sentisse derrotada: uma filha sua, criada com tanto esmero, não podia ter baratas em casa.

— Humm — foi a resposta descomprometida de Irene.

Para o senhor Alegre foi o suficiente. Era um homem orgulhoso de seu ofício. Talvez não tivesse escolhido seu destino — segundo Irene sabia vagamente, ele roubava o inseticida de uma empresa na qual trabalhava o cunhado e, por um valor módico, jogava seu venenozinho nas casas —, mas, uma vez nisso, fazia-o com paixão. Nem Michelangelo devia estar tão convencido do que fazia quanto o senhor Alegre.

— Nem umazinha, senhor Alegre — disse Irene, com otimismo. — Eu já estava com medo de que o senhor não viesse. Hoje é dia vinte e dois; já faz mais de um mês que veio.

— Fique tranquila, não vou lhe faltar. Sabe o que acontece? Não se pode abandonar o tratamento. Tem gente que fica totalmente tranquila porque não vê mais baratas e então me diz que eu não preciso ir. No outro dia me ligou uma mulher, ligou chorando, estava alterada. O que aconteceu? Tinha abandonado o tratamento. A pessoa abandona o tratamento e não tem jeito. A casa se enche de baratas.

— Eu nunca segui o tratamento e na minha casa não tem barata — disse Guirnalda com altivez.

— A senhora não vai vê-las, madame — disse o senhor Alegre. — A barata é um animalzinho bem danado. No fim, acaba até pegando gosto pelo veneno. A senhora dá a elas qualquer veneno de baixa qualidade e, no começo, não digo que morram, mas se sentem bastante decompostas. Porém, depois de um mês o veneno já não faz mais nada, e se a senhora dá a elas o mesmo veneno por três meses seguidos, precisa ver, elas ficam cada dia mais gordas.

— Que horror — disse Guirnalda.

— Mas para que o senhor Alegre está aqui? — indagou o senhor Alegre. — Você põe este veneninho e durante um mês não haverá mais baratas, hein, senhorita Irene. Diga à sua mãe. E que perfume — falou, jogando um jorro generoso no rodapé. — Sinta que perfume.

— Fede — disse Guirnalda.

Por sorte o senhor Alegre aparentemente não a escutou; com passo firme, ele se dirigia à copa.

— Espera, espera — gritou Irene com desespero, quando viu que ele estava abrindo a despensa com a indubitável intenção de jogar seu veneno.

Às pressas tirou frascos, latas, embalagens estranhas e foi acomodando tudo aqui e ali, ai!, a organização externa tão zelosamente protegida durante os últimos quinze dias, como se a mais leve alteração dos objetos pudesse desencadear o caos, estava indo para o diabo.

— Mas isto não faz mal, senhorita Irene — dizia o senhor Alegre, espalhando veneno —; isto é ideal para as casas onde tem criança. Olhe, uma senhora me pede especialmente que eu esguiche um pouquinho na mamadeira do nenê. Depois dá uma lavadinha, santo remédio.

— Que ignorante — disse Guirnalda e, sem intervalo, ao perceber um pacote amarelo que Irene acabava de tirar da despensa, perguntou: — Você acha que fica boa a polenta de saquinho? Acho que não fica a mesma coisa.

— É assim, madame — disse o senhor Alegre. — Hoje a juventude é assim. Gosta da modernidade. E vou lhe dizer a verdade, hein. Estou com a juventude.

— Ah, eu também — disse Guirnalda. — Hoje não é como antes, quando a mulher era uma escrava da casa. Hoje a mulher vive a vida e eu acho muito bom. Acho que temos que viver a vida.

— Ah, é o que eu digo — concordou o senhor Alegre. — Depois, as desgraças vêm sozinhas. Aproveite enquanto está solteira, senhorita Irene. Depois vem o marido, vêm os filhos, e já não se tem mais tempo para festas.

Zás, pensou Irene. Estavam se dando tão bem e surge justamente o assunto da discórdia.

— Hoje cada um vive como quer — disse, cortante, Guirnalda. — A mulher que quer viver sozinha vive sozinha. Não é como antes, quando a mulher tinha que se casar aos dezoito anos porque senão era uma cenoura! Como é possível? Como é possível que você guarde as cenouras na despensa?

Hábil, habilíssima Guirnalda. De todo modo, era uma dessas perguntas para as quais Irene não tinha resposta.

— Humm, não sei, devo ter deixado aí por distração. Não! — gritou ao ver que o senhor Alegre estava agora na varanda, a ponto de jogar seu veneno sobre o pequeno jardim de Irene.

— Faz bem a elas, senhorita Irene, mata todos os bichos. Tem uma senhora que.

— Não!

Por acaso não era, de algum modo, parecida com Guirnalda? Não cuidava cegamente de seu pequeno jardim, sem nem mesmo verificar se a poção do senhor Alegre podia lhe fazer algum bem? Tinha mesmo certeza de que não acabava importunando um pouco as begônias com aquilo de cantar tanta valsinha para elas toda manhã?

— Está bem, senhorita Irene. Não pense que sou um criminoso — disse o senhor Alegre, mas de longe se via que estava ofendido.

Em silêncio, começou a guardar seu material, enquanto Guirnalda lia com atenção as instruções do pacote de polenta e Irene contemplava a desordem que finalmente, depois de tê-la afugentado segundo a segundo durante aqueles quinze dias, acabara se instalando em sua casa.

Ali estava. A polenta de saquinho, e as cenouras, e o estragão, e o cheiro de veneno perfumado inundando tudo, e a sensação de inconsistência que volta a arrasá-la, que a põe sem piedade no centro do universo, mas também em sua mesmíssima beirada, enquanto Guirnalda e o senhor Alegre falam sobre a juventude e o casamento e as baratas, e a varanda continua aberta, essa mescla de vida e morte que a varanda provoca, e Irene gostaria de dar um grito.

Mas não é preciso se assustar, mãe todos nós temos, e também um senhor Alegre que quer invadir nosso jardim, e essa sensação, às vezes, de querer algo inapreensível, e esse estúpido desejo de ser feliz, e essa vertigem ao olhar para baixo, e essa consciência de quão infinitamente pequena é a distância entre a vida e a morte. O que, por sorte, não nos retira a doce leveza dos atos cotidianos. Abandonar, por exemplo, a varanda e aproximar-nos clandestinamente da mesinha em que foi construída a catástrofe e tirar dissimuladamente uma meia semioculta que, sem explicação, fora parar na despensa e em seguida, segurando a duras penas a vontade de rir, aproximar-nos do prato, escolher com todo o cuidado e por fim dar uma boa mordida nessa dourada e crocante *medialuna*.

E nessa radiante tarde de novembro, sob um céu como outros, distantes, que a tinham feito louvar a graça de estar viva, à beira da demência, à beira da morte, à beira de fechar-se entre quatro paredes para esperar serena e abjetamente a putrefação, ela era essa mulher queimada de sol — um pouco nervosa, talvez? —, instalada no assento dianteiro de um Peugeot 404, cor de ameixa, olhando de soslaio para o jovem um tanto cabeludo que acabava de sentar-se ao volante. Mais novo que ela, isso era evidente, embora o cabeludo devesse pensar o contrário; Irene teria coragem de confessar sua verdadeira idade, se ele perguntasse? A pergunta seria uma indiscrição, mas o cabeludo não parecia Oscar Wilde. Ao menos, não tinha sido muito original cinco minutos antes, quando Irene saiu da prainha Carrasco, um pouco embriagada de sol — isso sempre lhe acontecia, uma embriaguez ou um entorpecimento que lhe apaziguava a consciência a tal ponto que às vezes desejava ficar ali, estendida para sempre, calcinando-se feito um gato, uma planta, uma pedra, ah, feito uma pedra —, e ele, como que surgido do muro da orla, se pôs a caminhar ao seu lado e disse: "Gata, que tal a gente ir tomar um trago?". Ela continuou caminhando, embora tivesse arrefecido o ritmo. Aquilo não a surpreendeu muito porque, de certo modo, já planejara que fosse assim um mês antes — do jeito que ela planejava as coisas: jogando uma decisão ao vento e deixando o resto por conta dessa vontade subterrânea que nunca desviava a proa, que pouco a pouco a ia minando, a ia convencendo de que era preciso que fosse assim, com um desconhecido que só conheceria dela a pele queimada de sol; um mero instrumento, de quê?, ainda não sabia, mas aqui estava, na orla, a passo tranquilo. O cabeludo sem dúvida se animou com aquela alteração de ritmo, pois disse: "Vamos, gata, o que custa? Você não tem nada a perder, não?". A alma. Será que ele sabia que naquele exato momento ela estava captando os fragmentos de algo que talvez pudesse ter sido sua alma, ou alguma outra coisa única e singular que pedia aos gritos para resplandecer íntegra no mundo e que se desarticulava, se despedaçava, dispersava seus fragmentos ao acaso diante de seus próprios olhos? Não, o cabeludo tinha razão. O que ela poderia perder, se nada era? "Você tem um sorriso lindo, sabia? Vem muito a Carrasco?" Ela era muitas, o bom era isso. Aquela coisa bronzeada, sem nome e sem destino, que o rapaz via e cujo único atributo interessante consistia na possibilidade de ir com frequência à prainha Carrasco. "Muito, sim, adoro sol." Pronto. Simples assim era a vida. Sentiu uma espécie de paz. Agora era alguém sobre quem aquele rapaz tinha um dado. Adoro sol. Como o cérebro dele estaria computando isso? Tentou imaginar um cérebro para o jovem cabeludo que caminhava despreocupadamente ao seu lado. Era muito provável que não fossem as palavras pronunciadas por ela as que o ocupavam. *Adoro sol.* E, no entanto, quanta verdade havia nessas palavras. Adoro, me deixa encantada, como que esquecida de mim mesma, um simples corpo que se doura, que absorve a poderosa vitalidade desse calor, algo placidamente desligado de seu destino. Mas o cabeludo apenas pensaria: *ela está na minha; caso contrário, não teria dito essa frase tão cheia de entusiasmo; por onde abordá-la, então, o que dizer agora?* "Eu também venho bastante aqui." Aquilo estava ameaçando ficar irresistível. Que surpresa, se agora ela lhe dissesse: *Já conversamos muito; agora vamos transar.* (Inacreditável seu senso de humor, ainda que em condições duvidosas.) Ou se de repente se jogasse nos braços do cabeludo e começasse a chorar sobre seu peito. Ou a berrar. Berrar e berrar, até afugentar o barro escuro que a inundava e não a deixava viver. "Nunca te vi." Pronto: frivolamente o dissera enquanto arrefecia ainda mais a marcha, embora ainda sem parar nem olhar para ele. A cerimônia devia ser gradual, como todo sacrifício. Ou como todo ritual de iniciação. Por acaso aquilo não era uma iniciação? Assim pensara ela um mês antes, um ato que a instalaria com brutalidade no mundo. Sem retrocesso, sem justificativa. "Mas eu, sim, te vi." Ah, não; ela teve um sobressalto. Não valia, ele não podia tê-la visto antes, não devia saber nada sobre ela: não estava nas regras do jogo. Olhou-o pela primeira vez, interrogativa; parecia assustada? "Tomando sol, na praia; fazia um bom tempo que estava te olhando." Ah, era isso: uma piada. O cabeludo tinha seus truques também. Perfeito. Isso sim, ele podia olhar à vontade. E ela, até se sentir um pouco lisonjeada, retrospectivamente lisonjeada, imaginando o rapaz que contemplava aquele corpo imóvel — e até certo ponto harmônico? — sob o sol; um corpo que não sofria nem se desintegrava como ela — não, o rapaz não tinha visto os pedaços se esparramando pelo vasto mundo —; um corpo organizado como um cristal. "Você sempre vem sozinha?" "Sim, sempre." O diálogo vinha fácil, por sorte; não exigia muito esforço de sua parte. *Avec quoi taillez-vous le crayon? Je taille le crayon avec le taille-crayon.* Talvez fosse possível criar um lugarzinho no mundo e habitá-lo toda orgulhosa, sem olhar para os lados: um lindo lugarzinho no qual tudo tivesse sua resposta. Quanto é a raiz quadrada da soma dos quadrados dos catetos? "É uma pena; é ótimo vir acompanhado." Uma verdadeira pena, mas estou com o coração partido. "Você não tem namorado?" Bem, já estavam entrando num assunto. Resposta perigosa, emitiu o pequeno computador, ainda ativo em algum canto de sua cabeça. Dizer *Não* podia se tornar uma calamidade, se ele o associasse a uma hipotética futura informação — idade: trinta anos —, ah, ah, então era ela, *a que nunca teve namorado e continua relendo, como na época, o novelão sentimental no qual uma menina chora em vão, invadida pelo mal de amor*, ah, ah. E dizer *Sim* não a obrigaria a um esforço devastador, à invenção de uma história com complicações? Divertidíssimo, se ela tivesse a quem contá-la depois. Mas essa história, Irene, a quem você vai contar? Chega, chega, nada de problemas. Ela era capaz de reagir com rapidez e destreza. "Mais ou menos", disse, deixando a porta aberta a todos os pecados ou tragédias que o cabeludo fosse capaz de imaginar. "Já sei (o cabeludo parecia se sentir forte, agora: era um homem que conhecia o coração das mulheres); você brigou com seu namorado." Senhor, afasta de mim esse cálice. "Mais ou menos", ela voltou a falar. E agora sim, valente e decidida, estacou de repente. "Mas, olha, não estou com vontade de falar nisso." Jogada realmente notável; o gelo tinha sido quebrado e ela emergia, entre todas as que, relaxadas, tinham se dourado sob o sol, com um passado. Algo penoso ou sórdido ou criminoso, mas carente da delicada trama que arma um passado real, uma tarde de chuva em uma loja de móveis da rua Lavalle, um café com *medialunas* em uma desolada estação de trens de uma cidadezinha que não conheciam, mas que os deixava melancólicos, a soleira de uma casa de Palermo Viejo onde, clandestinos e alvoroçados, comendo amendoim com chocolate aos montes, festejaram a chegada do ano novo, a busca, como de um refúgio protegido, do corpo familiar na metade da noite.

Nada. Um passado como uma caixa-preta. Golpe magistral: agora o cabeludo tinha a que se aferrar. Era cabeludo e saudável e bem alto, de modo que Irene se sentia um pouco desconfortável, mas persistia em olhar para ele: agora que tinha chegado até aqui, e de forma bastante digna, não estava disposta a perder terreno. Além disso, o cabeludo estava dizendo que não tinha por que se preocupar: ela devia viver o momento, e pronto. Tinha sua filosofia também, passava pela vida insistindo na ideia que fazia do mundo, convencido de que era uma ideia magnífica e que valia a pena comunicá-la aos outros. Todos vinham com sua ideia de mundo: o cabeludo, e a vizinha que se jogara do sétimo andar, e o homem das baratas. E ela mesma; então ela mesma não achava às vezes que havia algo a respeito das mulheres e dos homens que gostaria de comunicar aos homens e às mulheres? Em certos momentos, como rajadas de luz, que no fim escapuliam, deixando-a com aquele mal-estar, aquele vazio. "O quê?", disse. O cabeludo riu. "Você é um pouco distraída; estava agora mesmo na lua de Valência." Agora sim, ele sabia algo preciso sobre ela. Alguma coisa ela estava deixando escapar, então, algo real conseguia se filtrar com tanta clareza que ficava evidente até para aquele jovem de cabelos crespos. "Você ainda não me disse como se chama." "Irene." O cabeludo comentou que era um belo nome. E se ela tivesse dito que às vezes tinha a sensação de caber inteira em seu próprio nome? Acontecia-lhe com certas palavras, fulgor, ah, ela podia sentir isso como uma reminiscência luminosa, algo que irradiava, mas de muito longe, uma vaga claridade prenunciando uma luz tão intensa, tão absoluta, que dela só era possível perceber o tanto de deliquescente e angustiante que estava encerrado na palavra *fulgor*. Luz, luz, ali estava essa palavra dolorosa de tão bela. Ela amava a luz, o que aconteceria se dissesse isto, que tinha nascido para amar a luz e só havia conseguido essa rara destreza de captar luzinhas ao longe, pequenas janelas por trás das quais, às vezes, acreditava vislumbrar a felicidade. E a sombra; será que conseguiria explicar a ele o medo litúrgico, como de ir caindo silenciosamente por uma profundeza, que instalava em seu coração a palavra *sombra*? E assim como a luz e como a sombra, ela cabia em seu próprio nome. Mas era preciso conhecer seus recôncavos e suas ressonâncias, sua grave música sacerdotal e os benévolos sons da infância, era preciso amar essa palavra para decifrar seu significado.

Era belo, o cabeludo tinha dito que seu nome era belo. Era péssimo. E se ela tivesse dito que se chamava Anacleta ou Tibúrcia? Ironia jogada fora: nada de alterar aquela frágil harmonia. "Eu me chamo Rogelio (pausa compungida), mas não tenho culpa." Irene riu, tudo caminhava para a perfeição. *Ele deve ter dito isso a muitas*, pensou com alegre clarividência. Aquilo era moleza para o cabeludo, agora via, já tinha lhe acontecido muitas tardes, na saída da praia, aproximar-se da solitária a quem vinha observando desde o calçadão, soltar um "Gata, que tal a gente ir tomar um trago?", e se algum indício visível indicasse que a garota havia mordido a isca — arrefecimento no ritmo da caminhada, sorriso de canto de boca, olhadinha furtiva —, ir avançando gentilmente, sem surpresas — a menos que a garota, claro, começasse a chorar sobre seu peito ou berrasse até eliminar de si todo o sofrimento que lhe causava pensar na própria vida —, soltar, como se solta uma pomba, a piada fraca: *Mas eu, sim, te vi*, e deixar que as coisas seguissem seu curso, que se encaminhavam mansamente para a parte em que a garota diz seu nome. Então sim: *Eu, Rogelio*. E aí a caçoada, a flechada, o rápido distintivo de uma personalidade cintilante. *Mas não tenho culpa*. Irene se sentiu tranquila. Aquele rapaz sabia o que estava fazendo: era só se deixar levar. Espertamente, evitou a lembrança de *Rogelio*, *o homem que pensava demais*;[12] nada de atalhos perigosos, ela o lia aos oito anos na revista *Rico Tipo*; quantos anos teria o cabeludo? "Mas não (sorriso angelical; estaria sendo sedutora?), se é um nome muito." Interrompeu-se; *lindo* lhe parecia um exagero. Belo? Ele já tinha dito. Apesar das circunstâncias, conservava certo sentido estético. "... particular", disse. Bem, agora sim. Agora sim, eram uma simpática dupla de imbecis protagonizando uma vulgar paquera sob o sol. "Você também é muito particular, dá para ver", disse ele, com a evidente intenção de impressioná-la. Ela sorriu com ambiguidade. "Gosta de música?", perguntou ele. "Música?" Algo tremulou, se dissipou, barcos a vela sulcaram uma água bem azul e Händel preencheu cada fresta, explodiu em cada bolha de ar, o mundo era uma festa e tudo que nasceu tinha nascido para ser feliz; na cabeça de um alemão de ouvidos mortos desatou a cantar um hino à alegria, e anjos se expandiram para o céu como que impulsionados pelo leque infinito da Pequena Fuga, e uma precoce apaixonada de franjinha suspirou com melancolia ao ouvir pelo rádio "Mi tonto corazón". "Sim", disse com sobriedade, "gosto muito." "Então, o que acha de irmos para o carro? Tenho umas fitas cassete incríveis." Ela assentiu de leve — vulgarmente, talvez? — com a cabeça.

E aqui estavam agora, no assento dianteiro do Peugeot cor de ameixa, ele remexendo o toca-fitas e ela estudando-o de

---

12 Personagem da tirinha de humor de mesmo nome, criada pelo cartunista argentino Juan Carlos Colombres, conhecido como Landrú (1923-2017), célebre por suas ironias políticas.

soslaio. "O que você quer escutar?" Estranho. Ele sabia que todas as músicas cabiam nela? Era a que tinha chorado amargamente quando sua mãe cantava "La loca de amor", a que havia requebrado dançando *rock and roll*, a que em outro novembro, porém à noite, sentada na escadaria de pedra que dá para o rio com pessoas de quem já não se lembrava, cantando a plenos pulmões "El ejército del Ebro", respirando o cheiro do rio e sabendo da infinitude do universo e da pavorosa distância das estrelas que naquela noite convergiam sobre a sua cabeça, maravilhou-se com o milagre de sua própria voz, mas sobretudo maravilhou-se com o milagre de estar viva. E era a que, em outra noite de anos antes, no pequeno cômodo iluminado da rua Bulnes — todos cercando com devoção o toca-discos de baquelita que seu pai acabava de trazer —, pôs com muito cuidado o primeiro disco e, ao escutar no violino lamuriante a "Vals del recuerdo", desatou a chorar. Por que havia desatado a chorar? O que poderia recordar, aos dez anos, que a enchesse assim de angústia? O futuro, pensou, era como se se recordasse do futuro, como se pudesse saber que algum dia, morto seu pai, perdida para sempre a fugaz ilusão de lar — todos juntos na sala iluminada, cercando inocentemente o toca-discos, contemplando o disco de goma-laca que girava como se estivessem diante de um acontecimento maravilhoso —, perdida também a tarde de chuva em que ela se lembrou pela primeira vez — mas não sozinha — daquela valsa e daquela noite iluminada, perdidos todos aqueles que havia amado, restava-lhe apenas aquele desconhecido em um carro cor de ameixa.

Daquela vez estava em uma sombria casa de Flores, e havia um homem de olhos azuis que ria.

— Então você também conhecia a "Vals del recuerdo"?

— Claro, foi meu primeiro disco. Meu pai trouxe quando comprou o toca-discos de baquelita. Precisava ver, estávamos todos na minha casa, olhando como girava, e eu tive a recordação de algo que já não existia, e era muito triste, e desatei a chorar.

— Sim, verdade, tinha isso. Eu o escutava e via de novo uma janela. A casa estava um pouco escura e uma mulher olhava pela janela. Eu achava muito estranha a figura negra, recortada no céu cinzento. Depois alguém acendia a luz e a mulher era a minha mãe e eu corria na direção dela. O disco tinha uma etiqueta vermelha, lembra?

— Não, azul. O meu tinha uma etiqueta azul. E atrás, as Czardas, *de Monti.*

— Ah, não — ele fazia cara de entendido —, o meu tinha a Rapsódia sueca.

Não, não, ela também tinha a Rapsódia sueca, *mas em outro disco. E "Pantalones de fantasía", e também "Por la verja", mas esses não tinham sido trazidos por seu pai, e sim por seu irmão. Ele estava contente porque também tinha "Pantalones de fantasía" e "Por la verja". E "Canción de septiembre"? "Canción de septiembre", claro.*

E os dois riam, então era como se o passado não estivesse morto, ou não fosse preciso guardá-lo como uma coleção de pássaros congelados no sótão bagunçado do qual agora ela tinha tanto medo. O esquisito era ela já parecer saber disso aos dez anos. Tudo o que ia encontrar, e tudo o que ia perder, e a tristeza com que, vinte anos depois, com aquele desconhecido, ia recordar recordando-se da "Vals del recuerdo".

"O quê?"

"Serrat, se você gosta do Serrat." Ah, sim, ele era muito bom. Gostava mesmo de Serrat e agora avançavam pela avenida Libertador. As coisas não se revelavam tão difíceis, afinal. A mão direita dele manipulava com habilidade o toca-fitas. Pronto. Agora se escutava, inundando o carro, *Porque te quiero a ti, porque te quiero a ti, dejé mi puerta una mañana y eché a andar.* A mão que estava no toca-fitas, sem que se previsse nada, se apoiou na coxa de Irene. Primeiro foi a perna: ficou rígida. Depois ela. "Você estuda?" E agora esse interrogatório que ameaçava ser sufocante. "Não." Foi um "não" desagradável, ela percebeu de cara. Nada a ver com o casal que rasgava frivolamente a Libertador, a mão dele apoiada com intimidade sobre a coxa dela. "E o que você faz? Trabalha?" O tom dele havia ficado levemente hostil, mas Irene não tinha nenhuma vontade de tentar alguma coisa para remediar a situação. "Não." Ele emitiu uma tênue bufada. Mas de repente algo o iluminou. "Já sei, você é casada." A última esperança. "Não." Ela não tinha atividades, nem marido, nem passado. E isso não convinha ao cabeludo...

Não lhe convinha. Inesperadamente, ele parou o carro junto à guia. "Quer descer?" Era um convite — gesto cavalheiresco diante do evidente abatimento da convidada — ou mera grosseria? Ele não gostava de dificuldades, ao que parece. Conheço um que gosta, hihi. Ponham-no em um labirinto, persigam-no, confundam-no e ele se encorajará, ficará forte feito um touro e surgirá saudável e renovado feito um recém-nascido. E eu? Eu também, querido rapaz, cantarolou inesperadamente a que dormia nas trevas. Dessa matéria sou feita e com essa matéria fui forjada por mãos mais sábias que aquela que, impaciente, largou minha perna. Pensou nas altas e bonitas palavras que sob sóis como aquele e sob céus de chumbo e na meia-luz dos bares e na penumbra dos quartos pouco a pouco a haviam esculpido, apaixonada e amorosamente. Tudo isso está aqui: sou eu. E o pato estufou sua plumagem, se sacudiu e reverberou. Eu daqui não desço, pois vou até o fim. Seja qual for o fim. Já que agora compreendia que havia algo que estava buscando, algo preciso que a conduzira àquele carro. Motivo pelo qual não pensava largá-lo assim, sem mais nem menos, e muito menos sendo desdenhada por um desconhecido. Eu te ensino, pequeno aprendiz de *Don Giovanni*, te ensino a ter sangue nas veias.

— Não seja indelicado, rapazinho.

A voz a surpreendeu. Era sua voz, por isso a surpreendeu. O tom ligeiramente arrogante, a nuance risonha, a velada autoridade. Começava a se divertir? "É que por um segundo me pareceu que..." Estava confuso. "Entrei no carro, não entrei? Nunca entro se não tenho vontade." Nem pensar. Não vou te presentear com minha inexperiência nem com meu medo. Nem com essa torrente vertiginosa que circula em mim, nem com essa sensação de poder que lentamente abre passagem, adeja. Algo adeja dentro de mim, um pássaro quer sair voando, se eu deixasse, se eu tivesse coragem de soltá-lo. "... porque por um segundo pensei que você era uma dessas que se fazem de esquisitas. Não gosto das esquisitas. A gente tem que viver o momento, e não criar tanto problema, não acha?" Não. Irene achava que não achava. Que cada momento estava preso a algo, a algo que ela às vezes não conseguia precisar, mas que a atordoava feito um estrondo. Achava que naquele exato instante, em que o carro arrancava, por fim se enlaçaria à rede emaranhada, mas bem definida que era sua vida, de modo que era exatamente isto, sua vida, o que estava decidindo a cada passo. Agora também, enquanto viravam para a esquerda e ela conseguia glosar com moderação e gentileza a sintética filosofia do cabeludo.

Uma folhagem de esmeraldas celebrava contra o céu a alegria de estar viva. As famílias se animavam, fingindo por um momento não saber que toda felicidade é fugaz e que algo estava à espreita, agora mesmo, algo que arruinará o que um segundo antes brilhou como um diminuto diamante ao sol. A sombra de uma árvore gigantesca cobria agora o carro que o rapaz estacionara com habilidade a uns passos do tronco nodoso. Um umbuzeiro? Para Irene, todas as árvores com copa frondosa eram umbuzeiros. Antes costumava chamá-las de paraísos e sua boca parecia cantar ao nomeá-las. *Paraísos*. Mas aquela árvore não era uma paraíso, e talvez o momento não se revelasse o mais adequado para essas especulações. Além do mais, estivesse ou não no paraíso, parecia a ponto de morder a tradicional maçã. Furtivamente observou o rosto um tanto intumescido do cabeludo, os olhos verde-azulados, os lábios grossos e entreabertos. Educada, fechou os olhos e abriu a boca. Surpreendeu-a a carnosidade desconhecida sobre seus lábios. Mas sobretudo a surpreendeu a atitude um pouco frenética — embora desprovida de desejo — com que estava respondendo. Eis-me aqui, pensou, no meio dessa selva sombria, beijando com tanto brio esse indivíduo, como se fossem nos enforcar em dez minutos. Devia estar fazendo aquilo bastante bem, pois o cabeludo, um tanto ofegante, se afastou por um segundo dela, olhou-a com seus olhos de cachorro pidão e disse: "Você é tão doce e maravilhosa". Isso a surpreendeu: ela se via antes como uma deusa. Mas talvez alguma coisa se deixasse ver, não é?, certa sabedoria lentamente forjada, certo delicado jogo de hábitos que faziam do amor, ou da introdução ao amor, um demorado diálogo silencioso no qual cada movimento, cada contato de pele, ia desatando a oculta embriaguez dos corpos. E algo dessa destreza ela devia deixar transparecer, já que o cabeludo, depois de lamber uma de suas orelhas, guiou sua mão e a depositou com firmeza em um lugar do qual ele parecia se orgulhar e, sem mais tramitações, disse: "Olha, olha o que você fez comigo". *Besos brujos*, pensou Irene, que não olhou para o que o jovem estava designando, mas em compensação teve oportunidade de apalpar a alteração física que seus beijos haviam provocado. Com delicadeza deixou a mão ali, já que considerou uma ofensa retirá-la. Voltaram a se beijar com o desespero de agonizantes, e a mão do cabeludo chegou ao lugar que ela, aos quatro anos, denominara *pichoncolina*. Talvez estivesse indo rápido demais. Ela havia acabado de pensar nisso, em como dizer a ele, com que palavras, que estava indo depressa demais, que o corpo dela requeria certos ritos de iniciação, quando um de seus olhos se abriu indiscreto e, na janela, olhando-os com expressão admirada, plena de fascinação diante dos mistérios do mundo, viu a absorta cara de lua de uma menina de franjinha. Um golpe no coração. Irene se afastou com violência, o cabeludo se assustou e a de franjinha fugiu apavorada, antes que Irene pudesse dizer que não era nada daquilo. Que o amor não era isso. Que ela não registrasse o episódio em sua cabecinha perversa, a pegação inútil, aqueles contatos semi-humanos que nunca atingiriam a alta embriaguez à qual apenas certas bestas e um homem e uma mulher que se procuram, que se rastreiam na penumbra com sabedoria e com temor e com temeridade até desencadear todos os rios encobertos, à qual apenas certos animais, e certos homens e mulheres podem chegar. E sobretudo que não a registrasse na cabecinha enviesada. Esta não sou eu, Irene; esta não sou eu. E subitamente pensou que ia chorar, vendo a si mesma aos quatro anos vendo a si mesma.

"O que aconteceu?", o cabeludo parecia agitado. "Não, nada, aquela menina. Achei que a conhecia." "Ui, ui, ui (o cabeludo tinha deixado a mão no meio das pernas de Irene, que, com o joelho, apertava um pouco a virilha dele; tudo muito íntimo e um tanto repulsivo); melhor irmos para um motel, não?" Ou nos jogamos no rio, ou nos enforcamos pendurados pelo galho mais alto do paraíso. "Sim, melhor", disse a mundana, a especialista, a obstinada autodidata. Ela não era das que abandonam o barco quando o barco está afundando. Era, antes, das que colaboram para afundar o barco que está afundando?

Agora — a perna dela promiscuamente comprimida contra a perna do cabeludo —, eles se afastavam em grande velocidade do falso paraíso. *Qué será de ti lejos de casa, nena, qué será de ti*, perguntavam com insistência as caixas de som. Mas ela sabia que era chegado o momento de afundar a embarcação.

Efetuou uma pequena reverência e disse: com licença. Assim interrompeu, no exato momento em que seu umbigo tinha ficado descoberto, a operação de ser despida. Hábil, embora bastante apressado, o cabeludo já havia desabotoado a blusa dela, jogara-a em algum lugar e desamarrara sem dificuldade a parte de cima do biquíni. Custou-lhe um pouco soltar o botão do jeans, mas com ajuda conseguiu, e pôde se dedicar a outra tarefa simples e gratificante: baixar o zíper, o que deixou o alegre umbigo descoberto. Por que o umbigo seria um lugar tão alegre? Podia o coração pular em pedaços, as entranhas se retorcerem até sentir o impulso de gritar, mas o umbigo continuava imperturbável em seu lugar, sempre cômico e festivo. O cabeludo parecia disposto a prosseguir sua obra sem reparar na descontinuidade que inevitavelmente ia se produzir, mas a garota talentosa estava atenta a tudo, poderia depois se oferecer como uma fruta comestível, mas não pensava em se prestar a uma pressão ignominiosa; estranho nenhum iria despojá-la de seu jeans. Então, assim que retrocedeu, efetuou uma pequena reverência e disse: com licença. A formalidade desse ato, em meio a uma cerimônia tão carregada de avidez, talvez provocasse um sorriso, ou quem sabe produzisse certo incremento na excitação de um interlocutor mais inclinado aos jogos. No caso, era evidente que Irene estava atirando pérolas aos porcos. O cabeludo era brioso e queria ir direto ao prato principal. Mas a marquesa não lhe deu bola. Pegou sua bolsa e com a expressão altiva e passo elegante entrou no banheiro.

A do espelho também lhe dedicou uma breve reverência; uma reminiscência fugaz?: um velho costume. Ali estava ela: não mais bochechas avermelhadas. Aquele era o rosto que lentamente moldara, algo que pouco a pouco ia ficando parecido... com ela mesma?

Despiu o jeans. Depois abriu a bolsa e algo lhe causou uma sensação de estranheza: saber que estava por oficiar um breve ritual privado sob uma circunstância tão incomum. Ia se preparar para o amor? Como quem unta o corpo com óleos perfumados e trança ervas aromáticas nos cabelos e ilumina os olhos com o misterioso *kohl* e espalha pelos recôncavos um sumo afrodisíaco: assim, ela tirou da bolsa o minúsculo objeto contemporâneo, guardado em um primoroso estojo azul-claro que evocava uma concha — o que não indicava o menor sinal de bom humor do fabricante, higienicamente alemão e portanto ignorante de certos modismos argentinos da linguagem. Era uma casualidade que o tivesse guardado na bolsa antes de ir para a praia? Oh, bem, já dizia Coco Chanel, no fim das contas: uma mulher sempre deve estar preparada para. Científica e precisa, cumpriu o ritual preparatório. E consciente da medula até a pele de que aquele corpo era seu, com uma agradável sensação que não devia ser confundida com desejo, embora talvez já fosse a programação ou a vontade do desejo, coberta apenas pela brevíssima parte inferior de seu traje de banho, facilmente extirpável mesmo por mãos inábeis, solar e cadenciosa, ela surgiu do banheiro. *Forzadme con vasos de vino, cercadme de manzanas que enferma estoy de amor.*

Y en el mi lecho, en la oscuridad, busqué al que ama mi alma. Busquele y no le hallé. Mas quem é capaz de ver a alma, Irene? Não esse que, agora entrelaçado a ela, encostado nela, sobre seu ventre, sobre sua boca, dentro de sua boca, ingenuamente acreditava amar seu corpo. Cauteloso no começo, temerário depois, quando verificou que a garota não era nem tão arisca nem tão inacessível quanto parecia, e que claramente estava bem adestrada naqueles jogos pré-nupciais e propícios, o transitório esposo passou a exibir toda a sua pequena sabedoria de jovem macho saudável. No percurso daqueles dedos, nos lugares onde, audazes, eles se detinham, no consciencioso labor de seus lábios e de sua língua e de seus dentes, Irene podia adivinhar a aprendizagem minuciosa, os delicados segredos que ele teria descoberto em manuais alusivos ou em alguma clandestina transmissão oral. Mas o que o cabeludo não suspeitaria jamais era a estólida mudez das polpas de seus dedos, nem a silenciosa vibração de outros dedos que fazem nascer estrelas na pele de uma mulher, nem o segredo de certos contatos que podem despertar um corpo até em seus recantos mais obscuros, como se um vinho maligno e embriagador fosse sendo derramado nele lentamente. Oh, sim, para esse que agora guiava a mão dela para o ereto resultado daqueles jogos, ela previa um destino auspicioso de fornicação e ejaculações, e até anunciava que, no centro da noite, ele escutaria uivar de prazer uma ardorosa mulher no cio; mas suas mãos não conseguiriam dar à luz o amor, seus peixes esquivos, como a uma louca estrela cintilante. Agora já não importava que não receasse o circunstancial esposo, a pele de Irene já estava estrelada. Lenta e voluntariamente, seu corpo iniciado foi se dispondo ao amor, e ela fez nascer estremecimentos ao simples contato daqueles dedos bem informados, mas não sábios, como uma feiticeira que, do nada, criasse o fogo — porque o feiticeiro não estava ali e era ela, dessa vez, quem deveria pôr em ação toda a magia. *Se tiver coragem, marquesa.* Tenho coragem, conde, parece mentira, mas esta sou eu, a sacerdotisa, a que você lavrou durante árduas tardes de orientação da minha alma, eu, a que estremece diante desses contatos forasteiros e inábeis, mas por fim estremecida, abandonada a esses contatos, permitindo — me permitindo — que uma bruma densa vá se derramando dentro de mim, mas não na cabeça, ah, nenhuma bruma na cabeça, que deve estar bem atenta. Não perder nada desse desconhecido, cujas costas tensas ela acariciava agora com um desrespeito e um domínio que nunca se permitira com outras costas mais autoritárias ou mais sensíveis a qualquer toque inoportuno, na época em que desempenhava o papel de aluna talentosa e só o que lhe cabia fazer era esperar que outras mãos a submetessem, a guiassem, e esquecer, esquecer.

O esquecimento já não era possível para Irene, nunca mais a aluna talentosa, a adolescente corrompida que finge se surpreender diante da voracidade do violador. Agora, infiel e sem culpa, abrira os olhos e até abrira um sorriso irônico para aquela que, no espelho do teto, protagonizava uma cena bastante ortodoxa sob o audacioso que, naquele momento, desempenhava o papel de lactante. A do espelho ignorava, alegremente restrita a sua exterioridade, a nítida missão de formar um conjunto agradável à vista, conjunto formado por ela e pelo circunstancial bebê, certos matizes que a que estava embaixo, sim, percebia, habituada como estava a outra boca capaz de reinventar, em ato similar, toda a impiedade do inocente faminto que um dia fora, enquanto a mão, adulta e implacável, buscava entre as coxas da prostrada o mesmo que o cabeludo — com o único intuito de ganhar terreno e não perder uma só das oportunidades que ventos favoráveis lhe ofereciam — procurava agora. Mas, sem parecer captar o jogo pecaminoso daquela simultaneidade, ele deixa Irene pela primeira vez sozinha com sua alma, sentindo-se ao mesmo tempo a ama de leite e a violada que, com uma ternura quase sem destinatário, entrelaça os dedos entre os cabelos espessos e crespos do desconhecido enquanto, sobrepondo-se à inaptidão de uns dedos que ignoram a complexa rotina de seu corpo, deixa que o intruso faça o que quer até que, lentamente, a respiração agitada e as batidas do coração infiel — o intruso escutará as batidas do meu coração? — estejam indicando que tudo vai bem. Tudo ia bem. O cabeludo erguera a cabeça e a contemplava com olhar turvo. Como quem recita uma lição, murmurou: *Garota, peitos de mel.* Ela riu secretamente. Em que manual, rapaz cabeludo, em que texto atento à delicada sensibilidade feminina você aprendeu a conveniência de soltar alguma frase poética? Irene o imaginou aterrorizado diante da palavra "poética", mas por fim prolixo, repassando um pequeno repertório: *India, bella mezcla de diosa y pantera, tú eres la crema de mi café, salta, salta, pequeña langosta, pero no te alejes mucho de la costa.* Não era ruim, no fim das contas. *Muchacha, pechos de miel, no llores más, quédate hasta el alba.* Ela, a que estava habituada ao silêncio ritualístico do amor, à muda música dos corpos que se buscam na escuridão, no entanto sorriu (com quem ia dividir esse riso secreto?), dando a entender que havia recebido o impacto do poeta. E talvez um dia fosse verdade. Talvez um dia o rapaz cabeludo repetisse a frase estudada, mas captando até o centro da alma — como seria essa alma? — a precária beleza das palavras, e uma garota comovida até as lágrimas pela ternura daquele homem poeta tão diferente dos outros iniciaria por amor o declínio que agora Irene, induzida apenas pelas mãos do cabeludo, cumpria. Esse lento submetimento, não isento de horror por si mesma, até que sua boca alcançasse o que árduos trabalhos de amor tinham erguido. Ele lhe dissera que não, que não fizesse aquilo. Não daquela forma, não com a docilidade e o desamor com que ela o estava fazendo. *Si un día no estoy* (mas estava, estavam os dois nus na cama, exaustos de amor, e ele empreendendo outra vez esse outro trabalho de perfurar a alma de Irene, de rastrear nela os tesouros escondidos que a garota de vinte anos às vezes receava não ter, de obrigá-la a pensar em toda possibilidade, por horrorosa que fosse, de impor-lhe uma lucidez que a própria Irene desejara, mas a que, naquele momento, ao lado do homem nu que a protegia de todo mal, covardemente se negava), *si un día yo no estoy, si alguna vez vos estás por primera vez con otro hombre* (e ela, na escuridão, fechou os olhos e pensou, nunca, Alfredo, como poderia), saiba que existem coisas que (e se interrompeu, por ela ou porque ele mesmo sentia certo temor pelas próprias palavras? Riu, e tudo pareceu ficar menos grave, uma simples conversa conjectural). *Enfim, saiba que a senhora conhece muitas coisas, marquesa, que tem maus hábitos. E é bom. É bom que seja assim. No amor tudo é permitido. Mas existem coisas que um homem meio desconhecido* (e voltou a se interromper, como se a possibilidade que ele mesmo estava indicando lhe desagradasse. Mas ela, a aluna avançada, a maligna conhecedora, tinha compreendido agora o que para ele estava sendo tão difícil dizer). *Já sei, já sei* (deu um salto), *existem coisas que um cara tem que conquistar. Que lhe custe conseguir que uma mulher as faça, não?* E ria, orgulhosa por compreender tão bem o que ele estava insinuando. Mas a imbecil, a que agora derramava absurdas lágrimas sobre as despreocupadas bolas do cabeludo, teria compreendido todo o amor contido nas palavras dele? Teria ela compreendido o amor com que ele, o iludido, o obstinado forjador de uma Irene muito melhor que essa escrota derramadora de lágrimas, o amor com que ele a preparava para a vida, mesmo ao preço de perdê-la para sempre? E, no entanto, ela lhe estava desobedecendo. Laboriosa e conscientemente. Porque o que o homem nu dessa noite não podia saber era que as palavras que disse não estavam dirigidas à garota que, segura e alegre de encontro a seu torso, acreditava compreender tão bem. O homem não sabia que aquela que um dia abandonaria seu torso nunca mais seria esta garota. Que de nada valeria agora fingir inexperiência e candura, pois se algo a salvaria, se algo algum dia a redimiria de suas hesitações e de sua covardia e de sua soberba e de suas traições, era trazer toda aquela tremenda carga para si mesma; aceitar seus anos e o que tinha aprendido ao longo de seus anos, e também essa curiosa sabedoria habilmente comunicada a um desconhecido que lá em cima, estendido, entregue a si mesmo, estaria pensando; no que estaria pensando ele?, em que ignorados devaneios estaria mergulhado enquanto, lentamente, quase com ternura, lhe acariciava as costas? O outro, que conhecera uma garota ávida por saber tudo, não podia conceber então esta mulher experiente, do mesmo modo que ela, nunca antes até esta tarde e neste quarto de motel, imaginara que o homem que sabiamente foi despertando seu corpo para a embriaguez do amor e amorosamente foi despertando sua alma para a embriaguez do mundo deve ter sido algum dia um adolescente medroso, um ignorante investigador do corpo da garota inaugural, um homem arremessado sozinho no grande mundo, que não conhecia do mundo mais que o fogo que vãmente, impiedosamente, ardia em seu coração.

Era assim, então, era isso que ela viera aprender nesse espelhado quarto de motel, essa solidão que a entregava a si mesma e que deixaria aquele ato, e todos os seus atos, sem expiação. Não era a abelhuda de olhos pequeninos, não, não era a pequena Cecilia quem vinha roubar-lhe sua exígua felicidade. Não era essa que agora começava a viver ainda sem saber que suas armadilhas e suas alegrias já estavam tecendo uma rede que nunca seria desfeita que estava tirando seu lugar no mundo. Era ela a que talvez já não pudesse entrar na áurea bolha da irisada. Essa que em seu tempo dourado de correr sob as árvores, numa tarde de sol, detendo de repente sua desenfreada corrida, escutando as batidas descontroladas do seu coração, sentindo debaixo da pele a vertiginosa animação do mundo, compreendeu de repente a maravilha de estar viva e disse: Esta sou eu sobre a terra; o mundo existe porque eu o sinto, aqui, em pé sobre a terra.

E essa que um dia havia pulsado ao ritmo do coração do universo era a que agora, como que ainda alienada de si mesma, como se ainda não tivesse coragem de acreditar que a garota das pulsações era ela mesma, que a infanta calculadora cara de lua era ela mesma, que a vaidosa que aos dezessete anos rechaçara, por julgá-la tediosa, a lenda do Príncipe Encantado e quisera ter Don Juan, e a que perversamente se divertira com as aventuras de Don Juan, e a que em silêncio o amara, e a que muito cedo reconhecera que o mundo era algo mais que o fulgor dourado que a aureolava, que os homens morriam de indignidade e de miséria sem ter conhecido esse dourado fulgor, essa felicidade de saber-se existindo sobre a terra; ela, que não se negara a nenhum conhecimento por ter a vaidade de achar que podia abarcar todo o conhecimento, mas que era incapaz de carregar sobre os ombros o mundo que tinha conhecido, incapaz de ser no mundo com toda a sua pesada carga, era a que agora, ritmicamente, desesperadamente até quase sentir náuseas, afundava a boca na rígida carne desconhecida, como se sua própria boca não lhe pertencesse, como se sua cabeça ainda pudesse voar até os elevados cumes, ignorando por completo o que sua boca fazia. E não. Estava a ponto de se dar conta de que não: ela não viera até aquele espelhado quarto de motel para isso. Agora que mãos estranhas subiam nela, começava a dar-se conta de que o corpo que se erguia e caía até por fim ficar debaixo do corpo desconhecido era ela mesma. E ela mesma, com todo o seu peso, já não cabia na áurea região da irisada. Agarrada às costas do desconhecido, começou a se dispor, abandonada e rítmica, à fugaz excitação, ao fugaz esquecimento do amor. Mas aquilo não era amor, não. Ela não se enganava. E nisso consistia essa prova, esse ritual de iniciação na penumbra. Aquele era um ato despojado de amor, um ato ímpio, devia se lembrar disso, devia repetir isso enquanto seu corpo, turbulento e pecaminoso, pulsava ao ritmo do corpo desconhecido, enquanto sua respiração se agitava, enquanto em algum recanto de seu cérebro uma adolescente altiva repetia: esse é o destino que escolhemos, o mundo que escolhemos?, enquanto uma mulher assustada dizia: Não tenha medo, Alfredo, sou eu, é o meu maldito orgulho que quis tudo isso. Então eu não sabia a que preço? Sabia a que preço. E não me arrependo.

E agarrada às costas do desconhecido, como quem se agarra, feroz e definitivamente, à solidão, Irene se arqueou, se abandonou à fugaz loucura, ao fugaz esquecimento. Até que seu corpo amolecido e pesado foi despojado também daquele corpo forasteiro, como se ocorresse um extravio.

Ali estava a do teto, lânguida e trivial, ao lado do rapaz suado.

— Você é toda uma surpresa — disse o rapaz. — Uma coisinha incrível.

De repente ele a olhou com real interesse e lhe fez uma pergunta. Foi uma pergunta tão comum, tão prosaicamente fisiológica, e a formulou com palavras tão estranhas, que Irene não soube se devia rir ou chorar. Ele a observava com curiosidade. Perguntou:

— Você também foi feliz?

E Irene olhou para a do teto e pensou: *Perdi o paraíso.* Já não tinha com quem compartilhar aquele risinho súbito; já não podia contar a história a ninguém. *Sou seu par,* pensou sem alegria. E soube que agora estava tão sozinha quanto ele, que já ninguém viria abrigá-la com sua rara luz, que, daqueles descensos sem expiação ela teria que, um dia, fazer brotar sua própria luz, que com aquela madeira teria que acender fogueiras e paixões. *Se tiver coragem, marquesa.* Ela sorriu com certo cansaço. *Tenho coragem, conde.*

Então fechou os olhos. E abandonando a garota do reflexo, cheia de si, muito concentrada em si mesma, carregando pela primeira vez sobre seu corpo o pavoroso peso do mundo, caótica e única e desolada, disse:

— Fui feliz.

Este livro foi composto em Freight Micro Pro,
fonte criada por Joshua Darden em 2005,
e impresso em papel pólen soft 80g/m²
pela gráfica Vozes em novembro de 2020.

FSC
www.fsc.org
MISTO
Papel produzido
à partir de
fontes responsáveis
FSC® C114687